KB043002

잇츠 빌런스 코리아 **4**

초판 1쇄 인쇄일 2023년 3월 10일 | **초판 1쇄 발행일** 2023년 3월 16일

지은이 초촌 | **펴낸이** 곽동현 | **담당편집 팀장** 이범수
편집부 정요한 김승건 조혜진

펴낸곳 (주)조은세상 | 출판등록 제2002-23호
주소 서울특별시 동작구 동작대로1길 27 5층
TEL 02)587-2966 | FAX 02)587-2922
E-mail bukdu@comics21c.co.kr

초촌ⓒ2023
ISBN 979-11-391-1575-8 | ISBN 979-11-391-1390-7(set)
값 9,000원

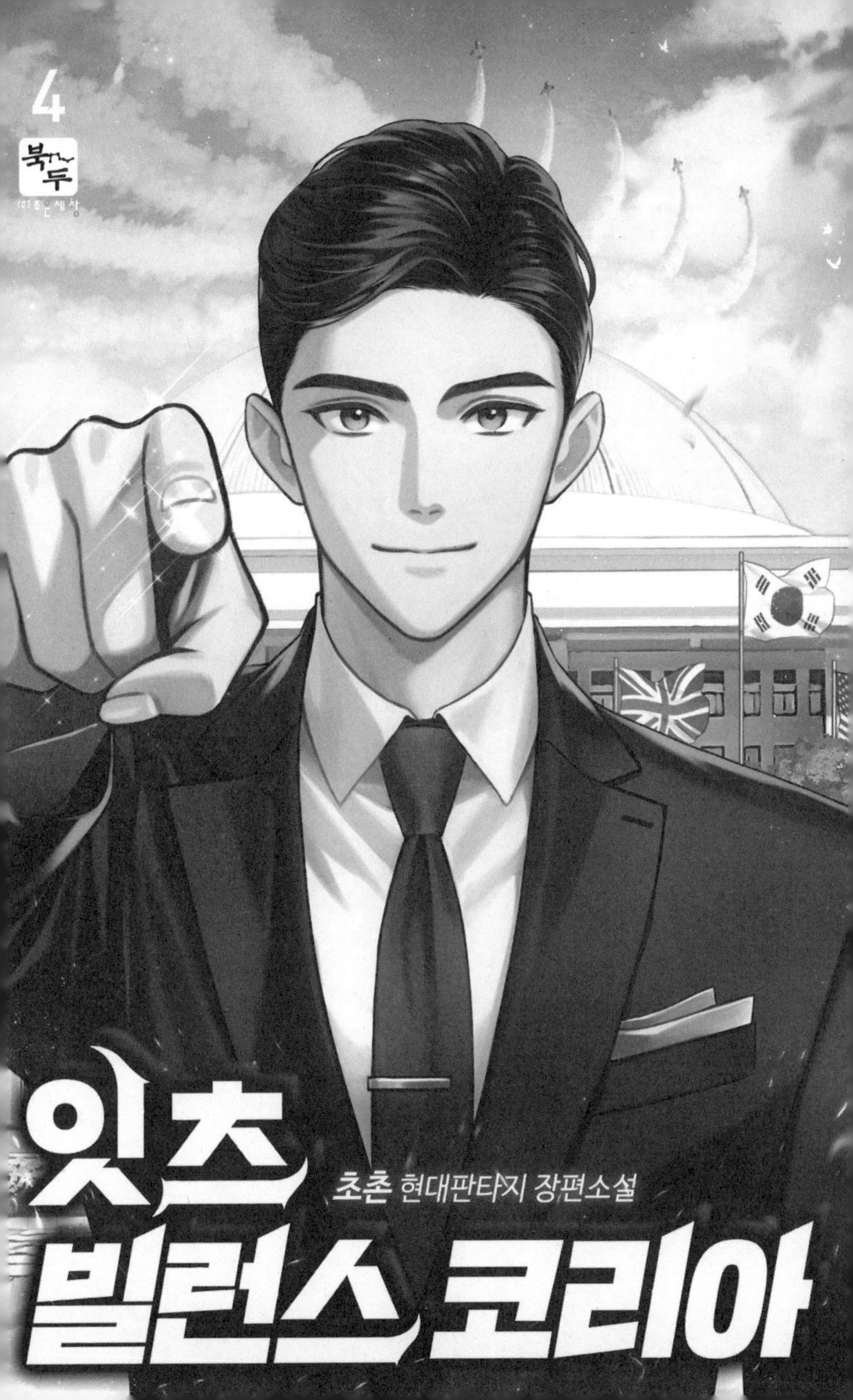
4
북두
잇츠
초촌 현대판타지 장편소설
빌런스 코리아

초촌 현대판타지 장편소설

MODOERN FANTASY STORY

CONTENTS

Chapter. 25 ··· 7

Chapter. 26 ··· 49

Chapter. 27 ··· 89

Chapter. 28 ··· 133

Chapter. 29 ··· 169

Chapter. 30 ··· 207

Chapter. 31 ··· 245

Chapter. 32 ··· 287

Chapter. 25

Chapter. 25

고민이 생겼다.

아주 큰 고민이.

당연히 시답잖은 도발 따위에 흔들린 것은 아니었다. 보다 근원적인 의문이었다.

과연 이대로 괜찮은가? 과연 이 전략대로 가는 게 맞는가?

광주광역시에 도착한 지 겨우 이틀째.

아직 이 도시의 겉도 핥아 보지 못한 애송이임은 분명하지만, 지역적 특색을 지운다면 사람 사는 곳은 어딘들 같다는 게 또 김문호의 지론이었다.

기득권은 손에 쥔 걸 놓으려 하지 않고 도전자는 빼앗아야 한다. 철옹성이라도 영원한 건 없다.

아쉽게도 우린 도전자였다.

당원 참석률도 그렇고 오늘 두 차례 당한 것도 그렇고 이 도시는 확실히 만만치 않은 곳임을 드러냈다.

그렇게 스위트룸 창밖 광주시의 풍경을 보고 얼마나 앉아 있었을까?

"……빠, 오빠…… 오빠?"

"으응?"

문득 들리는 목소리에 돌아보니 미래가 전화기를 들고 있었다.

"오빠, 저기 프론트에서 전화가 왔어. 누가 오빠 찾아왔대."

"누구?"

"그건 나도 모르……."

"잠깐만."

수화기를 넘겨받았다.

"전화 바꿨습니다. 예, 그렇군요. 근데 누구신지는 알려 주셔야 나갈 수 있습니다. 아! 그렇습니까? 알겠습니다. 10분 내로 내려가겠습니다."

미래랑 시원이가 쳐다보고 있다.

그러고 보니 애들 윗도리도 벗지 않았다.

시계는 저녁 6시를 가리키고 호텔 방엔 3시에 들어왔으니 장장 3시간을 쉬지도 못하고 긴장한 채 대기했다는 건데.

"로비에 한민당 애들이 찾아왔다네. 쉴래? 나 혼자 나가도 되는데."

"아니, 따라갈 거야."

"나도. 나도 데려가."

"괜찮겠어? 또 어떤 일이 벌어질지 모르는데."

"난…… 따라갈 거야. 오빠가 이렇게 힘들게 일하는지 몰랐어."

"맞아요. 형. 내가 다 볼 거예요. 형이 어떻게 일하는지 하나도 빠짐없이."

귀여운 자식들.

피식 웃은 김문호는 미래와 시원이의 머리를 쓰다듬어 줬다.

"세수나 한번 하고 가자."

청결을 위한 것도 있지만 지친 얼굴 감추는 데는 세수가 최고다. 단지 비비고 닦는 것뿐인데도 혈색이 확 살아나니까.

옷도 단정히. 1층 띵.

우리가 엘리베이터에서 내리는 걸 봤는지 로비 쪽에서 세 사람이 일어났다. 그 면면을 본 순간,

"……!"

우뚝. 김문호는 자기도 모르게 걸음을 멈췄다.

한민당 측 맨 앞에서 걸어오는 사람.

아는 얼굴이다. 그것도 아주 잘 아는.

'조두극.'

쟤가 왜 여기에 있는 걸까?

"안녕하십니까. 한민당 광주지부장 조두극입니다."

광주지부장?

"아, 예. 장대운 국회의원실 7급 비서 김문호입니다."

"선약도 없이 불쑥 찾아왔는데 이렇게 만나 주셔서 감사합니다."

"아닙니다. 저녁 시간이라 저희도 마땅히 할 일이 없었습니다."

"그런가요? 하하하하, 자자, 이쪽으로."

미리 자리를 봐 뒀던지 조두극이 자리로 이끈다. 안내하는 손길엔 여유와 세련됨이 가득했으나 김문호는 왠지 모르게 초조함의 향기를 느꼈다.

'초조하다고? 이놈이?'

아이스 브레이킹 시간을 보내며 조두극과 이야기가 길어질수록 냄새는 진해졌다. 질마저도. 그가 이곳까지 찾아온 목적을 꺼내는 순간 의혹은 확신으로 변했다.

"연계……는 어떻습니까?"

"연계요?"

"아시다시피 여긴 민생당의 영토잖습니까. 이걸 극복하고자 우리 한민당도 당사를 꾸리고 깨나 오래 투자했음에도 아직까지 고전을 면치 못하고 있지요."

선거 때마다 민생당 득표율이 95% 이상을 차지하는 것과 달리 한민당은 2%~3% 사이를 오간다. 이게 실태였다.

속으로 끄덕이고 있는데.

조두극이 상체를 앞으로 내밀며 은근히 말했다.

"오늘 불미스러운 일도 겪으셨다 들었습니다. 괜찮으십니까?"

이 얘기도 들어갔다고?

민생당이 떠벌리고 다니진 않았을 테고.

한민당도 이쪽을 주목하고 있었다는 건가?

김문호도 솔직하게 나갔다.

"불편한 일을 겪긴 했죠. 어딜 가든 텃세는 있기 마련 아니겠습니까?"

"아, 물론이죠. 텃세는 어쩔 수 없는 일이긴 합니다. 저도 그렇고 한민당도 일찍이 이 땅에서 많이 겪었지요. 다만 그것이 10년, 20년을 가게 된다면 단순히 텃세로 보기에는 무리가 있지 않겠습니까?"

이상했다. 얼핏 민생당을, 전라도를, 까는 듯 보이지만. 저 조두극이, 저 한민당빠가, 한민당 꼬라지를 염두에 두라는 듯 의도적으로 이끌고 있었다.

전라도에 깃발 꽂은 지 몇 년인데 아직도 이 모양이냐고.

왜 저럴까?

김문호도 선선히 인정했다.

"압박이 거세긴 하더라고요. 그래서 어떻게 할까 고민하던 중이었습니다."

"그러시군요. 역시 빠릅니다. 그래, 해법은 찾으셨습니까?"

"그럴 리가요. 오늘이 이틀째인데. 며칠 더 두고 보며 살필 생각입니다."

"음, 좋은 생각이십니다. 아마도 그럴 거라 생각했습니다.

하지만 제 생각을 말씀드리자면 그때가 돼도 어려울 건 마찬가지일 거라는 겁니다. 오늘 우리가 이곳까지 찾아온 목적도 거기에서 벗어나지 않을 거고요. 김 비서님이라면 이미 눈치채고 있을 거라 생각하는데 아닙니까?"

"예, 말씀하십시오."

"그 고민. 우리와 같이하면 어떨까요?"

같이하자?

'왜?'

친하게 지내자는 건가?

'어째서?'

뭐, 친하게 지내는 거야 마다할 일은 없겠지만, 김문호는 조두극을 아주 잘 알았다.

저놈은 절대로 나눠 먹는 스타일이 아니다.

한 번 모른 척해 봤다.

"으음, 이래서 연계를 꺼내셨군요. 서로 도와 이 난관을 타개하자는 거죠?"

"맞습니다. 우리 모두 돌파구가 필요한 시점입니다. 미청당으로서도 절대 손해날 일이 아니고요. 어찌 됐든 두 당이 힘을 합치면 지금보다는 더 나아지지 않겠습니까?"

지금보다는 더 나아지지 않겠습니까? 라는 말을 듣는 순간 김문호는 헛웃음이 터질 뻔했다. '풉' 소리가 날 뻔한 걸 급히 헛기침으로 가리고 신상을 정리하지 않았다면 정말 터졌을 지도…….

이제야 이놈이 여기까지 찾아온 이유가 명확하게 드러났다.

이놈이 지금 우리를 상대로 무엇을 원하고 있는지.

머리가 훤해지는 느낌.

'아이고야, 너 팽당했구나. 쫓겨난 거였어. 광주지부장이라니. 귀양 온 거야. 위리안치.'

안 그럼 30년 후 대한민국을 호령할 한민당의 왕자 조두극이 이 자리에 있을 이유가 없다. 공부가 더 필요하거나 다른 시간을 주는 것이라면 부산이나 대구로 보내지 광주는 아니다.

틀림없이 나가떨어지라는 거다. 대충 개기다 지쳐서.

이 사실을 조두극이 모를 리 없었다.

다시 생각해도 눈물이 주르륵주르륵 흐르는 순간이다.

저 조두극이…… 한민당 대통령 후보가 된 주제에 이미 대통령이 된 것처럼 나대던 모습이 머릿속에 아직도 선명한데…… 평소 마주칠 때마다 깔아 보던 시선하며 엘리트 의식으로 똘똘 뭉친 놈이 권력을 쥐면 어떻게 되는지 여실히 보여주던 개양아치가 비 맞은 생쥐 꼴로 내 앞에서 찍찍댄다.

자기 좀 살려 달라고. 나 김문호 눈앞에서.

'이거 미치겠구만.'

살다 보니 별일을 다 본다.

장담하건대. 지금 내가 이 손 내미는 순간 조두극은 서슴없이 한민당을 버릴 것이다. 우리 미래 청년당으로 갈아타 최일선에서 한민당을 요격하겠지.

그런데 말이다.

"좋은 제안 감사합니다. 긍정적으로 검토해 보겠습니다.

아무래도 사안이 사안인 만큼 내부적으로 상의할 시간이 필요하겠죠?"

"그럼요. 모쪼록 좋은 쪽으로 결론이 나서 다시 뵀으면 좋겠습니다."

허리까지 굽힌다.

명목상이긴 해도 조두극은 비례대표였다. 국회의원.

반면, 나는 7급 비서.

이 순간에도 조두극은 자기도 모르게 조바심을 드러냈다. 30년 후의 조두극이랑 지금의 조두극은 이렇게나 다르다고.

팽당한 이유도 알 것 같았다. 장대운에게 짓밟힌 후 이런 식으로 조바심을 부렸겠지. 가만히 인내하고 감수하면 지도부가 알아서 수습해 주고 끝날 일일 텐데 어떻게든 자기가 만회하려고 난리를 펴다 눈 밖에 난 것이다.

돌아가는 조두극을 보았다.

'근데 말이야. 넌 절대로 모를 거다. 너로 인해 내가 어떤 확신을 갖게 됐는지. 앞으로 미래 청년당 지역 사업이 어떤 식으로 변화할 건지. 니가 힌트가 됐다는 걸 넌 영원히 모를 거다. 고맙다, 두극아. 잘 가라. 우리 다신 보지 말자.'

"오빠."

"형."

"으응? 왜?"

"오빠 무슨 생각 하는 거야?"

"나? 별로. 아무것도 아니야."

"아니야. 지금 무슨 생각 했어."

"으응?"

"우리한테도 말해 주지 않을 거야?"

뾰로통, 확신에 찬 미래의 반응에 김문호는 얘가 뭔가 알고 있나? 의구심마저 들었다. 설마하니 머릿속에 든 생각을 알 리 없겠지만 거짓말하거나 대충 넘겨서도 안 된다는 느낌이 왔다.

뭐지?

"어떻게 알긴. 오빠가 무슨 생각 하는지도 우리가 모를 거라 생각해?"

"……!"

"오빠는 얼굴에 보여. 방금도 그 사람을 생각하면서 어떤 음모를 꾸미는 듯했어. 보육원에서 사고 칠 때처럼. 혹시 그 사람한테 복수할 일이 있는 거야?"

헐……. 진짜로 아는구나.

그런 것이 내 표정에서 드러났다고?

"아주 통쾌하게 골려 줄 계획이 있는 것 같던데. 뭔지 우리도 좀 알자. 우리도 알고 싶다고."

"하아……."

"말해 주기 싫어?"

미래의 눈빛이 슬퍼지려 한다.

김문호는 서둘러 손사래를 쳤다.

"아니, 그게 아니라. 계획이 완전하게 선 게 아니라 아직 정리할 게 남아서 그래. 그러니까 골려 주겠다는 결심이 섰어도 방법은 구상해 봐야 하잖아. 아직 윤곽이 나오지 않은 것뿐이야."

"그런가?"

"배고프지 않아? 우리 밥이나 먹으러 갈까? 밥 먹으면서 정리되면 알려 줄게. 어때?"

호텔식으로 해도 되지만 일단은 나가서 먹기로 했다.

광주 현지식으로.

산책 겸 10분쯤 걸어 나가자 도로변에 불이 환하게 켜진 식당이 하나 보였다.

백반집이었다. 백반에 제육볶음 하나 시키면 저녁으로는 최고. 소주 한잔 곁들이면 더 좋고.

"우리 저기로 갈까?"

"응."

딸랑딸랑.

청량한 종소리와 함께 안으로 들어가니 열 개 정도 되는 테이블에 다섯 팀 정도가 앉아서 식사를 즐기고 있었다.

"어서 오시오. 세 명이오?"

"예."

"세 개 허면 되것지요?"

주인장이 알아서 웃는다.

"제육도 하나 주세요."

"우리 집은 제육도 좋제. 저기 빈자리에 앉아 계시오. 금방 해 올 텡게."

인자한 표정의 아주머니가 안 그래도 좋은 기분에 설탕을

뿌렸다.

물 따르고 수저 세팅도 하며 가게도 잠시 둘러보다 조두극을 만나며 떠오른 것에 대해 간략하게나마 브리핑을 해 주려 했다. 보조로 왔다고 해도 미래와 시원이도 역할이 있었다. 너무 혼자만 나대는 건 미래의 지적대로 좋지 않았다.

"내가 생각해 봤는데 말이야. 이 상태로는 너희도 안 되겠다는 건 느껴지지?"

"응, 좀 답답하더라. 앞이 꽉 막힌 느낌이야."

"나도요. 아무것도 안 했는데도 밀려나는 것 같아요."

"그래, 그래서 내가……."

"어이, 야야, 저그 쟈들 갸들 아니냐? 미청당."

본론으로 들어가려는데 뒤에서 누군가가 소리 지른다.

스윽 돌아보니 처음 보는 이들이다.

"어랏, 쳐다보네. 어이, 쳐다보믄 어쩌려고?"

"놔둬라. 좆빵이 까는디 뭐 하러 또 건드리냐. 밥이나 먹고 가게 놔둬라."

"그게 아니고 형님, 아새끼 눈깔이 영 거시기혀서 아니오. 어린노무 새끼가 싸가지 없이."

대놓고 시비였다. 허름한 대포집에서나 만날 만한.

다만 우리가 미청당인 걸 아는 게 문제인데.

무시하고 미래와 시원이에게 집중하려 했다.

"옴마, 형님, 저것 보소. 저 새끼가 방금 우릴 무시하지 않았소. 저렇다니까요. 아새끼들이 싸가지가 없어요."

"흐음, 그러네. 어른이 말하면 곱게 듣고 있을 것이지. 서울에서 왔다고 허더니 영 싸가지가 글러 부렀어."

"그려요. 서울 살면 다 저런 거요? 이참에 교육 좀 시켜 줘야 하는 거 아니오?"

한숨이 나왔다. 서울 인구의 절반이 전라도 출신인데.

자기 얼굴에 침 뱉는지도 모르는 멍청이들이라니.

고개가 절로 저어진다.

"아야, 아가야! 거기 서울 아가들. 좋은 말로 할 때 그냥 돌아가거라. 거시기한 꼴 당허지 말고."

"그려. 가서 엄마 젖이나 더 빨고 오너라. 형님, 미청당이 사람이 없긴 없나 봅니다. 저런 아새끼들을 다 내려보내고."

"설마 사람이 없겠냐. 광주를 무시하는 거라 보는 게 맞것지. 저깐 애들로 뭘 노려볼 맨큼."

"엇! 나는 그런 식으로는 생각해 보지 않았는디. 그려요? 옴마, 그러네. 그러니까 저런 대가리에 피도 안 마른 새끼들을 내려보내서 이 몸의 머리를 지진 나게 한 거구만. 우덜을 놀리려고."

미래와 시원이는 화가 나는지 입술을 꽉 문다.

괜찮다고 진정하라고 말해 주었다. 밥만 먹고 나가면 될 일이고 다신 볼 일 없는 인간들이다.

그런데 가만히 있자 우리를 가마니로 본다.

선을 과감히 넘는다.

"어이, 아줌씨들 몰고 다닐 땐 좋았지? 우째 그 아줌씨들

어쩌고 밤에 여그까지 기어 나왔냐? 아아, 오늘은 그 기집애 데리고 놀려고? 세월 좋구만. 키키킥."

"어제는 아줌씨들이랑 놀고 오늘은 솜털 뽀송뽀송한 기집 애랑 놀고. 캬아~ 신선놀음이 따로 없구만. 나도 이참에 미 청당에 가입이나 헐까?"

"아서라. 아서. 너 정도로 되것냐? 나는 돼야 밤새 세 명을 카바하지. 이놈아. 하하하하하하."

못 들어 주겠다. 소주병으로 골통을 깨부수든 가위로 저 입을 찢어 버리든 양단간에 결딴을 내야지 하며 일어서는데. 주방 쪽에서 고함 소리가 터졌다.

아까 우리를 반갑게 맞았던 아주머니였다.

"이런 썩어 뒈질 노무 새끼들이 지금 우리 손님한티 뭐라 고 하는 겨?! 야, 이 새끼들아, 느그 집에서도 니들이 이러고 다니는 거 아냐?"

"아, 누님은 끼어들지 마소. 이건 대국적인 일이니께."

"만식아, 너도 그라믄 안 된다. 워떻게 딸래미 키우면서 남 의 딸래미한틴 입이 시궁창이냐. 새끼야. 니 딸이 이러고 다 니는 거 알어?"

"어허이, 갸 얘기는 여기서 왜 꺼내요?!"

"갸는 안 되고 저 아가씨는 되냐? 만식아, 만식아, 나가 너 정치질 하러 다닐 때부터 알아봤다. 시커먼 놈들끼리 몰려다 니면서 이런 짓이나 하고 다니냐? 느그 엄니는 알어?"

"나가 괜히 그러요? 저 새끼들이 내려와서 평지풍파를 만

드니께 이러는 거 아니오! 나는 광주를 위해서…….”

"시끄럽고. 나는 귀가 없는 줄 알어? 저 사람들 어제 왔다
며? 어제 온 사람들이 뭘 했는디? 뭘 했는디 이 지랄들이여?!
니가 아까도 그러지 않았더냐. 건물 보러 다니는 것도 다 훼
방 놨다고. 평지풍파는 누가 만드는 건디?!"

여기엔 할 말이 없는지 남자는 아 몰라 신공을 꺼냈다.

"그라믄 내가 만드요? 우리끼리 잘살고 있잖았소. 왜 자꾸
밖에서 와서 건드리길 건드려요."

"그람 바깥 사람이 안 들어오믄 여기 사람들은 워떻게 살
건디?! 군수가, 시장이, 도지사가 그 지랄허며 관광객들 유치
하려고 난리인 이유가 뭔디. 넌 뭔디 오는 사람을 처막어?!
느그 당 뭐시기도 니가 이러고 다니는 거 알고 있냐?"

"아 몰라! 난 저놈들 돌아다니는 꼴을 죽어도 못 보니께.
그런 줄 아소!"

아예 강짜를 놓자 아주머니는 이번엔 달래는 투로 톤을 바
꿨다.

"만식아. 아무리 그래도 그렇제. 사람이 워떻게 밥 먹는 것
까정 건드냐. 우덜이 그렇게 배웠냐? 사람이 그러면 못쓴다."

"아, 씨, 나만 나쁜 놈이여? 나만 쓰레기여?!"

"이게 그려도!"

"누님은 가만히 계쇼. 이런 건 우리가 알아서 할 테니께."

"알아서 한다고? 이게 보자 보자 하니께. 오냐. 좋다. 나도
이제 니가 밖에 나가 지랄을 허든 돼지던 상관은 안 허겠는

디. 우리 집에 밥 먹으러 온 손님한테까지 해코지하는 건 못 보겠다. 나가!"

"뭐, 뭐요?!"

"나가라고 새끼야!"

"누님!"

"나가 왜 네 누님이야! 어려서 코 찔찔 흘리던 놈을 업어 키 웠더니 대가리 굵어졌다고 내 말을 무시해?! 안 나가!"

"아이, 정말 이러기요? 저깟 서울 놈들 때문에 나헌티 섭섭 하게 허고!"

이럴 땐 굿이나 보고 떡이나 먹으면 좋으련만.

계속 앉아 있는 것도 이런 자리에서 밥을 먹는 것도 전혀 원 하는 모양새가 아니었다. 더 있다간 좋은 꼴도 못 볼 것 같고.

"미래야, 시원아, 나가자."

셋이 모두 일어나자 아주머니는 언제 열 올리며 싸웠냐는 듯 미안한 표정으로 다가왔다.

"워메, 가시려고?"

"죄송합니다. 괜히 저희가 와서 분란만 일으킨 것 같네요. 나가겠습니다."

"아이고, 이러면 안 되는디. 이러면 증말 안 되는디."

"그려. 이제야 말귀를 알아듣는구면. 그렇게 짐 싸서 서울 로 가면 되는 거여. 자식들아. 킬킬킬."

"조용히 안 해!"

딸랑딸랑.

들어갈 때만 해도 청명하게 느껴졌던 소리가 이번엔 아주 거슬렸다.

"이노무 쉐끼가 뭐가 잘났다고 까불어!"

"헤헤헤, 누님, 나가 저짝 놈들 꼴 보기 싫어 내쫓은 거제. 누님이 싫어서 그래요? 누님, 사랑하오~~."

"엉겨 붙지 마. 이 지겨운 놈아!"

나가며 귓가에 들리는 소리도 끈끈하다 못해 딱딱할 지경이다.

그랬다. 이들에게 우리는 외부인이었다. 이방인. 같은 국적임에도.

김문호도 이제야 포지셔닝이 와닿았다.

바람 타고 날아온 돌멩이가 아교로 단단히 붙은 이들 사이에 낀다는 발상 자체가 잘못된 것이었음을.

아무리 오랜 세월이 흘러도 이방인이 현지인이 되는 건 불가능하였다. 오리지널리티란 본디 그런 것.

귀농도 그랬다. 기반 없이, 아는 사람 없이, 들어갔다간 온갖 텃세에 시달리다 뛰쳐나온다.

그 마을에, 그곳 사람들과 섞이려면 끊임없이 파고들어야 한다. 일손 부족하다면 밭일도 해 주고 전구도 갈아 주고 집안도 고쳐 주고 온 동네 일꾼처럼 굴어야 그나마 '봐줄 만하네' 정도로 손톱만큼 인정받는다.

끊임없이 사람이 부족하다면서도 정작 사람이 가면 그 꼴이 난다는 것이다.

이게 소위 말하는 시골의 인심. 여기 광주광역시도 마찬가지였다. 아니, 더욱 폐쇄적이었다.

광주의 역사는 시민들의 피와 고통으로 점철됐다. 그 속에서 살아남은 자들은 자기들끼리 뭉치지 않으면 죽는다는 걸 처절히 깨달았다. 그 결속력이 70년대, 80년대 무자비한 총칼 앞에서 버틸 힘이 되었지만 2000년대에 이른 지금에선 오히려 발목을 잡는 걸 이들은 모른다.

뿌리치고 나아가야 할 때 돌덩이처럼 딱딱하게 뭉쳐 자신을 변화시키지 못함을.

안타까웠다. 실로 안타까웠다.

"우리 저기 국밥 먹으러 갈까?"

"응, 오빠."

"예, 형."

광주는 국밥도 좋다. 수육에 소주도 한잔 걸친다.

그러나 오늘 하루가 끝난 건 아니다.

김문호는 전화기를 빼 들었다. 왜적을 앞두고 뽑는 삼 척 장검처럼.

"예, 의원님, 저 김문호입니다. 예, 맞습니다. 감사합니다. 예, 드릴 말씀이 있습니다. 예예, 의원님, 일을 좀 크게 키워도 되겠습니까?"

"알았어요. 그리 판단하는 것도 일리가 있네요. 쉬운 일이었다면 한민당이 여태 저 꼴로 있진 않았겠죠. 알겠습니다. 이왕 하는 일, 모양 좀 살게 가 보죠. 내일 도움이 될 만한 사람이 내려갈 겁니다. 그분과 상의해 보세요. 예, 좋은 밤 되세요."

전화를 끊는 장대운에 백은호는 무슨 일이냐며 눈으로 물었다.

"문호 씨네요. 문호 씨가 우리 전략을 대대적으로 수정하고 싶다네요."

"전략을요? 갑자기?"

"예."

"전략까지 손댈 정도라면…… 벌써 진단이 끝났다는 겁니까?"

"그러게요."

"허어…… 내려간 지 이틀밖에 안 됐는데."

"근데 다시 생각해도 문호 씨의 말이 맞는 것 같아요. 우리 미래 청년당이 굳이 기존의 루트를 따라갈 필요가 있을까요?"

"그 말씀은……."

"처음 국회에 입성할 때까지만 하더라도 저도 평범하게 쓸 만한 인재를 찾거나 기존 구조에 불만을 가진 이들을 데려다 세력을 형성하려 했어요. 업적을 만들고 당세를 키우고 그런 식으로요. 그런데 지금 미래 청년당을 보세요. 부족한 게 있나요?"

"절대로 없습니다. 미래당원만 해도 대한민국 정당 중 최고입니다."

"맞아요. 신당 창당도 그렇고 분당도 그렇고 전부 위에서 시작하기 마련인데 우린 기반이 이미 완성됐어요. 아래로부터 올라가는 구조죠. 문호 씨가 그랬어요. 서서히 스며드는 전략은 우리의 장점을 포기하는 것과 같다고. 저도 동감하고요."

"그렇군요. 바로 시작해도 된다는 거군요. 굳이 멀리 돌아갈 필요 없이."

"정치는 미괄식보단 두괄식이 좋다네요. 그래야 신비롭다고요. 어차피 정치란 건 힘과 힘의 대결일 테고. 적의 심장부에 미래 청년당의 깃발을 꽂으려면 어설픈 방법으로는 통하지 않겠죠."

"으흠……"

고개를 끄덕끄덕. 모로 가든 서울만 도착하면 된다.

기반은 완성됐고. 방법론을 달리한다 한들 미래 청년당이 두려울 이유가 없었다.

"조 대표님을 불러 주세요."

"아, 옙, 금방 올 겁니다. 구룡마을 재개발로 근처에 있을 테니. 아 참, 도 보좌관 쪽에도 알려 줘야 하지 않을까요?"

"아! 그러네요. 알려 주세요. 내일 하루는 아무것도 하지말고 맛있는 거 사 먹고 관광이나 하라고 전해 주세요."

"알겠습니다. 오호, 내일 결정이 된다는 말씀이시군요."

"예."

"근데 의원님, 웃으시네요."

"제가 웃었나요?"

"마음에 드신 모양입니다."

"시원합니다. 통한다면 단시일 내로 우리 미래 청년당의 향기가 전국에 퍼질 테니까요."

◇ ◆ ◇

장대운의 언질대로 다음 날은 아무 데도 가지 않고 호텔에서 생각을 다듬기로 했다.

내려온다는 누구가 누군지는 예상되었다.

예상되는 이유도 간단했다. 이번 일의 규모 때문이었다. 규모를 본다면 조형만이 아니고선 상의할 사람이 없었다.

"너희는 쉬고 있어. 점심쯤 돼야 올 거야."

"그 전까지 편하게 있어도 돼?"

"그럼. 오전 시간이 빌 거야. 시내 관광해도 좋고. 한숨 더 자도 좋아."

"시원이랑 호텔에서 놀아도 돼?"

"그래, 하고 싶은 거 다 하고 있어."

미래와 시원이는 신나서 나갔지만, 김문호는 긴장을 풀지 않았다. 조형만이 온다는 건 예상이지 아닐 수도 있었다. 설사 예상이 맞다 하더라도 그가 만만한 사람은 절대 아니다.

김문호는 자기 포지션을 잘 알았다.

현재 시점, 장대운이 아니었다면 그런 레벨의 사람과 독대한다는 건 있을 수가 없는 일.

장대운이 없는 첫 독대이기도 했다. 제대로 된 모습을 보이지 않는다면 크게 실망할 것이다.

"개념 정리가 중요해. 단번에 알아들을 수 있는 단어 선택도. 두루뭉술은 통하지 않아. 핵심을 꿰뚫어야 일이 진행돼."

차근차근 접근법부터 점검하며 구획을 그리기 얼마나 됐을까. 문득 전화벨이 울리는 걸 들었다.

프론트였다. 손님이 찾아왔다고.

김문호는 서미현 등이 온 줄 알았다. 오늘은 안 와도 된다 전달했는데도 기어코 왔구나 하며 내려갔는데.

"엇!"

로비엔 전혀 다른 사람이 있었다.

그 사람이 뚜벅뚜벅 무거운 걸음으로 다가와 손을 내민다.

"우리 초면은 아니죠? 이상훈입니다."

"아, 어서 오십시오. 미리 대기하고 있어야 했는데 이렇게 일찍 오실지 몰랐습니다. 죄송합니다."

이상훈이었다. 오필승 건설의 부대표.

80년대 학습지 업체에 근무하다가 오필승으로 전향했다던 특이한 이력을 가진 사람.

그 일 처리의 꼼꼼함에 반한 조형만이 장대운에게 스카우트를 제안했고 그날부터 지금의 오필승 건설이 만들어지기까지 핵심적인 역할을 한 인물이다.

들리는 소문에 의하면 아주 집요하다고. 오필승과 척지는 순간 대한민국 민간 공사는 끝이라는 말이 떠돌게 한 장본인이라는 얘기를 들었다. 뒤끝이 상당하다는 것도.

오필승 건설의 실무진을 휘어잡고 있으며 오필승 건설의 모든 기획이 이 사람의 머리에서 나온다는 말도 있었다.

조형만이 폭발형이라면 이상훈은 물처럼 덮어 버리는 유형이라.

성향상 결코 만나선 안 될 상극이라지만 장대운은 이 두 사람마저 시너지를 일으키게 만들었고 현재 오필승 건설은 건설 장비 하나 없으면서도 대한민국 최고의 건설사로 불린다.

김문호의 긴장감이 너트를 조이듯 가파르게 올라갔다.

의전 준비부터 만남의 모든 것이 어긋났다. 등줄기로 식은 땀이 흘렀다.

"아, 괜찮습니다. 미리 알려 주지 않고 왔으니 감안하고 있습니다."

두리번거린다.

"두 사람이 더 있다고 들었는데. 보이지 않네요?"

미래와 시원이도 찾는다. 목울대가 절로 울렁인다.

그제야 허둥지둥 전화하는 것도 좋지 않은 모습이라 어떻게 대답할까 망설이고 있는데 때마침 호텔 입구로 미래와 시원이가 들어왔다.

반갑게 부르려다 멈칫, 바로 상황 파악에 들어간 미래가 시원이를 다독이고는 빠른 걸음으로 이쪽으로 다가왔다. 김문호의 시선이 다른 곳에 있는 걸 본 이상훈의 고개가 돌아간다.

"안녕하십니까. 이미래입니다."

"이시원입니다."

허리부터 숙인다.

이상훈은 미래와 시원이를 보고도 반갑게 손을 내밀었다.

"오오, 바깥에 나와 있었군요. 반가워요. 우리 미래 청년당의 역군들이 아침부터 활발하게 활동 중이신지 몰랐습니다."

뉘앙스에 불편함은 느껴지지 않았다. 좋게 해석해 주는 것. 다행히도, 다행이었다.

이 순간 변명 아닌 변명이 열두 가지 넘게 머릿속에 돌아다니고 있음에도 김문호는 한마디도 하지 않고 묵묵히 자리를 지켰다. 이상훈은 그런 남자였다. 어설프게 대했다간 가래로도 못 막을 남자.

우리는 자연스레 호텔 커피숍으로 갔다.

커피 한 잔에 15,000원이란 걸 본 후부터 이 돈이면 국밥이 세 그릇이란 걸 깨달은 순간 단 한 번도 들어가지 않았던 곳이나 상황이 상황인 만큼.

"어제 조 대표가 급히 의원님께 불려 갔다고 하더군요. 밤에 전화해서는 본인은 구룡마을 재개발 건이 바쁘니 나더러 가서 해결 보라고 등 떠밀었습니다. 이 몸도 바쁜데 말이죠."

"아…… 옙."

"내용도 알려 주지 않더군요. 가 보면 알 거라며. 그런데 오늘 도착하고 나니 왜 급히 내려가라고 한 건지는 이해됐습니다. 쥐새끼가 붙어 있더군요."

"예?"

"음, 모르셨군요. 앞뒤로 두 놈씩 네 놈이 이 호텔을 감시하고 있었습니다. 아! 저기 오는군요."

경호원으로 보이는 남자 둘이 빠른 걸음으로 다가와 품에서 무언갈 꺼냈다.

사진 뭉치였다. 필름이 같이 동봉된.

역사에서부터, 그곳에서 당원들과 만나 인사하고, 떠나는 콤비 차량에, 호텔에 도착하고 육전집에 가고 다음 날 아침부터 대기하던 서미현 등과 건물 보러 다닌 것까지 죄다 찍혀 있었다.

미래와 시원이는 놀라서 자기 입을 막았다. 어제 백반집에서 쫓겨난 장면까지 찍혀 있다.

김문호는 그도 그렇지만 이 상황이 더 기가 막혔다.

사진도 사진이거니와 이걸 언제 처리하고 인화해 왔는지.

"참고로 이것 때문에 우리 직원들이 아침부터 광주 시내를 헤맸답니다. 급속 인화할 곳을 찾느라."

"아…… 감사합니다. 저희는 몰랐습니다."

"으흠, 생각보다 담담하시군요. 나이답지 않다고 듣긴 했는데 당돌한 것 같지는 않고 담대한 건가요?"

"아닙니다. 많이 놀라고 있습니다. 도와주셔서 감사드립니다."

"뭘요. 식구끼리. 그래, 인사는 이 정도로 됐고 이제 본론으로 들어가 볼까요?"

감시하던 이들이 무슨 이유에서 쫓아다녔는지, 누구의 사주를 받았는지 같은 건 전혀 관심 없다는 투였다. 일상이라는 것처럼 파리 몇 마리 치웠다는 뉘앙스라 김문호는 속으로 무척 당황스러웠지만, 이왕지사 이렇게 된 것 아랫배에 힘을 꽉 줬다.

"그럼 이 일에 대해 약간의 브리핑 시간을 가지려고 하는데 허락해 주시겠습니까?"

"물론이죠. 제반 지식이 없는 감상은 앙꼬 없는 찐빵 아니겠습니까?"

허락했다.

김문호는 미래 청년당이 당초 계획한 것과 막상 이곳으로 와서 느낀 것에 대한 괴리감을 한민당을 예로 들어 설명했다.

정석대로라면 기약이 없는 땅이라고. 이 구도를 바꾸려면 바닥부터 판을 뒤엎는 수밖에 없다는 보고를 어제 했다고.

"으흠, 일리 있는 말씀이네요. 건설업도 하다 보면 도무지 앞이 보이지 않을 때가 있어요. 아니, 종종 만나죠. 특히나 복잡한 이권이 걸린 곳이라면 틀림없다 싶을 만큼 사업이 안개 속으로 빠지게 됩니다."

"예."

"경험상으로도 대화가 안 되더군요. 자기가 못 먹을 것 같으면 아예 부숴 버리는 놈들이 천지에 깔려 있습니다. 이 바닥이 더럽다는 말이죠. 그래서 더 본보기를 보여 줘야 합니다. 오필승 건설과 척지는 순간 지옥이 펼쳐진다는 걸 말이죠."

"아…… 옙."

이상훈의 입가가 사악 올라가는데 인상이…….

김문호는 뒷머리가 삐죽 솟는 것 같았다.

"물론, 미래 청년당은 성격이 좀 다르겠죠. 헛짓한다고 사람을 은퇴시킬 순 없을 노릇이고요. 더럽게 나와도 마땅히 대응할 방법이 없습니다. 그렇지 않습니까? 저들이 우리 미래 청년당에 입당하거나 도움 준 사람들을 해코지하면 무슨 수로 막을까요?"

"······!"

못 막는다. 피해가 커질수록 피해자들은 도리어 미래 청년당을 원망할 것이다. 너희 때문에 못 살게 됐다고.

일을 키워도 소용없다.

언론이든 공권력이든 동원해 수면 위로 끄집어내도 자존심 버리고 뒤에서 수작 벌이기 시작하면 끝이 없다. 진행하던 사업에서 배제시키고 학교 다니는 아이들을 건들고 늘 주변에 머물며 마주칠 때마다 손가락질할 것이다. 배신자라고.

박살 나는 건 미래 청년당을 도운 사람들과 미래 청년당 이미지일 뿐.

저들은 그래도 끝내지 않을 것이다. 그걸 빌미로 이참에 이런 인식이 박히게끔 조장할 테니.

- 곱게 살고 싶으면 민생당만 봐라.
- 다른 데 기웃거렸다간 패가망신한다.

이게 바로 텃세란 것이다.

"이해합니다. 나도 많이 겪었습니다. 이 동네는 그중에서도 유별나요. 주먹도 경찰도 관공서도 정치인도 전부 다 한통속이에요. 전부 전라도 출신이 아니면 안 됩니다. 무슨 중국 같아요. 꽌시 아니면 발도 못 뻗게 말이죠. 이런 걸 외국에선 카르텔이라고 하던가요? 그 카르텔을 대놓고 드러내도 되는 동네가 바로 이 동네랍니다."

이상훈의 말을 계속 듣는데 어째서인지 모르게 묘한 단어가 머릿속에 떠올랐다.

전체주의(全體主義).

개인의 모든 활동은 국가와 민족 같은 전체의 존립과 발전을 위해서 존재한다는 이념이다. 개인의 자유를 극단적으로 억압하는 사상 및 체제.

대표적으로는 이탈리아의 파시즘, 독일의 나치즘이 있고 일본의 멸사봉공(滅私奉公) 슬로건도 이에 가까운데.

물론 이곳 광주가, 전라도가, 전체주의일 리는 없었다. 그 길로 간다는 것도 억측에 불과하지만 묘하게 그런 향기가 난다는 걸 은연중 이상훈이 짚고 있었다.

'그러네.'

그러고 보니 또 그럴싸했다.

며칠 안 됐지만, 지금까지 겪어 본 이들의 논리는 같았다.

- 우리를 위해서다, 우리 전라도민을 위해 이렇게 하는 거다.

법이든 질서든 무시하고 그 길을 따르지 않는 이들에게 위협을 가한다. 무차별적인 폭력으로.

오죽하면 건물주가 건물 팔기를 포기하고 부동산 중개인

이 고향 떠날 생각까지 할까.

전체주의도 그랬다. 선동과 공포로 지배하는 막장 세상이다.

그러나 막상 책임질 때가 되면 아무도 나오는 사람이 없다. 악이 행해졌음에도, 그 악으로 인해 대다수가 피눈물을 흘렸음에도, 집행자들은 자기들은 명령을 받아 움직인 것뿐이라고 죄를 회피한다. 주동자들은 아예 보이지도 않고.

"악의 평범성을 말씀하시는 겁니까?"

"호오, 한나 아렌트를 압니까?"

역시나 이상훈은 바로 알아들었다.

맞다. 한나 아렌트의 논리였다.

20세기 위대한 철학자 중 한 명으로 1, 2차 세계대전을 겪으며 전체주의에 대한 통렬한 비판으로 유명해진 사람. 사회적 악과 폭력의 본질에 대해 깊이 연구하였고 파시즘과 스탈린주의 등 '전체주의'에 대한 그녀의 분석은 지금까지도 탁월하다 손꼽는다.

"사회주의도 그랬다죠? 다른 의견을 제시하는 순간 다음 날로 사라졌다고요."

"맞아요. 그렇지. 이 동네의 현실과도 비슷하지 않소?"

말투가 바뀐다. 거부감이 아니었다. 명백한 호의.

'이상훈이 한나 아렌트에 심취했나?'

의외의 모습이었으나 김문호는 계속했다.

"하지만 그 전에 이 땅이 이렇게까지 폐쇄적으로 변해야 했던 이유를 먼저 살펴봐야 합니다."

"그런……가?"

"전체주의는 인간이 사회적 정치적 경제적 고통에 빠지는 순간 튀어나옵니다. 평안한 상태에서는 잠재할 순 있어도 절대 나오지 못하죠. 호응을 못 받으니까요."

"지난 세월의 억압이 이들을 이렇게 만들었다는 건가?"

"효율을 극대로 끌어올려야 했을 겁니다. 그러지 않고는 자기를 지킬 방법이 없었을 테니까요."

"단결만큼 높은 효율이 없다는 거군."

"그 과정에서 작은 목소리는 지워야 했을 겁니다. 그것이 설사 다양성의 부재란 치명적인 부작용을 일으킬지라도 우선은 살아남아야 했을 테니까요."

"그렇지. 살아남아야 다음을 보겠지. 하지만 다양성의 멸살은 그 체제, 그 지역, 그 민족의 멸망으로 이어지지 않나? 역사가 이를 증명하네."

"맞습니다. 결국은 그렇게 될 겁니다. 소련이 무너지는 순간 저 중국이 급하게 자본주의를 끌어들인 것도 같은 이유일 테니까요. 다양성이 죽으면 변화에 적응할 수 없습니다."

"그렇다면 자네는 이 일을 어떻게 풀어야 한다고 보나?"

핵심 질문이었다.

이 일은 비단 광주, 전라도만이 아닌 부산, 경상도와도 맞닿아 있었다. 충청도, 강원도, 제주도 전부 포함된 일이었다.

그러니까. 지금부터 나올 몇 마디가 이 전부의 운명을 좌우하게 된다는 것.

부담스럽냐고?

피식 웃은 김문호는 오히려 더 자신감 있게 나갔다.

"간단합니다."

"이게 간단하다고?"

이상훈의 미간이 잔뜩 찌푸려진다.

"처리는 복잡하겠지만, 목적 자체는 아주 선명하니까요."

"목적 자체가 선명하다…… 맞아. 방법론은 다양할수록 좋겠지만, 목적은 모두가 한눈에 알아볼 수 있을 만큼 심플해야 해. 그래, 그게 무엇인가?"

"거짓말을 밝혀내면 됩니다."

"아! 거짓말!!"

무릎을 탁 친다.

이상훈은 정말 한나 아렌트에 심취한 모양이다.

"맞아. 그게 정답이야. 전체주의는 결국 체계적인 거짓말로 이루어진 체제일 뿐이지. 공포로 본모습을 가리고 있다지만 영원히는 불가능해."

"맞습니다. 전체주의는 공포란 무기만 걷어 내면 아무것도 아닌 이데올로기니까요."

살짝 핀트가 어긋나 보이는 대화이나 맥락상 문제는 없다고 본다.

지금 이 땅에서 벌어지는 일들이 이미 전체주의의 프로세스를 따르고 있었고 정도의 차이가 있을 뿐 그 영향력마저 부인하긴 힘들기 때문이었다. 그렇기에 우리는 전체주의의 속성을 알아야 한다.

그 본질이 거짓말임을 직시한 채 이 땅의 시민들에게 진실을 밝혀야 온전한 설득이 가능해진다는 논리가 성립되니까.

- 전체주의는 거짓말이다.
- 전체주의는 선동이다.
- 고로 전체주의는 거짓말 선동이다.

어느 날 갑자기 죽기 딱 일보 직전의 사람 앞에 누군가가 나타나 이런 말을 던진다면 어떨까?

- 살기 어려워? 내가 해결해 줄게. 대신 나를 밀어줘. 그러면 넌 원하는 걸 얻을 수 있을 거야.

너의 고통을 해결해 주겠다.

아주 달콤한…… 너무도 듣고 싶어 하는 말을 던지며 어떤 방향성을 가리킨다. 나를 따라 저곳으로 가면 이 지옥 같은 곳에서 벗어날 수 있다고.

맞다. 이들에게 현실은 고통이었다.

고통스러운 사람 앞에 나타난 이는 그 고통을 자기에게로 전가시키라 하고 따르기만 하면 그 고통에서 벗어날 거라고 한다.

그의 말을 듣다 보면 속이 다 시원해지고 정말 그럴 수 있다는 확신도 든다.

살고 싶다. 살고 싶다. 나도 사람답게 살고 싶다.

이럴진대 그렇지 않다고 일부의 이익에 빗대 말하는 건 배신이다.

밀어준다. 무조건적으로 그를 믿다.

그런 그가 마침내 권력을 가진다. 그가 이렇게 말한다.

- 우리는 원래 특별한 민족인데 우리가 지금 이 꼴이 된 건 저 안경 쓴 악마들의 함정에 빠져서다. 저놈들이 우리를 악의 구렁텅이로 몰고 가는 바람에 이렇게 됐다.

가만히 있는 유대인을 가리킨다.

정상적인 인식 상에선 말도 안 되는 개소리겠지만.

순박하던 독일 국민은 미쳐 돌아갔다.

수백만의 유대인이 죽어 나간 건 물론이고 유럽 일대가 초토화된다. 소련이라는 세계 면적의 1/7에 달하는 초거대 국가가 탄생하는 기반이 된다.

이 일을 우습게 보면 안 된다는 뜻이었다.

설마 그렇게까지 갈까 싶었던 것이 주변에서는 비일비재하게 일어난다는 것이었다.

"그럼 대체 어떤 식으로 거짓말을 밝혀낼 텐가?"

"정치를 보여 주면 됩니다. 진짜 정치를요."

"진짜 정치?"

"전체주의는 정치가 빠져 있습니다. 무조건 하나인 건, 득

표율 95% 이상인 건 누가 봐도 정치가 아닙니다."

"으음……."

"말할 수 있는 자유, 대화를 통해 합의를 이루는 과정, 속임수나 기만이 아닌 설득이 존재하는 사회. 그것이 바로 민주주의 사회입니다. 의문을 제기하면 국론이 분열된다. 그러면 나라가 망한다. 따위 같은 가짜 뉴스가 아닌 진짜로써 이 땅의 사람들을 상대해야 합니다."

"……?"

"한나 아렌트는 확실성이 멈추는 순간 사유가 시작된다 하였습니다. 불확실성에서 진짜 지식이 생성된다 하였습니다. 그래서 저는 이 땅에 의심을 심을 겁니다."

"……!!!"

이상훈이 허리를 벌떡 세웠다.

강렬한 눈빛으로 김문호를 쏘아보았다.

김문호는 전혀 두렵지 않았다.

이 땅, 이 전라도 땅에 깃발을 꽂으려면 의심부터 먼저 박아야 함을 전에는 몰랐다. 그저 남들처럼 인사하고 밀어 달라고 외치려고만 했다. 소프트하게, 그럴 필요가 전혀 없는데도, 이미 정치적 유산을 갖고 있음에도, 활용할 생각을 하지 못하고 관성대로 움직이려 하였다. 천하의 바보같이.

1도 두렵지 않았다. 전라도를 자기 것이라 주장하는 민생당의 자부심마저 전혀 부럽지 않았다.

모두 허상이었고 거짓말이었음을 깨닫는 순간 진짜가 눈

에 나타날 것을 알기 때문이었다.

그랬다. 우리 미래 청년당엔 장대운이 있다!

눈앞 노려보는 이상훈도 마찬가지다.

첫 독대의 순간 어처구니없게도 전체주의론에 대해 강의하게 됐다지만 이 사람도 장대운의 꿈에 걸쳐 있다. 오필승의 모든 것이 장대운에게 향하듯.

여유롭던 이상훈이 공격적으로 변했다.

"의심이라고? 의심을 심겠다는 말인가?! 도대체 어떻게?"

"얄팍한 술책, 책략 다 필요 없습니다. 우직하게 힘으로 밀고 나갈 겁니다."

"힘으로? 힘으로 어쩐다는 얘긴가?"

"이 땅에 마천루를 세울 겁니다."

"마천루?! 가장 높은 빌딩을 세운다는……."

"아닙니다. 군이 가장 높을 필요는 없습니다. 동경하게만 하면 됩니다. 마천루는 물리적으로 가장 높다는 의미도 있지만, 격으로도 가장 높다는 의미가 있으니까요."

"마천루, 마천루…… 허어……."

"미래 청년당은 힘으로 말할 겁니다. 그래서 간절히 부탁드립니다. 이 전라도 일대가 동경할 힘을 건설해 주십시오. 누구든 이 광주 땅에 들어오는 순간 그 힘을 봐야만 하게, 하늘 높이 아주 군건한 모습으로 세워 주십시오. 우리 미래 청년당이야말로 너희들의 미래를 열어 줄 마지막 기회라고 선포하듯 말입니다."

"......!!!"

곧바로 설명에 들었다.

미래 청년당 광주시당이 앞으로 품을 비전을. 광주시 한복판에 보란 듯이 올라가는 미래 청년당의 빌딩을.

그곳에서 펼쳐질 미래 청년당 당원들의 향연을.

단언했다. 랜드마크로 자리 잡을 것을.

미래 청년당의 출현이 온통 정치 얘기로만 범벅될 거라 믿는 저들에게 우리는, 미래 청년당 광주시당은 뿌리부터 다르다는 걸 보여 준다 하였다. 귀부터 뚫어 줄 거라고.

어떤 식으로?

당사에서 결혼식이 열릴 것이다. 문화 강좌가 개설될 것이다. 스쿨버스 같은 미래 청년당 버스가 매일 광주 시내를 돌아다니며 당원들을 데려올 것이다.

정치 일색이어야 할 당사에서 사랑이 꽃피우는 성대한 결혼식이 열릴 것이고, 권력 암투의 요새가 될 당사에 영어 강좌가 열리고, 유명 가수들이 펼치는 노래 강좌가 생기고, 그림을 좋아하는 이들을 위한 드로잉 강좌가 개설되고, 부동산 중개사 등 자격증 강좌도 펼쳐질 것이다.

이 모든 것들을 당원들이 누릴 것이다. 그들의 삶의 만족도는 한층 더 높아질 테고 그걸 두 눈으로 본 광주시민들은 의문을 품게 되겠지.

목포, 여수, 담양, 나주, 영암, 보성, 순천, 광양 등등 전라남도에 존재하는 모든 시군과 네트워크를 형성해 이 같은 일을 벌일 거라 하였다. 그들에게 온몸으로 물어보겠다 하였다.

- 과연 너희들이 믿는 자는 지금까지 무엇을 해 주었나?
- 우리 미래 청년당은 아무 조건 없이 해 준다.
- 우리는 서울에서도 일부 시민들만 누리는 삶의 풍요로움
을 바로 여기 이 전라도 땅에 박아 줄 수 있다.

여기까지 얘기했을 때 이상훈이 두 눈을 감았다. 움켜쥔
주먹이 부르르 떨리는 걸 봤다.

그러나 아쉽게도 격정은 길지 않았다. 10초 남짓?

금세 본래 신색을 회복한 이상훈의 눈엔 달뜬 기색은 사라
지고 오로지 겨울의 차가움만이 남아 있었다.

가히 놀라운 절제력.

"후우…… 조 대표는 그렇다 치고 온 계열사 사장들이 죄
다 탐내길래 도대체 어느 정도인지 궁금했습니다."

말투도 처음으로 돌아갔다.

"상상외군요. 제 상상을 아득히 뛰어넘는 역량입니다. 분
명 이 광주로 출발할 때까지만 해도 전략이 달랐다고 들었는
데. 맞나요?"

"예, 맞습니다."

"이게 단지 이틀 만에 나온 기획이라는 거죠?"

"예."

답은 했지만, 미래 지식과 합쳤으니 수십 년을 당긴 기획이다.

그리고 사실 그리 또 대단한 기획은 아니었다. 미래 구민 센터에서 할 문화 강좌를 따와 접목시킨 것뿐이니.

지금은 고급 백화점이나 벌이는 일이긴 하지만.

어쨌든 이상훈의 얼굴은 무거워졌다. 힐끗 옆에 대기 중인 비서를 향해 시선을 돌린다.

"그것…… 좀 꺼내 주게나."

"예."

곁에 있던 비서가 가방을 열고는 작은 서류철 하나를 꺼내 건네준다. 이상훈은 그걸 이쪽으로 넘겨주었다.

"한번 보세요."

받아 봤다. 분양 광고 비슷한 컨셉의 표지가 시선에 잡혔으나 실망은 금세 사라졌다.

"이건……!"

"알아보겠습니까?"

왜 못 알아볼까. 쇼핑, 오락, 식당 전부가 하나의 장소에 모여 있는 복합 문화 공간에 대한 기획안이었다.

"멀티플렉스……."

"멀티플렉스……요?"

이 개념이 벌써 나왔다고? 아닌가? 이쯤에서 나올 일인가?

모르겠다. 내가 멀티플렉스를 처음 접한 건 분명 이 시기는 아니었다.

"멀티플렉스, 멀티플렉스라…… 어감이 참 좋습니다. 우리가 사용해도 되겠습니까?"

거의 완성된 기획안이었다.

각 도의 거점 도시마다 종합 쇼핑몰을 건설하겠다. 그에 대한 자금 계획도 잡혀 있다.

앞으로 오필승 건설이 주도할 주요 비전 중 하나임이 틀림없었다.

이상훈을 쳐다봤다.

이걸 지금 보여 준다는 건!

"아아, 오해는 마세요. 영입 제안은 아니니. 맥락이 비슷하잖습니까. 참고하시면 어떨까 해서요. 근데 사용해도 됩니까? 기획안은 좋은데 이 모든 걸 한마디로 정의할 단어가 부재하여 5%쯤 모자랐는데 딱 이라서 그렇습니다. 멀티플렉스. 물론 대가는 치르겠습니다."

놀라웠다.

이들은 적어도 5년 이상 남보다 빨리 가고 있다.

선점에 들어갔다는 것.

더도 말고 덜도 말고 딱 5년이다.

'너무 멀면 이해하기 어렵고 너무 가까우면 유행에서 빗겨난다.'

5년이라면 새로움과 실리를 모두 잡는다.

희열에 뇌가 녹아나는 기분이었다.

김문호는 자기도 모르게 펜을 꺼내 '쇼핑, 오락, 식당'이라 적힌 곳에 '+ 레저'를 적어 이상훈에게 넘겨줬다.

"레저……요?"

"수영장, 배드민턴장, 탁구장에 더해 워터 파크까지 지어 준다면 광주는 오필승 건설의 손아귀에 떨어진 거나 다름없게 될 겁니다."

"……!"

"단지 쇼핑몰에서 끝나지 않고 남녀노소를 망라하는 생활 밀착형 공간을 모색해 보세요. 된다면, 광주의 명물로 자리 잡을 겁니다. 전라도 일대가 오필승 건설만 바라보게 될 겁니다."

"……!"

"본래 미래 청년당 제2차 계획이었는데 넘겨 드리겠습니다. 아! 멀티플렉스도 얼마든지 사용하셔도 됩니다. 다 드리겠습니다."

"……?"

다 준다니 의도가 뭐냐는 표정이 나온다.

김문호도 솔직하게 나갔다.

"결혼식장과 문화 강좌 개설이 당장에 이슈를 끌 순 있겠지만, 정적이라 한계가 있습니다. 그래서 2차로 생각했던 것이 정치와 레저와의 접목이었습니다. 아니면 생활 체육 정도겠고요. 하지만 기획안을 보니 미래 청년당보단 오필승 건설이 가져가는 게 훨씬 더 유리하겠다는 판단이 들었습니다."

"그래도 되겠습니까?"

장대운과 상의 안 해도 되겠냐는 물음이었다.

고개를 끄덕였다.

"제가 전권을 받았습니다. 그리고 장기적으로도 미래 청년당이 그 혜택을 받을 겁니다."

"하아…… 이거 또 한번 뒤통수를 맞는 기분이군."

말투가 또 바뀐다.

이 양반도 기분에 따라 말투가 바뀌는 유형인가 보다.

"김 비서, 그것 좀 꺼내 보게."

비서가 또 하나의 문서를 꺼내다 이번엔 다이렉트로 넘긴다.

뭔가 하여 펼쳐 보니 도시 개발 계획이었다.

그중 첫 장을 보는데 팔뚝으로 소름이 쫙 끼쳤다.

"이건!!"

1996년 4월 : 택지개발예정지구 지정 (8,092,000㎡, 건설교통부)

2000년 12월 : 택지개발예정지구 지정 변경 (4,680,000㎡, 건설교통부)

2001년 4월 : 택지개발계획 승인 (건설교통부)

2004년 5월 : 택지개발계획 변경 승인 (4,604,531㎡, 건설교통부)

2004년 9월 : 택지개발 실시계획 승인 예정 (광주광역시)

…….

…….

"알아보겠나?"

"……."

"수완지구라네. 광주의 신도시로 내정된. 이 땅의 절반이 바로 오필승 건설의 것이라네."

"아아……."

김문호는 벌떡 일어나서 소리라도 지르고픈 심정이었다.

미쳤다. 오필승 건설은 정말 미쳤다.

멀티플렉스를 성립할 여건마저 완벽하다고?!

그러다 또 어떤 가능성이 뇌리를 꽝 쳤다.

"설마…… 다른 지역에도 이런 땅들이 존재한다는 겁니까?!"

"자네가 아직 의원님에 대해 모르는 게 많군. 하나만 알려 주겠네. 지금이야 많이 후순위로 밀려 있다지만, 초중반기까지 의원님이 가진 회사 중 가장 많은 돈이 투자된 곳이 바로 오필승 건설일세. 버는 족족 땅 사는데 투입됐어. 겨우 스타 번스 빌딩 쪼가리 정도에 함몰되면 안 되네. 오필승 건설의 땅 은 전국 주요 거점마다 존재하네. 수완지구 이상의 것들이."

"아……."

"그런데 여기에서 질문."

"아, 말씀하십시오."

"수완지구가 들어서게 되면 아무래도 광주 도심에서 많이 벗어나게 될 텐데 괜찮은가?"

괜찮다. 얼마든지 해도 괜찮다.

이런 땅이 있는데 굳이 싫어하고 배타적인 도심에 그 좋은 걸 선사해 줄 이유가 없다.

신도시에서 새롭게 시작하면 된다. 새롭게, 아기자기하게.

'과정이 이루 말할 수 없이 단순해졌어!'

재개발 보상이니 뭐니 신경 쓸 필요 없이 '어떻게?'만 남았다. '어떻게 잘 지을까?'만 생각하면 된다. 이 얼마나 좋은 세상인가.

"그건 염려 마십시오. 강 건넌다고 광주시가 아닌 건 아니지 않습니까."

"그렇지."

"아파트 올리면 인구는 금세 채워질 것이고 생활권이 이동할 겁니다. 상권도 마찬가지로요. 그 순간 금남로, 충장로가 옛 거리가 되는 거죠. 시청이 있는 상무지구가 구도심이 되는 겁니다. 수완지구야말로 앞으로 광주의 중심이 될 텐데 우리는 어떤 곳에 무엇을 넣을까만 선택하면 되지 않습니까. 이런 마당에 주저하면 다 때려치워야죠."

"하하하하하, 그런가? 좋네. 그렇다면 자네는 어디에 깃발을 꽂을 텐가?"

지도를 펼친다. 이도 볼 게 없었다.

바로 한 곳을 찍었다. 풍영정천과 연결된 수완 호수 일대다.

"여기에 호수 공원을 세우고 이 호수 공원을 빙 둘러 멀티플렉스를 올린다면 더할 나위 없습니다."

"호오, 수완지구에서도 금싸라기 땅을 짚었군. 땅 보는 안목도 있어. 그러면 당사 건립은 어떻게 할 텐가?"

"계획을 대폭 수정해야겠습니다. 당사는 구도심에 임시로 세우고 수완지구가 완공될 때 옮기는 것이 어떻겠습니까?"

"좋지. 이러면 여러 가지가 많이 바뀌겠어. 이거 주차장부터 더 넓게 뽑아야 할 것 같은데."

하며 지도에 X표를 긋더니 그려졌던 길을 아예 멀찌감치 옮겨 버린다. 아파트 들어설 땅 중간을 침해해서.

씨익 웃는다.

"아파트 부지 조금 땅긴다고 대세에 지장은 없다네. 지을 때 잘 지어야 뒤탈이 없어. 조금 더 여유롭게. 확장성을 고려해서. 어떤가? 이 정도면 거의 합의점에 이른 것 같은데 마음에 드나?"

"완벽합니다."

"아 참, 임시 당사는 구도심에 있어야 할 텐데. 이 건물은 어떤가?"

이상훈은 다시 지도의 한 지점을 찍었는데 동구에 화니 백화점 본점이라는 곳이었다.

"올해 경매가 나왔더라고. 잡을까 말까 고민 중이었는데 한번 써 보는 게 어떻겠나?"

"이걸요?"

김문호는 보자마자 손사래를 쳤다.

백화점 자리면 임시치곤 너무 컸다.

못해도 2년이면 옮겨야 할 텐데 왜 쓸데없이 돈을 쓸까?

하지만 이상훈의 생각은 달랐다.

"수영장도 들어가고 문화 강좌도 열고 하려면 어느 정도

덩치가 있어야 하네. 순환 버스는 어디에다가 세우려고?"

"그건······."

"혹시 돈 아까워서 그러나?"

"예."

"놔두게. 나중에 오필승 건설이 다시 사면 될 일이네. 어차피 의원님 돈인데 상관없지 않겠나? 영 거시기 하면 광주시에 기부해도 되고."

"······그래도 됩니까?"

"어허! 지금 자네가 하려는 일만 따져도 몇천억짜리 프로젝트야. 수완지구는 조 단위고. 돈 백억에 꼬리 말지 말게나. 모양 빠지게."

"아, 옙. 죄송합니다."

"물론 남의 돈 쓰면서 조심하는 건 맞지만 작은 것만 보다 큰 걸 놓쳐선 안 되겠지. 그러면 이거로 됐다고 보고. 저기 부산에 있는 놈들에게도 알려 줘야겠지?"

"아, 맞습니다. 중앙에도 보고해야 합니다."

"근데 하나 더 물어봐도 되겠나?"

"예, 말씀하십시오."

"화니 백화점 자리에 세울 당사는 어떻게 개방할 생각인가?"

"음, 그 문제는 부산에서 오면 같이 논의하는 게 어떨까요?"

"그럴까? 스읍, 그러면 대충 정리된 것 같고. 밥 시간인 것 같은데 옆 두 사람도 오래 앉아 있었으니 시장할 테니까 나가서 식사나 할까? 내가 아침을 거르고 와서 말일세."

여태 입도 뻥긋 못 하고 얼어 있던 미래와 시원이를 가리키는데 이 양반도 아침을 걸렀다는 말이 송곳처럼 박혔다.

이 시간에 이 자리에 있으려면 아침을 걸러야 했다.

한창 허기질 때.

"아이고, 죄송합니다. 제 생각이 짧았습니다. 제가 이곳을 많이 다니지는 못했지만, 맛 좋은 육전집은 압니다. 거기는 어떠십니까?"

"지금 마음이라면 이 커피 잔도 씹어 먹을 수 있다네."

오케이. 아무렴 어떠냐고 같이 일어나 나가려는데.

아주머니 특유의 소란스러움이 프론트 쪽에서 일더니 서미현 등이 이쪽을 발견하고 쪼르르 다가왔다.

"어머, 비서님, 커피숍에 계셨어라? 어쩐지 위로 연락 넣어도 소식이 없더라."

"비서님, 아직 점심 안 허셨지요? 저그 시원한 오리탕은 어떻습니까? 그거 한 수저면 목구멍부터 저~ 아래까지 싹 씻겨 내려가는 것 같은디."

"근디 이분은 누구?"

이상훈과 눈이 마주쳤다.

오늘 점심 메뉴는 아무래도 얼큰 시원한 오리탕이 될 것 같다.

저녁이 되어 도종현과 아이들이 왔다.

헐레벌떡 호텔로 들어와 갑자기 무슨 일이냐는 도종현에 김문호는 일단 쉬라고 하였다. 이상훈이 어디 다녀올 데가 있다고 자리를 비운 상태라 나중에 얘기하자고.

그러나 광주에서 겪었던 일까지 숨길 수는 없었다. 입이 많았으니.

"허어…… 그러니까 그사이에 또 뭘 만들고 있었다는 거야? 어쩐지…… 갑자기 하루를 휴가 주길래. 아무것도 하지 말고 놀라고."

"부산? 거기도 매일반이지. 그래도 환영받는 편이다. 누가 뭘 하든 그다지 신경 쓰는 편이 아니더라."

"그거 정말이야? 밥 먹으러 갔다가 쫓겨났다는 거. 건물 보는 것도 훼방받고. 직접 찾아와 꺼지라는 말도 들었다고? 감시하는 사람도 있었다고? 이야~ 놀랍네. 놀라워."

"보통이 아니구나. 나도 사람 따라 다른 건 아는데. 좀 심하다. 이 정도일 줄은 몰랐다야. 첫인상이 아주 나빴겠어."

미래와 시원이는 철 만난 강아지처럼 주저리 떠들었다.

급히 단속했다. 지금은 우리끼리라 문제 되지 않겠지만, 이 말이 밖으로 나가는 순간 수많은 논란이 일 것이다. 선입견도 가지지 말라 일러 줬다. 어차피 지난 다음 보면 추억일 이야기니 가슴에 묻어 두라고.

잠시 어디에 들르러 갔던 이상훈이 돌아오자 본격적으로 앞으로의 계획을 설명했다.

심도가 깊어질수록 도종현과 아이들은 경악을 금치 못했고 또 이런 일에 낄 수 있다는 사실에 설레는지 몸을 부르르 떨었다.

다음 날이 되자 아침부터 정돈한 우리는 광주시청으로 갔다.

이상훈이 약속을 잡아 놨고 도착하니 비서가 시장님이 기다리고 계신다고 문을 열어 줬다. 우르르 들어가자 가운데 널찍한 자리에 앉아 있던 키 작은 대머리 아저씨가 움찔 놀라 멈칫한다. 여덟 명 들어간 게 그리도 놀랄 일인가?

시장이 가운데 자리에 앉고 오른쪽엔 이상훈이 왼쪽엔 도종현과 김문호가 앉았다. 비서진들은 각각 뒤에 서서 대기하는 대형이 완성됐다.

시장은 불만인지 미간을 잔뜩 찌푸렸다.

"이거 이 부대표님만 오시는 줄 알았는데……."

"그랬던가요? 상황이 바뀌어 어쩔 수가 없었습니다. 시장님의 양해를 부탁드립니다."

"그러시다믄 바뀐 것도 언질은 주셨어야 허지 않것습니까?"

이상훈이 미안하다 표현했는데도 말꼬리를 잡는 시장.

이름이 박광선이라 했다.

2002년 민선 선거에서 광주광역시장에 오른 인물.

완도에서 태어나 학창 시절까지 전라도 토박이로 산 남자. 한때 전전 대통령의 비서로 일한 경력 덕에 3선 국회의원까지 올라 본 이로 공약으로는 어등산 관광 단지 개발과 무등야구장의 돔 구장화를 추진 중인데 현재 계류 중이다. 그 외 자잘한 사업으로 광주 시내 나무 심기 등을 벌이지만 뒷말이 좀 많았다.

이상훈은 여유로운 자세로 트집 잡는 박광선 시장을 비껴냈다.

"언질이 중요하겠습니까? 결과가 중요한 거겠지요. 제가

온 용건이야 단순하지 않겠습니까? 거기에 대한 답만 들으면
바로 물러갈 겁니다."

"그 건에 대해서는 기다리라고 말씀드린 거로 압니다. 그
리고 절차를 밟아서 올라오셔야지요. 이런 식의 막무가내는
서로에게 좋지 않습니다."

"절차 좋죠. 헌데 언제까지 기다리란 말이 없어서요. 며칠
까지 연락 주겠다고만 하셨어도 제가 여기까지 움직일 일이
없었을 텐데. 그렇지 않습니까? 평생 기다리란 것도 아니고
건설교통부의 승인까지 난 사업을 말이죠."

"쓰읍, 이 부대표님이 말씀을 좀 공격적으로 하십니다. 건
설교통부 승인이 났단들 제가 따를 이유는 하등 없지 않겠습
니까? 광주광역시의 일이고 광주광역시의 일은 제 소관입니
다. 제가 면밀하게 살펴봐야 하는 거지요."

"그렇긴 한데. 전 시장께서도 오케이한 사업을 딱히 이유
도 없이 무턱대고 미루시니 궁금하지 않겠습니까? 사업하는
입장에선?"

"그건 기설명해 드린 바……."

"아 참, 이것부터 먼저 검토해 주십시오. 새롭게 만든 기획
안입니다. 전의 것은 마음에 들지 않으신 것 같아서요."

지난밤에 다시 꾸린 사업 계획서를 이상훈이 내밀었다.

면전이라 그런지 시장도 밀어 두지 못하고 펼쳐는 봤다.

그러다 무언가를 발견, 고개를 갸웃댔다.

"이건…… 어엇, 여기에 미래 청년당이 왜 들어갑니까?"

"예? 들어가면 안 될 이유가 있나요?"

"그건…… 아니지만. 이 사업은 정치와는 관련 없어야 합니다. 이게 원칙입니다."

"이상하군요. 여기 어디에 정치가 있습니까? 혹시 시장님이 정치로 보시려는 건 아니고요?"

"……크음."

정치는 1도 없게 만들었다. 수정된 건 단 하나. 기 진행되던 멀티플렉스 사업 중간에 미래 청년당 당사를 세우고 미래 청년당이 워터 파크를 운영하겠다는 내용뿐.

"하지만 미래 청년당이 워터 파크를 세운다니 말이 되는 얘기입니까? 이건 누가 봐도 정치 아닙니까?"

"무엇이 정치라는 건가요?"

"허어, 답답하십니다. 워터 파크를 미끼로 광주시민들에게 어필하려는 거 아닙니까?! 이는 사전 선거 운동으로 볼 수 있습니다."

"사전 선거 운동이요? 이상하네요. 이게 왜 사전 선거 운동이죠? 민생당은 국민을 위한 사업을 안 하나요?"

한다. 아주 많이 한다.

워터 파크 같은 규모가 없어서 문제인 거지.

"이건…… 아무리 좋게 생각해도 안 됩니다."

"왜 안 됩니까?"

"하여튼 안 됩니다. 사업 계획을 멋대로 수정하다니. 이런 식으로는 절대 용납 못 합니다. 제가 시장직에 있는 한."

엄포까지.

결국 이것이었다. 무조건적인 반대.

이유도 묻지 말라 하고 트집만 잡으니 시장은 애초부터 반대할 생각이었다.

사람이 왔는데 틱틱대기만 하고. 정당한 사업을 자기 멋대로 막고. 이해할 수 없는 행동이다.

수완지구 신도시 조성은 현 광주시장에게는 특혜나 마찬가지일 만큼 커다란 이슈였다. 얼씨구나 도와서 자기 이름 올리는 게 누가 봐도 현명한 선택일 텐데 차일피일 미루는 것도 모자라 미래 청년당 워터 파크 사업마저 안 된다고 강짜를 놓다니.

'도대체 무슨 생각인지. 설마 지역 전체가 합의 본 건 아닐 텐데.'

더 이상한 건 이상훈의 반응이었다.

시장이 이 모양인 걸 이 사람이 몰랐을까?

알았다. 아는 데도 데려온 것이다.

'이도 시험인가?'

아무래도 겸사겸사일 확률이 높겠지만.

계획안 꾸리는 건 눈으로 봤겠다 이런 상황에서도 어찌 대처하는지도 보고 싶은 걸 수 있었다. 전국구 건설사와 지역 공무원과의 관계는 물과 불처럼 상극이지만 또 절대 떨어질 수 없는 운명이기에.

김문호는 박광선 시장을 유심히 봤다.

대머리인 게 가장 눈에 먼저 띈다. 얼굴형은 둥글 널찍한

데 짧은 눈썹, 작은 눈, 작은 코에 작은 입이 박혀 있다. 목이
짧고 체형은 왜소, 풍기는 기운도 세지 않다. 광주시장으로서
의 기세도 3선 국회의원이라는 자리가 만들어 준 거로 보일
만큼 본연의 것은 실개천처럼 얕다. 그나마 다행인 건 표준어
를 비슷하게라도 구사한다는 건데.

전체적인 평가로도 그저 운이 좋았던 사람.

시장실을 둘러보았다.

깔끔해 보이나 한쪽 벽에 쌓인 감사패 나부랭이가 나르시
시즘을 말해준다. 어울리지 않게 덕지덕지 붙어.

엉망이었다. 이 만남처럼.

'시장으로는 어울리지 않는 자야.'

그래서 더 쓸 만했다.

이 와중에도 두 사람…… 이상훈은 어째서 승인 안 해 주냐
는 질문만 계속하고 시장은 기다리라고 절차를 밟아 오라는
말만 되풀이 중이다. 서로 꿈쩍도 안 한 채.

'흠…… 해결해 보라는 게 확실하군.'

김문호가 손을 들었다.

다 쳐다본다. 이상훈은 눈빛에 이채가 돌았다.

순식간에 사라졌지만, 분명히 봤다.

해결사로 부른 게 백 퍼센트.

"질문 있습니다."

박광선은 대놓고 미간을 찌푸렸다. 어딜 감히 어른들 얘기
하는데 7급 비서 따위가 끼어드냐는 식.

여기에서 이상훈의 대응이 더 재밌었다.

"시장님, 그렇게 인상 구길 것 없습니다. 시장님은 이 친구에 대해서 잘 모르시겠지만, 이 친구의 힘이 시장님보다 더 세답니다. 설마 시장님이 장대운 의원님과 같은 선상에 있다고 생각하시는 건 아니시죠?"

"······누가 뭐라고 했습니까?"

"그냥 알려 주고 싶어서요. 저야 건설 나부랭이니까 마음대로 하셔도 뒤탈이 없겠지만, 이 친구는 다르다는 거죠. 잘못하다간 큰일 나십니다. 아주 큰일이요. 하하하하하하하."

무대까지 만들어 준다. 마음대로 해 보라고.

김문호는 귓가로 박광선 시장의 이 가는 소리가 들리는 듯했다.

"그래, 뭔가? 그 질문이라는 것이."

"별건 아닙니다. 혹시나 시장님께서 중앙 진출을 염두에 계신가 궁금해서입니다."

"그걸 왜 자네가 신경 쓰는가?!"

짜증을 확 낸다. 중앙과는 연결점이 없다는 게 보일 만큼.

"으흠, 그럼 이 일이 중앙과는 그리 관계없다는 거군요. 그럼 다시 묻겠습니다. 이번 시장직을 마지막으로 정계 은퇴하실 작정이십니까?"

"뭐, 뭐라고?!"

"오오, 이것도 아니시군요. 그럼 뭘까요? 도대체 뭔데 까부시죠?"

"뭐?!"

벌떡 일어난다.

김문호도 일어났다. 박광선이 아닌 이상훈과 도종현에게 살짝 머리를 굽혔다.

"조금 과격하게 나가겠습니다. 듣기 언짢으시더라도 이해해 주십시오."

이상훈은 마음대로 하라며 손짓했고 도종현은 '너 어쩌려고 그래?' 걱정하는 빛을 보냈다.

걱정할 건 없었다.

도종현은 모르지만, 이 몸이 한민당 국회의원에 당선되며 주야장천 해 댄 짓이 바로 공무원 갈구기다.

물론 이 갈구기도 사람 봐 가며 다리를 뻗어야 하는 건데.

대가 세서 부러질지언정 휘지 않는 인간들(이런 놈들은 더러운 짓도 안 한다)은 다른 방법을 써야겠지만 박광선같이 전형적인 강약약강인 놈들 조지는 건 전문 분야였다.

역시나 까부냐는 말 한마디에 발끈한 박광선은 노발대발 날뛴다. 채신머리없이.

"뭐~ 까불어?! 이 자식이 정말! 보자 보자 했더니. 뭐라! 장 의원이 그렇게 가르쳤어?! 어딜 대가리에 피도 안 마른 새끼가 감히! 나가. 당장 나가. 안 나가?! 사람 부르기 전에 나가라. 개망신당하기 싫으면……."

화를 내면서도 장 의원이라 한다. 장대운이 부담스럽다는 것.

웃으면서 더 찔러봤다.

"한마디 툭 쳤다고 아예 정신을 못 차리는구만. 똥강아지마냥."

"뭐, 뭐?!"

"이봐요. 시장님. 그까짓 시장직 앉아 있다고 칼자루를 쥐고 있다고 생각하지 마세요. 그거 다 착각입니다. 명백한 착각. 칼자루는 당신이 쥐고 있는 게 아니라 우리가 쥐고 있어요. 정신 차리세요. 꼴같잖은 짓은 마시고."

"이놈이!!"

당장에라도 달려들듯 움찔 댄다.

두 손을 뻗어 오는 모양새도 멱살을 잡고 싶은 모양이다.

김문호는 오히려 한발 더 나섰다. 잡아 보라고.

잡는 순간 죽여 버릴 것처럼 기세를 내뿜었다.

움찔. 결국 손을 내리는 박광선.

이게 이 사람의 한계였다. 시스템에 올라탄 겁쟁이.

"정말 나갈까요? 정말 이대로 나가도 괜찮겠습니까?"

"뭐……라고?"

"나가는 순간 그 길로 강운종 전 시장을 만날 건데. 다시 물을게요. 괜찮겠어요?"

강운종은 2002년 시장 선거의 라이벌이었다.

전직이 아주 화려한 남자. 광주직할시 시절 마지막 시장으로서 호시탐탐 광주광역시장을 노리고 있었다. 지난 경선에서 두 사람이 맞붙은 건 비밀 아닌 비밀이다.

"니, 니가 그놈을 왜 만나?!"

"시장님이 자꾸 방해하시잖아요. 이런 분이 시장으로 계신데 사업에 두고두고 방해되지 않겠어요? 그럼 빨리 바꿔야죠."

"나를…… 바꾼다고?!"

"못 할 것 같으세요? 설마 같은 당이라고 같은 편이라고 생각하시는 건 아니시죠? 민생당도 하나 더 먹겠다고 쪼개져서 싸우기 바쁘던데."

어쩔 거냐고 똑바로 쳐다봐 주니.

"이…… 이……."

으르렁거리기만 할 뿐 덤벼들진 못한다.

사태 파악이 된 건지. 아님, 여덟 명의 위세에 눌린 건지.

에휴~~.

"하나만 더 물어보죠. 근데 무상 급식 안 하세요? 환승 시스템에 대한 검토는요?"

"……! 그건……."

"그거 하면 대박 날 텐데. 그 대박을 강운종 전 시장에게 줄 겁니까?"

"……."

"그리고 시장님 녹지 사업에도 말들이 많던데 어떻게 강운종 전 시장에게 넘겨줄까요?"

"……."

"이런 마당에 저 수완지구에 오필승 건설이 들어가는 걸 막으시네요. 이 사실을 강운종 전 시장에게 알릴까요?"

"……그게 무슨 소린가? 수완지구 건은 순전한 시의 업무일……."

"오필승 건설을 막는 순간 전국구 유명 브랜드 아파트들이 수완지구에 안 들어온다는 얘깁니다. 앞으로 광주시 근처로는 일절 안 들어온다는 얘기예요. 뭐, 광주 토박이 건설사들이라면 움직일 수 있겠지만, 브랜드 아파트들은 전부 오필승 건설 눈치를 보거든요. 오필승 건설이 '안 돼!'라고 하는 순간 올 스톱된다는 말입니다. 그럼 비메이커 아파트들을 잔뜩 지어 놓게 될 텐데 강운종 전 시장이 참 좋아하겠네요. 진실을 마주하게 된 광주시민이 아주 좋아하겠어요. 그래요. 그래도 버텨서 2년이 지났다고 보자고요. 시장은 당연히 바뀔 테고요. 사업 승인이 난다면 오필승 건설이 참여한 곳과 아닌 곳이 극명하게 나뉠 텐데, 강운종 전 시장의 공격을 견뎌낼 수 있겠습니까?"

"……!"

"참으로 답답하십니다. 대국적으로 좀 보십시오. 이런 쩌는 계획이 여기 광주에만 보내졌을까요? 아니에요. 전혀 아니죠. 오늘을 시작으로 부산, 대구, 대전에 전부 보내질 겁니다. 이 중 한 곳이라도 승인 나는 순간 어떻게 될까요? 서로 덤벼들지 않을까요? 이때 우린 광주에 제일 먼저 제안했다고 알릴 텐데 이도 강운종 전 시장이 엄청 좋아할 것 같지 않나요?"

"……!!! 설마 수완지구 같은 개발 계획이 다른 광역시에도 있다는 건가?"

"정말 답이 없으십니다. 이런 정보도 없으세요? 오필승 건설 기획안을 보셨잖아요. 오필승 건설이라는 전국구 땅 부자가 여기에 붙었어요. 각 광역시와 연계돼 시행된다는 거예요. 전국적으로 다."

"허어……."

전혀 몰랐다는 듯 기세가 확 줄어든다. 시선도 어느새 바닥에 내던진 기획안으로 향했다. 자기도 모르게.

매력적인 사업인 것 정도는 이 사람도 아는 것이다. 다른 광역시에서 절대 거절하지 않으리란 것도.

그런 와중에 광주만 빠졌다는 소식이 알려지고 그 중심에 자신이 있다는 게 밝혀진다면?

강운종이 아주 좋아하겠지. 그놈이 앞으로 어딘들 얼굴을 내놓고 다닐 수 없게 만들 것이다. 이 광주에 사는 것마저 어려울 만큼 아주 철저히 짓밟겠지.

얼굴에서 점점 핏기가 가시는 박광선에 김문호는 이제는 살살 달래는 투로 나갔다.

"시장님, 왜 스스로 정치 생명을 끊으려고 하세요. 우리랑 손잡으면 재선은 물론 3선까지도 볼 수 있잖아요. 혹 중앙당에서 무슨 지령이 내려왔나요? 설사 그렇다 한들 그들이 시장님을 보호해 줄 것 같나요? 지들끼리 싸우느라 바쁜 판국에?"

"……."

"원래 자기 밥그릇은 자기가 챙겨야죠. 이게 실행되는 순간 시장님의 명성이 어떻게 될까요? 전국구는 아니더라도 광주에서는 톱이 되지 않겠어요? 광주 톱이 곧 민생당 톱 아닌가요?"

"……!"

자기도 모르게 입을 벌린다. 틀린 말은 없었다.

지금 박광선 눈앞엔 먹음직한 음식이 차려져 있다.

그러나 박광선도 위험한 음식이란 걸 안다. 잘못 손대는 순간 나락으로 떨어질지 모를 독이 섞인 그런.

이 순간 그가 서글픈 건 먹지 않아도 죽을 운명이라는 것이다.

저 젊은 비서가 떠든 것의 단지 1/10 규모라도 전국적 이슈가 될 건 불 보듯 뻔한데 광주만 안 한다?

아예 섶을 지고 불 속으로 뛰어드는 게 낫다.

'아아, 외통수였구나. 처음부터 나에겐 선택지가 없었어. 난 그걸 몰랐어.'

먹어야 산다. 먹지 않으면 재기 불능의 파멸만 기다린다.

박광선은 그제야 자기가 졌음을 깨달았다.

수성(守城)에 성공했단들 자기가 죽으면 무슨 소용인가?

그 깨달음으로, 박광선이라는 인간의 에너지 게이지가 실시간으로 떨어지는 걸 눈으로 본 김문호는 내심 다행이라 여겼다.

그래도 시장인데 우기고 들면 실력 행사밖에 없었다. 여러모로 후유증이 큰 방법.

'바보는 아닌지 시류를 볼 줄 아네. 후우……'

그러나 머뭇댄다. 무슨 할 말이 있는지.

김문호는 더 리드하지 않고 기다려 줬다. 조용히 품을 열어 주며.

결국 박광선의 입이 열렸다.

"근데 워터 파크는 어떻게 할 생각인가? 이건 어떻게 해도 공격의 대상일세."

공격의 대상일세. 란다.

여차하면 전향하겠다는 무의식적인 표현이다. 끝.

보기보다 적극적인 양반이었다. 방금까지 으르렁댄 주제
에 그새 우리 걱정을 다 해 주고.

환히 웃어 줬다.

"이제야 말이 좀 통할 것 같네요. 어떻게 들어 보실 요량은
있으십니까?"

의자를 가리켰다. 앉으라고.

순순히 앉는다. 자칫 폭력 사태까지 가던 분위기가 순식간
에 진정되니 모두가 놀란 표정을 지었다. 김문호는 순간 어깨
가 으쓱했으나 지금은 시선을 누릴 때가 아니었다.

박광선 시장의 머릿속에 다른 가정이 들기 전에 몰아붙여
야 한다.

"시장님께선 무엇이 그리 겁나십니까?"

"내가 겁난다고?"

"지금 시장님 앞으로 온 건 쫄쫄 흐르는 또랑물이 아니라
대세입니다. 큰 강이 흐를 길을 닦는 일이죠. 물론 다소간 문
제점이 발생할 수는 있겠으나 그게 큰 강을 잡아먹진 못합니
다. 그리고 물줄기를 뚫지 못하면 광주시는 고립입니다. 언
제까지 광주, 우리 광주 하며 싸고돌 건데요? 다른 도시들은
쫙쫙 뻗어 나가느라 바쁠 시간에."

"음……."

"시류는 편승만 해도 남는 장사인 걸 아시잖습니까. 여기까지 말씀드렸는데도 망설이신다면 우리도 달리 방법이 없습니다."

"방법이…… 없다면?"

"다시 말씀드리지만, 만일 그런 일이 벌어진다 한들 시간과 자원이 약간 더 투입될 뿐. 시장님이 계시든 안 계시든 상관없이 진행될 일이라는 겁니다."

누가 와도 한다. 너 따위 없어도 한다.

계속 그렇게 답답하게 굴면 제긴다. 는 말을 노골적으로 뱉어도 박광선은 반박하지 못했다. 어느새 젖어든 것이다.

내가 박광선이라면 지금부터는 이 일이 얼마나 자기에게 유리하게 될지 궁리할 것이다. 정치에 더 뜻이 있다면 조금 더 표를 받을 수 있는 쪽으로 말이다.

박광선의 입이 다시 열렸다.

"문호 씨…… 김문호 비서라고 했나?"

"네, 맞습니다."

"좋네. 나도 솔직하게 나가지. 맞네. 나도 이 사업을 끝까지 막을 생각은 없네. 당 분위기도 그렇고 시민들의 불만도 그렇고 이 자리가 그런 걸 신경 안 쓸 수가 없어서 그렇지."

막은 이유를 설명 중이다. 자기 탓이 아니라고.

그런데 정말 자기 탓이 없을까?

'하여튼 정치인들 회피력이란…….'

"그렇겠지요."

"하나만 도와주면 나도 조금은 풀릴 것 같네."

"무엇입니까?"

"이렇게 생각해 보세나. 수완지구 개발 사업이 수정된 건 미래 청년당이 관여한 거지 않겠나."

"예, 맞습니다."

"이 수정안이 미래 청년당만이 아닌 민생당과의 협의에 의해 진행된 것으로 해 주면 어떻겠나? 미래 청년당이 광주시민을 위해 큰 힘을 썼다고 해 준다면 나도 좀 숨을 쉴 수 있겠네."

"갑자기 민생당이요?"

"아무래도 눈치를 안 볼 수가 없다네. 예의상 한 번 만나 주면, 조인식 정도만 해 준다면 저항이 최소한으로 줄어들 걸세. 개발 사업은 물론 미래 청년당이 광주에 자리 잡는 것도."

얼핏 들으면 윈윈이었다.

그러나 속에 든 건 누가 봐도 미래 청년당에게만 부당하다.

피식 웃은 김문호는 뒤에 있는 이미래에게 시선을 줬다.

"미래 씨."

"옙, 비서님."

"평소 이런 식의 대화법에 대해 익숙해야 하고 그 진의를 파악하는 데 빨라야 한다고 일러 줬습니다. 맞습니까?"

"옙."

"지금 시장님의 말씀 속에 감춰진 진의를 읽어 보았습니까?"

"……옙."

대답이 늦었지만 아무렴.

"뭐라고 하시는 겁니까?"

"예?! 여기에서 말해야 하는 겁니까?"

"예, 아주 적나라하게요."

"적나라……하게요?"

"가차 없이요."

"음…… 알겠습니다. 제가 파악한 진의는 이렇습니다. 사업성도 좋고 시류도 좋고 다 좋은데 혼자 나섰다간 다칠지 모르니 몸빵 좀 해 달라는 것 같았습니다. 거기에 미래 청년당이 민생당에 이권을 좀 떼어 주면 서로 만족한 거래가 되지 않겠냐고요. 본인도 그 사이에서 떨어질 콩고물을 얻고요."

박광선이 입을 떡. 도종현도 잘못 들은 게 아닌지 눈이 휘둥그레졌다. 쟤가 미쳤냐는 표정이 되었다.

김문호는 아무렇지도 않게 박광선에게 말했다.

"이렇다는데요? 시장님, 이런 의도였습니까?"

"아, 아니, 그게 아니라. 서로에게 도움이 될 부분을 찾다 보니 거기까지 간 것 같은데 오해입니다."

다급하니까 존댓말이 나온다.

"오해……라고요?"

"광주에서는 어떤 사업을 벌이든 민생당의 눈을 피할 수 없습니다. 전역에 걸쳐 보는 눈이 있기 때문인데요. 군사 정권 시절 쁘락지를 잡으려고 만든 거긴 한데 지금도 잘 돌아가고 있어요. 이런 마당에 미래 청년당이 혼자 하겠다고 하면 여러모로 애로 사항이 많을 것 같아서 제안한 겁니다."

"정말 다른 의도는 없고요?"

"없습니다. 미래 청년당이 앞장서 달라는 건 광주에 새로 들어온 정당인 만큼 조금 더 적극적으로 움직여 달라는 의도였습니다. 광주시민들이! 인식할 수 있게끔 말이죠. 사업에 관한 건도 같습니다. 하시는 김에 여기 광주 토박이 기업들을 쓰시면 좋겠다는 겁니다. 이 일만 잘 해결되면 광주시장으로서 해 드릴 수 있는 게 아주 많습니다. 수완지구 개발 건은 광주시로서도 총력을 다 해야 하는 만큼 명분도 좋지 않겠습니까?"

박광선의 열의를 다한 답에 김문호는 이번엔 이시원을 보았다.

"들었죠? 시원 씨가 말해 봐요. 지금 시장님이 말씀하신 진의가 뭔지."

"저도 적나라하게 말입니까?"

"허락할게요."

"음…… 제가 파악한 진의는 이미래 씨와 별반 다르지 않습니다. 탐은 나는데 다치긴 싫고 다만 넘어야 할 상대가 껄끄러우니 총알받이가 필요하다는 것 같습니다. 토박이 사업체를 쓰는 것부터 미래 청년당이 총알받이를 해 주면 특혜를 줄 건데. 광주시가 해 줄 수 있는 특혜라고 해 봤자 결국 행정력인데. 쥐꼬리만 한 특혜 주고 나중에 생색을 더럽게 많이 내겠다는 말 같았습니다."

"……!!!"

박광선은 허파가 뒤집어질 것 같았다.

저 뒤에 선 꼬맹이들은 대체 뭔데 저런 걸…… 사실 틀린 말은 하나도 없지만 그걸 면전에서 까 버리다니. 이런 기분은 난생처음이었다. 속옷 하나 없이 벌거벗겨진 느낌.

그래, 수치였다. 수치심.

이제껏 한 번도 겪어 보지 못한 규모의 수치.

더 열 받는 건 김문호나 이상훈, 도종현이라는 놈들의 반응이었다. 전부 다 고개를 끄덕이고 있었다. 동의한다는 듯.

말리지도 않는다. 말이 심했다고 지적하지도 않는다.

광주광역시장의 체면 따윈 전혀 생각하지 않는다는 듯 자기들끼리 시선을 마주친다.

'개새끼들이…….'

어금니가 절로 악 물린다.

'이 씨벌……. 뒈지든 말든 한번 들이받아?'

상대가 강하긴 하나 정치 생명을 걸고 덤비면 이놈들도 곤란해지는 건 매한가지였다.

'그래, 충무공께서 죽기로 마음먹으면 산다고 했다. 이 치욕을 받고 꼬랑지 만 개처럼 사느니 이 박광선이 인생에 불꽃 한번 피워 봐?!'

주먹을 꽉 쥐는데.

김문호란 놈이 갑자기 이쪽으로 시선을 돌린다.

그러고는 어쭈! 란 표정을 짓는다.

"에이, 허튼짓은 마세요. 지금 서울시장이 어떤 꼴인지 모르세요? 한민당 차기 대권 주자로까지 점쳐지던 양반이 한

방에 고꾸라져 온갖 쌍욕을 다 듣고 있어요. 그 꼴이 되고 싶으세요? 이 광주 바닥에서?"

"……!"

"판단 한 번 잘못하시면 시장님이 그동안 이룩한 모든 것이 박살 날 겁니다. 명심하세요. 우린 움직이면 곱게 안 끝납니다. 처절하게 짓밟습니다."

"……."

"그러게 왜 호의로 찾아온 사람을 몸빵에 총알받이로 쓰려하세요. 저 두 사람은 미래 청년당에 입사한 지 채 한 달도 안 됐어요. 다소 미흡한 판단력이긴 하지만 한 달도 안 된 사람도 파악할 얕은 수를 던지시면 우린 어떻게 여겨야 합니까? 실력 행사부터 들어가야 하나 고민되지 않겠습니까? 우리를 간 보겠다는데?"

"그건……."

"들으세요. 겸손한 자세로. 지금 이게 대화로 보이세요?"

"아, 아닐세."

고개를 푹 숙인다. 자세를 공손하게 한다.

"그리고 자꾸 광주시민, 광주시민 하시는데 우린 광주시민을 위해 이 광주에 자리를 틀려는 게 아닙니다. 뭘 좀 아시고 다리를 뻗으셔야죠."

"뭐……라고요? 그럼 뭣 때문에 여기까지 내려온 거요?"

눈까지 동그랗게 뜬다. 김문호는 혀를 쯧쯧 찼다.

"기가 막혀서. 아니, 광주가 우리한테 뭘 해 줬다고 그 돈을 들여 광주시민을 위해 쓴답니까? 시장님 귀에도 들어갔을 거 아닙니까? 건물 보는데 훼방 놓고 식당에서까지 쫓겨났어요. 뭐 이쁘다고 광주를 발전시켜요? 미래 청년당이 무슨 호구입니까?"

"아…… 그건 정말 미안하게 생각합니다."

"모두 우리 미래 청년당 당원을 위한 겁니다."

"예?"

"앞으로 투입될 사업 전부가 광주시민이 아닌 미래 청년당 당원들을 위한 게 될 거라는 거예요."

"어…… 잘 못 알아듣겠는데. 미래 청년당 당원만을 위한다니. 광주에 시설을 짓는데 어째서 미래 청년당 당원만을 위한다는 겁니까? 그게 말이 됩니까?"

"안 될 건 뭐 있습니까? 미래 청년당 당원만 사용할 수 있을 텐데."

"예?!"

"미래 청년당 당원들만 누릴 수 있게 될 거라고요!"

"……!!!"

박광선은 순간 머리통을 한 대 세게 맞은 표정이 되었다가 고개를 털었다. 다급하게 물었다.

"그럼 그 워터 파크인지 뭔지도 말입니까?"

"예, 미래 청년당이 미래 청년당 당원의 복지를 위해 짓는 겁니다."

"그걸요? 그만한 걸 고작 당원의 복지를 위해서 사용한다고요? 그래도…… 되나요?"

"왜 안 됩니까?"

"운영은 어떻게……."

돈 얘기였다. 유지비.

"쳇, 그깟 유지비요? 우리 의원님 재산이 얼만 줄 아십니까? 한 달에 나오는 이자만으로도 이런 거 백 개는 지어도 남습니다."

"아!"

이제야 머릿속으로 뭔가 그림이 그려지는 표정이 됐다.

"어째 감이 좀 잡히십니까? 이런 마당에 우리가 도시 개발과장 같은 레벨을 타고 올라와야겠습니까?"

"……."

"미래 청년당 당원만을 위한 시설이에요. 미래 청년당 당원들만 이용하니 사전 선거 운동이랑 하등 상관없고요? 아참, 그때쯤이면 광주시민의 머리에 이런 의문이 떠오를지도 모르겠네요. 생긴 지도 얼마 되지 않은 신생정당도 당원을 위해 저런 걸 다 해 주네. 어랍쇼. 민생당은 여태 우리한테 뭘 해 줬나?"

"……!"

입을 또 떡.

저러다 저 사람 오늘 경기 일으키는 건 아닌지.

김문호는 슬슬 마무리 지어야 할 때라고 판단했다. 더 나가봤자 사족일 뿐. 박광선에게도 생각할 시간이 필요할 것이다.

대신 화룡점정. 용의 눈을 찍었다.

"자, 이래도 낡은 동아줄을 붙들고 계실 겁니까? 우리 손 안 잡을 거예요?"

◇ ◆ ◇

"그래요? 호오, 그랬다고요? 알겠습니다. 우리 이 부대표님께서 많이 놀라셨나 봅니다. 그렇죠. 능력 하나는 최고죠. 신원이요? 그것도 백 비서관님이 두 번이나 검증했습니다. 예, 예, 축하한다고요? 감사합니다. 하하하하하하하하, 그럼 들어가십시오."

장대운이 시원하게 웃으며 전화를 끊자 백은호가 뭐냐고 얼굴을 들이댔다.

"아, 이상훈 부대표예요. 지금 문호 씨랑 다 같이 있는데 칭찬이 터졌네요."

"일이 잘되나 봅니다."

"엑설런트라는데요. 제 비서만 아니면 가로채고 싶을 만큼 말이죠. 아 참, 조 대표님 좀 불러 주세요. 듣다 보니 우리도 전략을 수정해야 할 것 같아서요."

"알겠습니다. 부르겠습니다."

부른지 30분도 안 돼 조형만이 도착했다.

"뭡니까? 일하는 사람 자꾸 부르시고."

툴툴대면서도 웃는다.

"일거리 주려고 불렀죠."

"일거리예?"

"복합 문화 쇼핑몰을 구상 중이었다면서요?"

"에엥? 그걸 어떻…… 혹 상훈이가 알려 드렸습니꺼?"

"방금 전화 받았어요."

"하아…… 근마 그거. 완성되믄 내가 먼저 말할라꼬 캤는데. 고새를 못 참고. 올라오기만 해 봐라. 고마 주디를 콱."

눈앞에 있다면 헤드락이라도 걸 것처럼 씩씩댄다.

장대운은 그 모습을 흐뭇하게 지켜봤다. 대표, 부대표로 벌써 10년이 넘어가는데도 소싯적 사이가 유지되는 걸 보는 건 언제나 기분 좋은 일이었다.

"업그레이드가 됐다고 하네요."

"업그레이드요?"

"문호 씨가 거기에 레저를 끼워 넣었다고요."

"레저……요?"

"이름도 멀티플렉스라고 지었대요."

"멀티플렉스…… 멀티플렉스…… 호오, 이거, 이기…… 뭔가 있어 보이네예. 이름은 마음에 듭니더."

"당초 계획보다 판을 더 크게 벌린다고 하더라고요. 오늘 광주시장과 담판을 지었는데 아주 가지고 놀았다네요. 옴짝달싹 못 하게."

"문호 씨가예? 그 광주시장을예?"

"예."

"안 그래도 건설교통부가 승인한 사업을 차일피일 미뤄가

한판 붙을라 캤는데. 해결됐나 봅니더."

"예. 그래서 그런데 우리도 중앙 당사가 있어야 하지 않겠어요?"

"아~~~ 굿네예. 지방 도시마다 거점이 생기는데 중앙 당사가 없으면 안 되겠지예. 강남역 빌딩으로는 택도 없겠습니더."

"그것 때문에 상의하려고요. 구룡마을 부지는 어때요?"

"어! 구룡마을에 들어오시려고예?"

"좋잖아요. 널찍하고."

"일대 야산까지 다 개발하는 일이라. 알겠심더. 들어갈 거 뭐 하나 빼면 되지예. 건물만 올리는 거 아닌 거 맞지예?"

"맞아요. 연수원도 있었으면 좋겠고 축구장 같은 시설도 있어 다들 모였을 때 체육 대회 여는 것도 좋겠죠. 아닌가? 체육 대회는 운동장을 빌리면 되겠죠?"

"그래도 하나쯤은 있어야 하지 않겠습니꺼? 구룡마을 주민들도 사용하게 할라믄."

"그도 좋네요."

"그라믄 쪼매 많이 수정해야겠는데예. 아! 오필승 바이오도 사용할라 카믄 적당히도 안 되겠심더. 임대 아파트용 부지만 빼고 전부 다시 짜야겠심더. 으음, 그러니까 지역난방은 살리고 공원 조성 계획을 차라리 이쪽으로 컨셉을 맞춰야겠는데예. 아 참, 거기 데이터 센터 같은 건 안 들이실 겁니꺼?"

"데이터 센터요?"

웬 데이터 센터?

"요새 오필승 테크에서도 그렇고 온라인 때문에 데이터의 중요성을 자꾸 어필하는데 건물 몇 동 지을 자리 좀 알아봐 달라 카대에. 그럴 꺼면 차라리 구룡마을에다 나중을 위해서라도 여분의 땅을 갖고 있는 게 어떨까 해서예."

"데이터 아주 중요하죠. 앞으로는 데이터 시대가 열릴 텐데. 좋아요. 이참에 아주 넉넉하게 잡아 보세요."

"알겠심더. 이참에 아예 데이터 센터 본거지로 만들어 보겠심더. 분산도 해야 하니까 지방에도 몇몇 곳 알아보고예. 그라믄 지는 건설사랑 수정하러 가 보겠심더. 아 참, 이왕 이렇게 다 수정한 김에 중앙 당사를 벙커형으로 짓는 건 어떻습니꺼?"

"벙커요?"

"위기가 닥칠 시 피할 공간을 만들어 두자고예. 대통령이야 디지든 말든 우리는 의원님이 제일 중요합니다."

"안전에 대한 얘기군요. 알았어요. 나쁘지 않네요. 그러면 하는 김에 우리 오필승 식구가 최대한 들어갈 수 있게 만들어 주세요."

"허어…… 그만큼이나예? 오필승 타운 정도나 옮길 생각이었는데예."

"허락되는 한이요."

"알았심더. 지가 알아서 잘 만들어 보겠심더."

이틀이 안 돼 수완지구 개발 사업에 광주광역시의 승인이 떨어졌다.

큰 산을 넘었으나 이제 겨우 첫발을 떼었다.

미래 청년당 광주시당도 이상훈 부대표가 권유한 대로 화니 백화점 부지를 임시로 사용하기로 결정했고 리모델링 작업에 착수했다.

당 지역 간부급들을 전부 소집했다. 60여 명이 모인 자리에서 김문호는 앞으로 미래 청년당 전라·광주 비전을 선포했다.

할 일이 참 많았다.

화니 백화점을 로컬로 미래 청년당 전라·광주 지역당 허브들을 꾸렸고 이것만 해도 광주에만 서너 개의 빌딩을 더 필요했다. 전라남도 22개 시군구에 각 하나씩 거점을 만들려면 하루에 하나씩만 가도 22일이 소요되는 긴 여정이었다.

더구나 광주시장이 허튼짓 못 하도록 감시도 해야 한다.

"광주시장이 도와줘서 일이 수월해졌다는 분위기를 만들어 주세요. 그 양반이 협조적이라 일이 술술 잘 풀리고 있다는 뉘앙스로요."

"아…… 그려요? 그라믄 그 양반이 정신 차린 거여요?"

"아니요. 승인 외에는 별 도움 안 되는데 소문이 필요해요."

"예? 그려도 돼요? 거짓 소문 아니어요?"

"거짓 소문 아니에요. 수완지구 사업 승인해 줬잖아요. 누가 뭐라고 하면 그 얘기하면 돼요. 있는 얘기잖아요."

"아……."

수완지구 사업 승인 외 1도 도움 되지 않는 자이지만.

아직은 이용할 거리가 남았다.

"우리는 지금 방패가 필요해요. 이대로 덩치를 키우면 틀림없이 반발이 나올 겁니다. 지금으로선 민생당과 정면으로 맞붙으면 안 돼요. 그를 최대한 이용해야 합니다."

"아아~ 그렇구만요. 방패막이."

"사실이든 아니든 상관없어요. 광주시민이, 민생당 당원들이 그를 의심하면 됩니다. 그 순간부터 우리를 향하는 화살이 줄어들 거예요. 그리고 그렇게 상황을 만들면 광주시장은 자기가 살려고도 우릴 도울 수밖에 없을 거예요. 계기를 만들어 주자는 거예요."

"아아, 이게 그렇게 되는 거네요. 여튼 말이 돌게 하라는 거지요? 광주시장이 우리 편인 척?"

"예, 여론을 형성하세요. 최대한 우리에게서 관심이 떨어져 나가게. 사람들이 진실을 알았을 즈음이면 우리는 완성돼 있을 겁니다."

"알것습니다. 그리 알고 수다 좀 떨것습니다."

서미현 등 간부급들이 좋다고 밖으로 나갔다.

이제부터 어딜 가든 광주시장이 훌륭하다는 얘기가 나돌 것이다. 미래 청년당의 입에서.

지역당 간부들도 아주 적극적이 됐다.

건물 알아보다 방해받은 게 자극이 됐는지 전투적으로 서로 도움 되려 했고 더구나 당의 지원도 훌륭했다.

전라·광주 당원들을 위해 각 시군구마다 거점을 만들어 주고 그 거점에서 당원끼리 문화생활마저 즐길 수 있도록 길을 만들어 주겠다는데 사소한 부탁쯤 누가 거절할 수 있을까?

이미 화니 백화점 자리 광주시당 당사엔 수영장이 만들어지고 있었다. 광주시 전역을 다니는 셔틀버스도 마련하고 있고.

두 눈으로 보고 있었다. 점점 변화되는 지역당을.

수완지구가 완성되면 워터 파크도 생기고 체육관도 생기고. 이 모든 게 전라·광주 당원들을 위한 것임을 알렸다. 이 일은 비단 전라·광주 지역당만의 경사가 아니라고.

마침 미래 청년당 중앙당에서도 이 일을 아주 크게 이슈화시켰다.

대대적으로 발표한 것이다.

앞으로 충청·대전 지역당, 경북·대구 지역당, 경남·부산 지역당에서도 똑같은 일을 벌이겠다고.

순식간에 몰려든 클릭 수에 홈페이지가 마비될 만큼 미래 청년당 이름이 높이 솟았다.

전국 맘 카페가 들썩였다. 언론이 들썩였다. 당연히 중앙당 지역에는 혜택이 없는지 문의가 빗발쳤다.

이에 중앙당은 한 걸음 더 나아가 구룡마을 재개발 계획 비전도를 떡하니 홈페이지에 게시했다.

거기엔 중앙당 당사 건립은 물론 축구장, 야구장 등의 체육 시설 + 다닥다닥 축약한 18홀짜리 골프장도 하나 그려져 있었다. 이 모든 시설을 미래 청년당 당원만이 향유할 수 있다고 말이다.

열광이 터졌다.

……

········.

그렇게 두 달이 더 흘렀다.

가을 내내 울긋불긋 전국의 강산을 수놓았던 단풍이 차가운 바람에 낙엽이 되어 떨어지는 계절.

옷깃을 여미는, 연인들의 거리를 추워진 만큼 더 가까이 붙어 서로의 온기를 나누었고 웃음꽃을 피웠다.

여기 미래 청년당도 같았다.

봄이나 여름이나 겨울이나. 회의가 아침을 연다.

"오늘의 이슈는 뭔가요?"

"자매결연 문의가 첫 번째 안건입니다."

"자매결연이요?"

"예, 문의가 꽤 들어옵니다."

"그런가요?"

"맞습니다. 의원님의 예상대로 흘러가고 있습니다. 어떻게 하면 정치적인 문제없이 미래 청년당과 제휴할 수 있는지 말이죠. 이외에도 구룡마을에 채워지는 시설들에 대한 문의가 많습니다. 특히 골프 쪽이 말이죠."

"음, 저도 골프장이 이렇게나 인기가 높을 줄은 몰랐네요."

"조 대표가 의미심장하게 웃더니 수요를 제대로 파악한 모양입니다."

"하긴 그렇겠죠. 골프 한 번 치려면 강원도든 어디든 멀리 나가야 하는데 서울에 떡하니 있는데 누군들 탐나지 않을까요?"

"근데 골프는 1년에만 드는 돈이 몇억씩이라지 않았나요?"

그런가?

"가장 적극적인 곳은 어딘가요?"

"몇몇 골프 클럽입니다. 골프 꿈나무들 좀 후원해 줄 수 없느냐고요. 근래 들어 이런 골프 클럽이 많이 늘었습니다."

90년대 후반을 지배한…… 한국의 자랑이자 골프 명예의 전당에도 오를 거라 점쳐지는 골프 여제의 영향이었다.

누가 뭐 좀 했다면 우르르, 우르르.

물론 나쁘게 볼 일은 아니었다.

이로 인해 수면 아래에 있던 스포츠가 유망해지기도 하니.

피겨 여왕 아래 피겨 키즈가 키워지는 것처럼.

다만 우후죽순 만들어지는 것들의 문제는 관리가 안 된다는 점이었다. 돈이 되자 어중이떠중이들이 다 몰려서 피해를 양산하는 것.

기준이 필요한데 말이다.

"개인적인 후원이라면 얼마든지 해 줄 수 있지만, 미래 청년당 시설만큼은 원칙을 깨선 안 되겠죠?"

"그렇습니다. 예외 사항을 만들면 전국적인 문제가 불거질 겁니다. 공격의 빌미가 될 테고요."

"맞아요. 그럼 그 건은 원칙대로 가는 거로 합시다. 제휴 문제도 차차 시간이 해결해 줄 테고요."

"예."

"다른 건 없나요?"

"문호 씨는 언제쯤 올라오나요?"

"아, 힘드시죠? 정 수석님."

"맞아요. 혼자서 다 처리하려니 죽을 것 같아요."

"조금만 참아 주세요. 하루 이틀 사이에 올라올 겁니다. 전라·광주시당이 자리 잡을 때까지만 봐주겠다고 했거든요. 부산은 이제 시작이고요. 도 보좌관님은 좀 더 걸릴 거예요."

"휴우~ 알겠습니다. 하루 이틀이죠?"

"예, 서울시장은 여전한가요?"

"아! 서울시장은 말이죠……."

얼마 만에 밟는 서울 땅인지 모르겠다.

비록 석 달이기는 해도 광주와 전라도 일대만 돌며 지냈더니 몸이 힘들었던 모양이다. 아무리 좋고 음식이 맛깔스러운 지역이라 한들 남의 동네는 남의 동네였다.

희망을 담은 KTX를 타고 서울역에 도착한 순간 김문호는 고향에 돌아온 기분이 들었다. 이것이 명절 때마다 귀향하는 사람들의 마음인지. 괜히 가슴 뿌듯하고.

동생들을 돌아보았다.

"먼저 어머니한테 갈까?"

"응."

"형, 어머니 보고 싶어요."

"그래, 가자."

택시 정류소로 갔다. 이도 플렉스였다. 서울역에서 나오자마자 택시 잡고 슝이라니.

로망을 실현하며 도착한 천사 보육원은 겨울로 접어드는 계절답게 차가운 바람이 숭숭 흘렀지만 세 사람은 전혀 그렇게 느껴지지 않았다. 얼른 문부터 두드리고픈 마음뿐이었다.

그러나 학교에서 돌아오던 동생들이 먼저 발견하고 달려왔다.

"엇! 형이다!"

"형이다!"

"미래 누나도 왔어!"

"형, 형, 형……."

우르르 달려와서 안기고 부비고 파고드는 녀석들을 김문호는 뒤로 밀려 넘어지면서도 더 부둥켜안았다. 미래도 시원이도 마찬가지였다.

입이 귀까지 찢어져 즐거워한다. 완전히 무장 해제되어.

'녀석들.'

지난 석 달간 무척 힘들었을 것이다.

난생처음 써 본 가면을 하루도 빠짐없이 쓰고 생활해야 한다는 건 예상외의 어마어마한 스트레스였다.

잘 견뎌 줘서 고마웠다. 기특하고 자랑스럽다.

"자, 가자. 어머니께 인사드려야지."

"""""네~~~~.""""""

벌써 문 앞까지 마중 나온 원장 어머니께 돌격.

"어머니~~~!"

"어서 오너라."

두 팔 벌려 환영하는 어머니의 품에 안겼다. 착 안기는데.

우와~. 바로 이것이야! 란 느낌이 왔다.

이 품, 이 냄새, 이 안락함. 세상 어느 좋은 곳을 다녀도 이 곳으로 돌아올 수밖에 없는 이유.

나의 어머니.

"어머니, 어머니, 어머니……."

"오냐. 오냐. 오호호호호호."

파티를 열었다. 동생들이 좋아하는 치킨에 피자에 햄버거에 잔뜩 사다가 먹였다.

왁자지껄한 가운데.

"광주에서요. 오빠가 어쨌냐면요……."

미래는 어머니 옆에 콕 붙어서는 지난 3개월을 전부 얘기하려는 듯 미주알고주알.

"슛, 슛, 슛~~~~~~."

시원이는 꼬맹이 동생들을 몰고 다니며 같이 놀아 주기 바쁘다.

이 순간이 영원했으면…….

해는 야속하게도 지고.

사위가 컴컴해지며 마무리할 시간이 다가왔다.

더 있고 싶어도 내일 출근해야 하니까.

"오빠~."

"형, 조금만 더 있자."

미래와 시원이가 막는다. 애들 자는 것까지만 보고 가자고.

알았다. 알았어.

지금 간들 두 시간 더 있다 간들 얼마나 차이가 있을까.

아이들 잘 시간까지 지켜 줬다.

어머니는 밤에도 바빴다.

"요새 날씨가 건조해서 가습기를 틀어야, 해. 안 그럼 감기
걸려."

방을 돌아가며 가습기 통에 물을 채워 넣는데 어머니 손에 이
상한 게 들려 있었다. 그걸 쪼르르 가습기 물통에 붓고 있었다.

"어머니, 그게 뭐예요?"

"으응? 이거? 가습기용 살균제라던데. 이걸 넣으면 깨끗한
수증기가 올라온대."

"가습기용 살균제요?"

"응, 애들한테 좋은 공기 만들어 줘야지. 아주 괜찮은 게 나
왔어."

방을 옮겨 가며 쪼르륵 쪼르륵 가습기마다 따른다.

흐뭇하게 지켜보며 가만히 뒤따르던 김문호는 순간 떠오
르는 기억에 멈칫, 입을 떡 벌렸다.

지금 뭐라고 했지? 가습기용 살균제라고?

어머니가 들고 있는 통을 봤다.

그러고 보니 눈에 익었다.

아주 눈에 익은…… 저 빨간색 뚜껑!!!

헐~. 얼른 빼앗았다. 가습기도 전부 껐다.

"문호야, 너 왜 그러니?"

"어머니, 이거 언제부터 사용하셨어요?!"

"왜 그래? 문호야? 갑자기 왜 그래?"

"어머니, 이거 언제부터 썼어요?! 빨리 말씀해 주세요."

"아니, 그게…… 그저께 위문품으로 들어와서 오늘 처음 꺼냈다. 너도 왔으니까."

"후우~~~."

김문호가 크게 안도의 한숨을 내쉬자 마리아는 걱정스러운 얼굴이 되었다.

"왜 그래? 도대체 왜 그러니?"

"어머니, 이거 쓰면 절대 안 돼요. 가습기 물통 닦고 소독하는 데나 쓰는 소독액이라고요. 아니, 아예 쓰면 안 되는 거예요. 절대 쓰지 마세요."

"뭐? ……그게 왜? 가습기 살균용이라고 쓰여 있잖아. 안전한 거 아니야?"

"안전하지 않아요. 절대로. 어머니, 이거 소독약을 수증기로 만들어 코로 마시는 거랑 같아요. 큰일 나요."

"……?"

여전히 영문을 모르겠다는 얼굴이었다.

김문호는 할 수 없이 더 자극적인 말을 꺼냈다. 행여나 제대로 안 들었다간 어머니나 자신이나 천추의 한을 남길 것이다.

"어머니, 이거 코로 마셨다간 애들 기관지고 뭐고 다 녹는 거예요. 애들 몸 망가진다고요. 예?!"

"뭐, 뭐라고?!"

눈이 휘둥그레. 경악하였으나 금세 또 도저히 못 믿겠다는 얼굴이 나왔다. 두려움과 믿음 사이에서 갈팡질팡하는 표정.

안 된다. 이래선 안 된다.

자칫 잘못했다가 애들이 다치기라도 한다면……!

물론 어머니의 반응도 이해가 갔다. 시판도 하고 광고도 하고 하는 제품인데 설마 하는 마음은 충분히 있을 수 있었다.

김문호는 단호하게 한 번 더 강조했다.

"어머니, 이건 소독제예요. 사람 몸 안으로 들어가면 절대로 안 되는 물질이에요. 제 말을 믿으세요. 제가 여기에 대해 알아볼 테니까 어머니는 절대로 사용하지 마세요. 알겠어요?"

"아, 알았다. 네가 그렇다면 사용 안 하마. 그럼 가습기는 어떻게 하지?"

"가습기 자체는 괜찮아요. 그냥 수돗물 쓰세요. 그게 제일 좋아요. 찌꺼기는 며칠에 한 번씩 닦아 주면 되잖아요."

"그러마. 알았다. 빨리 무슨 일이지 알아봐 다오. 네 말이 정말이면 이거 정말 큰일이 아니니. 사람들 많이 쓸 텐데."

"예, 서둘러 알아볼게요."

김문호는 알겠다고 하면서도 자기 손이 벌벌 떨리는 걸 봤다.

가습기 사태였다. 가습기 살인이었다.

이걸 왜 여태 기억 못 했을까?

이러고 있을 시간이 없었다. 당장에 장대운을 만나……!

'만난다고 해결이 되나? 이 시점에?'

단순한 정치 이슈라면 의혹만으로도 상당한 효과를 거둘 수 있겠으나 이 문제는 기업들이 연관돼 있었다.

완벽한 증거를 수집하지 않는다면 오히려 역공을 당한다. 이는 장대운에게도 치명적.

'집중해야 해. 집중해 김문호. 기분에 따라 행동하면 안 돼.'

차가워져야 한다. 냉정해져야 한다.

결국 김문호는 밤새 한숨도 못 잤다.

빵 빠아아아아아앙. 빠빵 빠빠빵.

평소라면 하루를 알리는 신호라 여길 자동차 경적이 귀에 거슬렸다. 바쁘게 스쳐 가는 사람들마저 눈에 거슬린다.

김문호는 예민이 머리털 끝까지 솟는 것 같았다.

누구라도 건드는 순간 폭발할 것 같은 분노가 넘실댔으나 간신히 심호흡하며 감정을 다스렸다. 출근을 감행했다.

석 달 만의 재회가 이럴 줄은 몰랐지만.

애써 반갑게 인사를 해도 흥이 나지 않았다. 온통 가습기 살균제에 대한 기억만이 온몸을 짓눌러 댔다.

"어머, 문호 씨 얼굴이 왜 이래요? 무슨 일 있어요?"

정은희가 걱정스러운 눈길로 쳐다보나 아니라고 답했다. 괜찮다고.

아직까지 어떻게 할지에 대한 생각이 정리되지 않았다. 정리만 된다면 휴가를 얻든 속내를 밝히든 양자택일하겠다.

장대운도 걱정스러운 얼굴로 물었다.

"그러네요. 문호 씨, 얼굴이 많이 상했어요. 오늘은 일찍 들어가는 게 어떨까요? 급한 일은 없는데."

"아닙니다. 돌아온 첫날부터 그럴 수는 없습니다. 죄송합니다."

"죄송까지는요. 의욕은 좋은데 몸도 돌봐 가면서 가야죠. 하루 이틀에 끝날 사업이 아니잖아요."

"심려 끼쳐 드려 죄송합니다."

"죄송할 필요 없어요. 문호 씨가 우리 미래 청년당을 얼마나 높게 끌어올렸는데요. 그 공을 모르면 사람이 아니죠. 안 그래요. 정 수석님?"

"맞아요. 말이 나온 김에 한 일주일 휴가 주시는 건 어떠세요? 보통 일이 아니었잖아요. 포상 휴가 주는 게 맞는 것 같아요."

"그럴까요?"

놔두면 진짜로 휴가를 줄 것 같아서 김문호는 말렸다.

"아닙니다. 휴가라뇨. 제가 뭘 한 게 있다고요. 그냥 생각이 정리되지 않은 게 있어서 잠을 못 자서 그렇습니다."

"……?"

"……?"

장대운, 정은희가 서로의 얼굴을 보며 알 수 없다는 듯 고개를 갸웃댔다. 그러다 장대운이 결론 내렸다.

"들어가기 싫은 건 진심인 것 같은데 그럼 오늘 스케줄만 일단 간략하게 잡아 볼까요? 문호 씨는 점심 먹고 서울이나 둘러보는 거로 일정을 수정하는 게 어때요?"

"예?"

"그동안 광주에 있었으니 서울이 어떻게 돌아가는지 감이 잘 안 잡힐 거 아니에요?"

"아, 예."

"오늘 오후는 서울을 한 번 둘러보세요. 백 비서관님, 해 주실 수 있죠?"

"물론입니다. 몇 군데 둘러보고 퇴근시키겠습니다."

눈치도 좋게 백은호가 답하자 장대운은 미소를 띠었다.

그렇게 몸보신차 곰탕집에 가서 거하게 잘 먹고 백은호와 서울 시내 드라이브를 하게 되었다.

"어디부터 갈까나~."

"……."

"서울시청부터 갈까요?"

"예."

점심 무렵이라도 여전히 혼잡한 서울 시내였지만 수행 차량은 유유히 시청 앞으로 향했다.

≪서울시는 무상 급식과 환승 시스템을 실현하라!≫

≪일하지 않는 서울시장은 물러가라!≫

≪우리는 무상 급식을 원한다. 서울시는 어째서 서울시민의 바람을 막는가!≫

≪서울시민은 서울시가 진행하는 모든 사업을 반대한다! 무상 급식부터 해결하라!≫

≪서울시장은 우리 아이들의 미래를 담보로 무엇을 획책하는가! 일하지 않는 서울시장은 물러가라!≫

≪서울시장은 지금 당장 해명하라! 직위를 이용한 업무 저지는 불법이다!≫

≪서울시민을 위한다던 서울시장은 어디 있나? 지금까지 말한 게 전부 거짓말이었나!≫

시위 중이었다.

얼핏 봐도 천 단위의 사람들이 모여 시청 앞 광장에서 서울시장의 해명을 요구하고 있었다.

출동한 경찰 병력이 시위대와 시청 사이를 가로막고 있었는데 그들도 불러서 어쩔 수 없이 온 것처럼 느슨했다. 전국 노조 시위 때와는 달리.

"귀엽지요? 한 달 전부터 생긴 시위입니다. 점점 세를 키우더니 이렇게나 됐네요."

"……."

"이번은 각 구청으로 가 볼까요?"

가까운 서대문구청부터 종로구청, 동대문구청, 성동구청, 강동구청, 송파구청 등지를 돌아보는데 전부 시위하고 있었다.

서울시가 돕든 안 돕든 너희는 너희 일을 하라고. 계속 이런 식이면 가만 두지 않겠다고.

민생당, 한민당 중앙 당사도 예외는 없었다.

　어머니들이 몰려와 시위하고 있었다. 너희들은 언제까지 지켜만 볼 거냐고. 이대로라면 절대로 너희들에게 표를 주지 않을 거라고.

　"의원님 말씀이 현실이 되고 있죠? 결국 저들이 일을 완성시킬 거라는 것 말입니다."

　"……예."

　"대충 분위기는 본 것 같으니 퇴근할까요?"

　차를 강남 방향으로 유턴하는데.

　문득 눈앞이 빙빙 돌아가는 감각에 김문호는 어지러움을 느꼈다. 그리고 지금 자기가 무슨 짓을 하고 있는지 깨달았다.

　어째서 혼자서 해결하려고?

　여기 백은호도 있고 장대운도 있고 전부가 있는데.

　가게를 보자마자 차를 세워 달라고 했다.

　서둘러 달려가 가습기 살균제를 한 통 사왔다.

　바보 같은 고민이었다.

　이 일은 숙고가 아니라 한시라도 빨리 알려야 한다. 더욱이 명분도 실리도 다 챙기려면 혼자서는 불가능하다.

　'혼자 하려니 답이 없는 거야.'

　백은호에게 말했다.

　"백 비서관님, 저 좀 도와주십시오."

　"으음, 잠시만요."

　한적한 곳에 차를 세운다.

그리고는 이 순간을 기다렸다는 듯이 말해 보라 분위기를
만들어 준다.

백은호는 기다리고 있었다. 무슨 일인지 알려 줄 때까지.

"어제 원장 어머니를 뵈러 천사 보육원에 갔습니다."

"으음, 천사 보육원 일입니까?"

바로 끼어든다. 누가 보육원에 위해를 가했냐고?

"아닙니다. 모처럼 동생들도 보고 기분 좋게 하루를 끝내
는데 어머니가 겨울이라 건조해졌다며 가습기를 틀었습니
다. 아이들 감기 걸린다고요."

"으음."

"그리고는 이걸 넣었습니다."

가습기 살균제를 건네줬다. 백은호가 받더니 이리저리 살
펴보곤 고개를 갸웃댔다. 무슨 문제냐고?

"제가 예전에, 고등학교 때인가 들은 기억이 있습니다. 이
런 유의 살균제와 소독제는 흡입해서는 안 된다고 말입니다.
아무리 안전하다고 광고해도 기본이 독성 물질이라 잘못하
면 생명에 위험이 있다고요."

"그래요?"

의외라는 듯 제품을 다시 살피는 백은호였다.

하지만 사용법 외에는 어떤 경고도 없었다. 그저 이걸 얼마
나 넣고 또 넣으면 정화된 물이 분무 된다는 문구만 적혀 있다.

"감이 좋지 않습니다. 배운 게 맞다면 굉장히 위험한 걸 텐
데 아무렇지도 않게 시판 중입니다. 정말 이것이 안전한지 궁

금합니다."

"이걸 조사해 달라는 건가요?"

"혼자 알아보려 했는데 가당치도 않아 보여서요. 만일 잘못된 거라면 혼자 알아보다 시간 끄는 게 더 나쁜 일 같았습니다."

"흐음, 이거 이상하군요. 이렇게 제품으로까지 나올 정도면 정부에서 안전성을 검증받았을 텐데. 문호 씨는 아닌 것 같다 하고."

"그래서 혼란스럽습니다. 배움에는 분명 이런 건 어떤 종류든 흡입해서는 안 된다고 했거든요. 그런데 이 가습기 살균제는 코로 기관지로 폐로 직통으로 가지 않습니까."

"아…… 그렇군요. 일단 알겠습니다. 어렵게 부탁한 것 같은데 알아보겠습니다. 이러면 되는 건가요?"

"죄송합니다. 괜한 해프닝일 수도 있는데 감이 좋지 않아서요. 불안할 정도로요."

"우리 문호 씨가 그리 걱정이면 조금은 더 자세하게 캐 봐야겠군요. 이 일과 관련된 사람들까지. 알겠습니다. 며칠이면 될 겁니다."

"정말입니까? 정말 며칠이면 됩니까?"

보통 일이 아니었다.

정부부터 기업에 유통사까지 혼자라면 어디서부터 건드려야 할지 엄두가 안 날 만큼 커다란 일.

그런 걸 백은호는 며칠만 기다리라고 한다. 자신 있게.

"훗, 전에도 말씀드린 거로 아는데요. 이참에 다시 말씀드리죠. 의원님의 정보력은 이 대한민국에서만큼은 국정원보다 앞설 겁니다."

"예?!"

"사회 곳곳에 의원님의 눈과 귀가 있어요. 저 한민당과 민생당이 의원님 앞에서 맥을 못 추는 건 단지 인기가 많아서 만이 아닙니다. 어떤 음모, 모략이 나와도 사전에 차단되는 겁니다."

"아……."

"기다려 보세요. 조사에 착수하면 대략 윤곽이 나타날 테니."

이 말을 끝낸 뒤 딱 이틀 만에 전체 회의가 소집됐다.

부산시당을 총지휘하던 도종현까지 서울로 올리며.

미래 청년당 사무실 분위기는 어느 때보다도 무거웠고 진중했다.

"알아본 바에 의하면 아무런 검증 절차를 거치지 않았음이 확인됐습니다. 환경부는 기업이 준 내역을 재확인 없이 승인 처리 했고 무방비 상태로 팔리고 있었습니다. 마치 인체에 유익한 듯 말이죠. 소비자는 아무 의심 없이 구입하고요."

백은호가 내놓은 가습기 살균제를 보자마자 장대운은 뒷머리가 삐쭉 서는 기분이 들었다.

입을 떡. 자기 따귀를 후려치고 싶을 정도였다.

어째서 기억하지 못했을까? 이 빌어먹을 미친 살인 분무를.

신고된 사망자만 1,740명, 부상자 5,902명에 달하는 얼토당토않은 화학 재해를.

사회적 참사 특별 조사 위원회 연구 결과에 의하면, 신고

되지 않은 사례를 포함해 1994년부터 2011년 사이 사망자만 20,366명, 건강 피해자가 950,000명, 노출자가 8,940,000명이 발생한 것으로 추산되는 대참사를.

까맣게 잊고 있었다.

'이 내가……'

인정된 폐 손상 피해자 221명의 57%인 125명이 5세 미만의 영·유아에다 16%인 35명이 임산부였다는 세계적으로도 극히 드문 화학 재해를 두고.

장대운의 주먹이 꽉 쥐어졌다.

'아아, 아아아…… 대운아, 대운아, 너 대체 여태 뭐 하고 있었냐. 도대체 뭘 했길래 이걸 아직도 놔두고 있었더냐.'

참혹하였다.

국민을 위한다며 부르짖어 놓고 국민이 죽어 나가고 있는데 당세가 커졌다고 좋아라 하고 안정세를 찾아간다고 뿌듯해하고 있었다. 앞으로 어떻게 권력을 잡아 어떤 새로운 정치를 하겠다 꿈꾸고 있었다.

당장 국민이 눈앞에서 죽어 나가고 있는데.

이가 갈렸다.

'미친……!'

이 사건의 악랄함은 다른 것이 아니었다.

발생이 가족에 의해 벌어진다는 것이다.

엄마가 사랑하는 아이에게, 딸이 사랑하는 부모님에게, 아내가 사랑하는 남편에게 쓴 살균제가 그들의 기관지를, 폐를,

생명을 빼앗는 것이다.

자기도 모르는 사이에 독을 먹인다는 것.

"이…… 이…… 이……."

머릿속 무언가가 뚝 끊어진 것 같은 아득함.

연유 같은 파도가 몰려오며 온 세상이 새하얗게 변해 갔다.

"의원님! 의원님!"

누가 잡고 흔든다.

괴로워 죽겠는데. 구역질이 막 올라오는데.

그 흔들림 때문에 시야가 돌아왔다.

"아……."

"의원님, 괜찮으십니까?"

"백 비서관님 빨리 병원으로."

들춰 업으려 하고 정신이 없다.

"잠시, 잠시만."

"의원님……."

"괜……찮아요. 난 괜찮습니다."

정신 차려야 한다. 정신 똑바로 차려라. 장대운!

"의원님, 그래도……."

"난 괜찮습니다. 괜찮아요."

"의원님……."

"흐음, 그래서…… 이걸 어떻게 발견한 건가요?"

"그게…… 문호 씨가 이틀 전에 알려 줬습니다. 같이 서울
시내 드라이브할 때 말입니다."

"문호 씨가요?"

김문호를 쳐다봤다. 걱정하는 눈길로 쳐다보고 있었다.

손짓했다. 말하라고.

"저, 그게…… 서울로 올라온 날 천사 보육원에서 쓰는 걸 보고 의심스러워서 백 비서관님께 부탁드렸습니다. 죄송합니다."

"문호……씨는 이게 의심스럽다는 건 어떻게 알았죠?"

"페브리즌 때문입니다. 1998년 한국에 들어왔을 때 대대적으로 벌인 인체에 무해하다는 광고가 논란을 일으킨 적 있습니다. 겉으로는 무해하다고 해도 흡입되는 순간 전혀 다른 양상으로 갈 수 있음을 그때 배웠습니다."

"흡입……이요?"

"일찍이 페브리즌이 나오기 전 그 제품에 들어간 제4급 암모늄클로라이드 성분이 인체에 유해할 수 있다는 주장이 있었습니다. 제4급 암모늄염은 폐 상피 세포를 손상시킬 수 있는 독성 물질인데, 스프레이로 분사하는 과정에서 폐로 흡입될 가능성이 높다는 겁니다. 실제로 TV 광고에서도 옷을 입은 사람한테 직접 뿌리는 장면이 등장하지 않습니까? 고깃집 같은 데서도 입구에 비치되어 나갈 때 서로 옷을 입은 채 뿌려 주는 걸 드물지 않게 보고요."

"으음……."

"예전에 환경부가 페브리즌의 성분 자료를 요청한 적이 있는데 한국 P&G의 답도 '환경부에 관련 자료를 제출했다'면서, '전 성분 공개를 검토하고 있다'고만 밝혀서 의혹을 증폭시켰습니다."

"……그렇군요."

장대운은 이런 게 바로 나비 효과인가 싶었다.

아니, 김문호라는 인재가 이 자리에 있는 것부터 그랬다.

회귀한 이래 과거를 바꾸고 정치판에까지 오지 않았다면 김문호는 자기 재능을 모른 채 전혀 다른 삶을 살고 있었을 것이다.

천사 보육원 건도 마찬가지였다. 자신과 관련되며 물적 지원이 풍부해졌다. 그 가운데 가습기 살균제가 들어갔고 보육원에 관심이 많은 김문호가 발견하는 건 시간문제였다. 그 결과가 지금 책상 위에 놓여 있었다.

개연성은 충분했다.

'그렇군. 그래서 일찍 발견할 수 있었던 거야.'

장대운은 다시 한번 절실히 깨달았다. 김문호가 옆으로 온 건 정말 신의 한 수였음을.

"당장 이 내용을 홈페이지에 게시하세요."

"절대 사용 금지입니까?"

"안전성이 검증되지 않았고 독성 물질이 들어가 있을지도 모른다는 문구를 반드시 넣으세요. 자체 확인할 때까지 당원들은 쓰지 말라고요."

"예."

정은희가 대답하며 일어났다.

그녀는 회의가 끝날 때까지 기다리지 않고 바로 나갔다.

장대운은 상관치 않고 다음 백은호를 보았다.

"조사가 여기에서 끝난 건 아니죠?"

"파면 팔수록 기괴할 정도입니다. 어떻게 이런 제품이 아무렇지도 않게 시판될 수 있었는지 이해할 수 없을 만큼 말이죠. 청운도 지금 총력전으로 바뀌었습니다."

"이 일과 관계된 자는 1명 예외 없이 다 잡아내세요. 정부든 기업이든 유통사든 반드시 책임을 물을 것입니다. 빨리해야 합니다. 최대한 빨리!"

"알겠습니다."

백은호도 일어나 밖으로 나갔다.

장대운은 가만히 대기하고 있는 김문호의 손을 잡았다.

"큰일을 해 줬어요. 문호 씨, 아주 감사합니다."

"아, 아닙니다."

"이 은혜를 어떻게 갚아야 할지 모르겠네요. 후우…… 도 보좌관님."

"예, 말씀하십시오."

"아무래도 우리가 문호 씨에게 큰 빚을 진 것 같아요."

"아직까지 완전하게 밝혀진 건 없긴 하지만 저도 느낌이 싸합니다. 저도 일단 부산으로 가 봐야 할 것 같습니다. 부산이 걱정됩니다."

"예, 부탁드려요."

"무언가 새로운 게 나오면 바로바로 알려 주십시오. 저도 부산에서 싸우겠습니다."

"그래요."

도종현마저 나가자 장대운은 바로 회의를 끝내 버렸다.

그러나 아무리 진정하려 해도 심장이 벌렁벌렁, 일이 손에 잡히지 않았다.

할 수 없이 모처럼 일찍 퇴근했는데.

"나 왔어~."

"응, 왔어? 오늘은 일찍 왔네. 참 좋다."

"내가 일찍 와서 좋아?"

"응."

미안하고 흐뭇했다.

전생과 이생을 격하고서도 이루어진 사랑.

어느 누가 알까. 이 사랑의 평안함을.

"뭐해?"

"으응, 할머니가 이번 겨울은 유난히 건조하다고 하셔서 가습기 꺼냈어."

아내가 가습기를 닦고 있었다. 세 개나.

우리 방, 할머니 방, 거실에서 쓸 것까지.

그걸 물로 깨끗이 닦고 또 그 물통에 물을 가득 채우고는 마른 천으로 묻은 물기까지 닦아 낸다. 그리고는 어디에서 났는지 가습기 살균제 마개를 딴다. 뒷면 설명서를 읽으며 쪼르르 넣는다.

헐~.

"마트에서 보니까 이걸 넣으면 물이 살균도 되고 좋다고 하길래 하나 사 봤어. 어때?"

해맑게 말하는 아내를 보고 있는데 장대운은 머리가 멍해지는 것 같았다. 등골로는 식은땀이 흐르고.

이런 것이다. 이렇게 가족이 가족을 살해하게 한 것이다.

아주 오래된 기억이 났다. 전생에서의 삶.

어느 날인가 그랬다. 어머니가 저 망할 것을 가지고 와 가습기에 넣으면 공기가 정화되고 좋다고 하였다. 그런가 싶어 며칠 넣다가 말았는데 다시 생각해도 희한했다. 본래 나는 그런 걸 아주 잘 지키는 유형이다. 쓴 한약도 때맞춰 무조건 먹는 스타일.

이놈만큼은 이상하게 더는 사용하지 않고 어딘가에 처박아 두고 잊어 먹었는데 몇 년 후 가습기 사태가 터진 후 입을 떡 벌렸다. 어머니는 뜨악!

"저기, 그거…… 있잖아. 쓰면 안 돼."

"으응? 왜?"

"그거 아직 인체 유해성이 검증 안 된 거야. 안 그래도 오늘 미래 청년당 홈페이지에 올렸는데 못 봤구나."

"뭐가?"

"그거 독성 물질이 있는 것 같아 조사 중이야. 내가 총력을 다해서."

"뭐?! 진짜야?"

화들짝!

"물통에 있는 건 다 버리고 헹궈서 써. 그 끔찍한 건 음…… 버리지 말고 한쪽에 놔둬 증거로 쓰게. 마트 영수증 갖고 있지?"

"어, 응. 알았어. 그렇게."

놀랐는지 허둥지둥.

자칫 했으면 온 가족이 저 독성 물질을 흡입할 뻔했다.

얼마나 황당할까. 장대운도 점점 긴장감이 치솟았다.

직접 또 겪어 보니 이게 정말 보통 일이 아니었다. 아니, 이러고 끝날 일도 아니었다.

백은호에 연락했다. 오필승 타운 및 오필승 그룹 전 임직원에게도 비상 연락을 날리라고.

뿌드득. 이가 절로 갈렸다. 지금 당장 움직일 수 없는 게.

"증거만 잡혀라, 증거만 잡혀라. 증거만 잡히면 내가 아주 갈아 마셔 주겠다."

◇ ◆ ◇

【미래 청년당 당원 전원에 가습기 살균제 사용을 금지하다. 무슨 이유로?】

【미래 청년당, 현재 시판 중인 가습기 살균제의 위험성을 지적하다. 독성 물질 함유가 의심된다?】

【미래 청년당, 가습기 살균제 사용에 대해 강력한 금지 조치를 내리다】

【오필승 그룹도 가습기 살균제 사용을 금지하는 캠페인에 동참하다】

【가습기 살균제, 정말 안정성을 통과한 제품인가? 미래 청년당은 왜 이 제품을 금지시켰을까?】

【미래 청년당이 가습기 살균제를 금지하는 이유는?】

다음 날로 몇몇 기사가 떴다. 미래 청년당 홈페이지를 들여다보고 있었던지 아주 발 빨랐다.

장대운은 이도 나쁘지 않다 여겼다.

이슈화된다면. 아직 조사가 완료되지 않았더라도, 누구라도 이걸 보고 조심해 주면 천만다행이라고 생각했다.

그런데, 다음 날.

【환경부, 가습기 살균제에 대해 우려할 필요 없어】

【안정성 검증을 마친 제품만 가습기 살균제로 판매 중이다. 환경부와의 인터뷰】

【얼토당토않은 루머에 불과하다. 가습기 살균제는 안전하다. 환경부】

맞대응하는 기사가 나왔다.

가습기 살균제가 괜찮다는 내용으로. 환경부가 검증했으니 안심하고 사용해도 된다고.

이상했다. 걸음이 느린 정부가 이렇게나 빠르게 대응한다고?

그리고 다음 날이 되자.

【환경부의 보증. 가습기 살균제는 안전하다고 한다】

【환경부가 인증한 제품. 미래 청년당은 어째서 정부가 인

정한 안전성을 의심하는가?】

【가습기 살균제 논란. 미래 청년당의 의도적인 선동인가?】

【이도 어쩌면 미래 청년당의 정치적 술수?】

【미래 청년당이 성실한 기업을 건드리는 이유는?】

【가습기 살균제 제조 17개 기업. 악의적 명예 훼손을 근거로 미래 청년당에 천문학적인 금액의 손해 배상 청구 소송 검토 중】

【미래 청년당식 기업 길들이기인가? 가습기 살균제 논란의 전모는?】

논조마저 완전히 바뀌었다.

미래 청년당이 어떤 음모를 꾸미는 게 아닌지 몰아댔다.

신나서, 아주 신나서 두드려 댄다. 미래 청년당이 무반응으로 일관하자 더욱 기고만장하여.

【미래 청년당 & 오필승 그룹. 둘 사이엔 어떤 커넥션이 오갔나?】

【성실한 기업들의 게시물 삭제 요청에도 버티는 미래 청년당의 의도는?】

【오필승 그룹의 화학 산업 진출에 대한 포석인가?】

【오필승 그룹에 사업체를 빼앗긴 어느 중소기업 사장과의 인터뷰. 1부 그들은 악마다】

【2부 울며 겨자 먹기였어요. 지분을 주지 않으면 당장 지원

을 끊는다 했습니다】

【제휴와 지원을 미끼로 지분을 빼앗긴 중소기업이 벌써 700개. 한국의 중소기업 생태계를 다시 살피다】

【조선 시대 지주제 부활의 신호탄인가? 신 소작농이 된 중소기업들의 한탄】

【오필승은? 장대운은? 대한민국을 집어삼킬 생각인가?】

마구 찔러 댔다. 기회라 여겼는지 일파만파로 퍼트리며 미래 청년당과 관계된 이들을 모두 짓밟았다.

하지만 미래 청년당은 어떤 성명서도 내지 않았다.

며칠째 언론이 두들기고 있음에도 거북이가 등딱지에 몸을 감추듯 꿈쩍도 하지 않고 매 맞기만 했다.

미래 청년당에 쉴드 쳐 주던 사람들도 점점 힘이 빠져 갔다.

옥신 코리아 최상층.

보던 신문을 접어 한쪽에 치운 금발 머리 중년인이 히죽히죽 웃음을 참지 못하겠다는 듯 얼굴을 씰룩였다.

대기하던 비서는 타이밍 좋게 들어가 보고하였다.

"가습기 살균제 판매량이 며칠 사이 약간 줄긴 했지만, 의미는 없는 숫자입니다. 반응도 처음 충격과는 달리 언론이 점점 오필승 그룹 쪽으로 포커스를 맞추자 희미해지고 있습니다.

저쪽에서도 더는 걱정할 필요 없다 언질을 보냈습니다."

"쿠쿠쿡, 쿠쿠쿠쿠쿡."

"……."

비서는 금발 남자의 웃음에도 미동도 없이 대기하였다.

한참을 자기 배를 잡고 웃던 금발 남자는 비서를 불렀다.

"도니."

"예, 보스."

"내가 여기 이 한국을 왜 좋아하는지 아나?"

"……."

"맞아. 돈만 좀 뿌리면 알아서 기는 버러지들이 넘치기 때문이지. 쿠쿠쿠쿠쿠쿡."

"……."

"기가 막히지 않나? 세계 어느 곳에서도 판매가 금지된 걸 깨끗하게 둔갑시켜서 판매 승인을 내 줬어. 이런 나라가 대체 어디 있나? 이렇게 쉽게 돈 벌 수 있게 열어 주는 나라가 말일세."

"……예. 하지만 준비도 해야 하지 않겠습니까?"

"왜?"

"상대는 장대운 의원입니다. 그는 보통 인물이 아닙니다."

"그래, 장대운이 보통 인간은 아니지. 그래서? 보통 인물이 아니면 어쩔 텐가. 나라 전체가 내 편인데."

"하지만……."

"그만! 우린 상황을 지켜보며 실적이나 올리면 될 일이네. 남의 나라 사정 따위 내 알 바가 아니야. 버러지 같은 동양 놈들 몇 돼진다고 세상이 변하나? 아무것도 변하는 건 없네. 우리는 우리대로 돈만 벌어 가면 되는 거야. 거기에 집중하게."

"예."

그러나 무서울 것 없다던 옥신 사장도 맞은편 건물 최상층에서 이쪽으로 레이저를 쏘고 있다는 건 전혀 몰랐다.

가만히 그 행태를 듣고 있던 남자 중 하나가 헤드셋을 벗어 바닥에 내팽개쳤다.

"개 쌍!"

다른 두 사람도 헤드셋을 벗고는 기가 막힌 듯 허탈한 표정을 지었다.

"이…… 개 브릿봉 냄새나는 새끼가 감히!"

"죽일까요?"

"흐으으으음."

"당장 잡아다 가습기 살균제 처먹일까요?"

"흐으으음, 아니다. 녹음은 확실히 떴지?"

"예."

"재확인하자."

녹음 내용이 돌비 스테레오를 타고 울리자 남자는 바닥에 주저앉았다.

"후우…… 이 개새끼들을 어떻게 해야 속이 풀릴까? 바로 잡아다가 서해 바닷물 맛보여 주는 거로는 성에 안 찰 것 같은데."

"그건 일차원적이잖아요. 저놈 하나 건드려 봤자 변하는 건 없어요. 저놈 말대로."

"그렇겠지."

"빨리 우리의 보스에게 보내는 게 나아요. 이런 건 우리 보스가 손에 쥐어야 진짜 힘을 발휘하잖아요."

"그렇긴 한데…… 이 씨……벌놈들을 그냥 보낼 순 없잖아."

"넘겨줍시다. 우리가 건드려 봤자 사건밖에 안 돼요."

"흐음."

"넘겨주자고요. 넘겨줍니다."

"……알았어."

"예."

전송하는 부하를 보던 남자는 무엇이 떠올랐는지 다시 물었다.

"저쪽도 땄겠지?"

"그렇겠죠. 이리도 서두른 걸 보면 무슨 말이 나와도 확실히 나오지 않았을까요? 그 새끼가 안 움직였다면 언론이 저렇게 날뛰진 않았을 거 아니에요."

"알았어. 내 전언도 같이 넣어."

"뭐라고 적을까요?"

"피눈물을 흘리게 해 달라고."

"에이, 겨우 그거예요? 이 녹음 내용을 들으면 우리 보스가 더 날뛸 텐데. 안 그래도 집에서 사용할 뻔했다잖아요."

"그런가?"

"믿어 보세요. 우리 보스가 화나면 이 나라 따위 흔적도 없이 사라질 겁니다."

"그래, 맞다. 내가 대체 뭐 하고 있냐. 어서 보내라. 우린…… 소주나 한잔 빨러 가자. 이 상태로는 도저히 복귀 못 하겠다."

"옙."

◇ ◆ ◇

"첫 출시는 1994년이었습니다. SY이노베이션의 전신인 유공에서 개발했는데 흡입 독성 시험도 없이 통과됐다고 나와 있습니다. 제조 신고서 제출조차 2년 후인 1996년이었고요. 웃긴 건 신고서에 분명히 흡입하면 해로울 수 있다는 내용이 있었지만, 정부는 추가 독성 자료를 요구하거나 유독물로도 지정하지 않았습니다."

백은호의 브리핑이었다.

지금껏 조사한 내용을 정리하는 자리.

"1998년 미국 환경청 농약 재등록 적격 결정 보고서에 가습기 살균제에 들어간 MIT 성분에 대한 경고가 기재됐는데 2등급 흡입 독성 물질로 실내 사용을 금지한다는 내용이 있었습니다. 그 성분이 지금 우리 가습기 살균제에 사용되고 있고요. 정부는 보고서가 나온 지 6년이 지나도록 이 사실조차 파악 못 하고 있습니다."

"……."

"……."

"……."

"2000년 가습기 살균제 최대 제조 회사인 옥신이 살균제 개발 전 살균 성분제 분야 국내 최고 전문가로부터 직접 제품 유해성 경고를 받고도 무시한 걸 확인했습니다. 'CMIT·MIT와 달리 PHMG의 흡입 독성은 국내외에서 전혀 검증된 바 없고 자체적인 독성 실험을 반드시 거쳐야 한다'고 했는데도 말이죠. 결국 2000년 10월 PHMG를 원료로 한 가습기 살균제가 시판됐습니다."

"……."

"……."

"……."

"더 놀라운 건 2003년입니다. SY케미칼이 PHMG를 호주로 수출하면서 호흡기로 흡입하면 위험할 수 있다는 보고서를 현지 정부에 제출했다는 겁니다. 국내 제조사에는 제대로 알리지 않고요. 정부 심사도 무사통과하였고. 아니, 정부가 한발 더 나가 유독 물질이 아니라는 고시를 올렸습니다."

"……."

"……."

"……."

참혹했다. 이놈의 정경유착.

자기 배만 불리면 국민 따윈 뒈지든 말든 상관없다는 소시오패스 놈들이 어느새 독버섯처럼 자라나 요직에 앉아 있다는 것이다.

"이 기록을 따르면 치사율 70~80%에 달하는, 원인 불명의 간질성 폐 질환 환자가 1995년부터 매년 봄철마다 발생하였다고 합니다. 첫 사망자는 1995년 10월 54세 성인이었고요. 두 번째는 1개월 된 영아였습니다. 영아 어머니의 인터뷰를 보십시오."

영상을 튼다.

≪모르겠어요. 왜 이런 일이 벌어졌는지…… 태어나자마자 감기에 걸려서 가습기를 밤낮으로 틀었어요. 그거 가습기 살균제를 넣고요. 어떻게 된 게 증상이 점점 심해지고 아기 코에서 누렇게 코가 나오길래 소화 아동 병원에 입원시켰는데 하루 만에 죽었어요. 흐흐흑. ≫

이 대목에서 주먹을 안 쥔 사람이 없었다. 어금니를 안 문 사람이 없었다.

그나마 가습기 살균제 심각성에 대해 인식이 적었던 정은희마저 치솟는 화에 어쩔 줄 몰라 하였다.

막 무언가를 말하려는데. 백은호가 브리핑을 중지시켰다. 띠띠띠 시계에서 알림이 울리고 있었다.

"새로운 보고가 올라왔습니다. 잠시만 기다려 주십시오."

잠깐 자기 책상으로 갔다가 돌아온 백은호는 아무 말 없이 녹음기를 틀었다.

"가습기 살균제 판매량이 며칠 사이 약간 줄긴 했지만, 의미는 없는 숫자입니다. 반응도 처음 충격과는 달리 언론이 점점 오필승 그룹 쪽으로 포커스를 맞추자 희미해지고 있습니다. 저쪽에서도 더는 걱정할 필요 없다 언질을 보냈습니다."

"쿠쿠쿡, 쿠쿠쿠쿠쿡."

"……."

"도니."

"예, 보스."

"내가 여기 이 한국을 왜 좋아하는지 아나?"

"……."

"맞아. 돈만 좀 뿌리면 알아서 기는 버러지들이 넘치기 때문이지. 쿠쿠쿠쿠쿠쿡."

"……."

"기가 막히지 않나? 세계 어느 곳에서도 판매가 금지된 걸 깨끗하게 둔갑시켜서 판매 승인을 내줬어. 이런 나라가 대체 어디 있나? 이렇게 쉽게 돈 벌 수 있게 열어 주는 나라가 말일세."

"……예. 하지만 준비도 해야 하지 않겠습니까?"

"왜?"

"상대는 장대운 의원입니다. 그는 보통 인물이 아닙니다."

"그래, 장대운이 보통 인간은 아니지. 그래서? 보통 인물이 아니면 어쩔 텐가. 나라 전체가 내 편인데."

"하지만……."

"그만! 우린 상황을 지켜보며 실적이나 올리면 될 일이네.

남의 나라 사정 따위 내 알 바가 아니야. 버러지 같은 동양 놈들 몇 뒈진다고 세상이 변하나? 아무것도 변하는 건 없네. 우리는 우리대로 돈만 벌어 가면 되는 거야. 거기에 집중하게."

"예."]

"방금 딴 옥신 사장과 비서의 대화 내용입니다."

영어로 된 음성 녹음이었으나 여기에서 못 알아듣는 사람은 없었다.

어느 누구도 입을 열지 못했다.

분노도 분노였지만 장대운이 웃고 있기 때문이었다.

시리도록 차갑게.

잠시간 공간에 적막이 흘렀다.

이것이 태풍의 전조임을 모르는 사람은 없었다. 김문호도 누구보다 절절히 체감하고 있었다. 장대운이 진짜 화났음을.

그 입이 열렸다. 무척이나 사무적인 목소리였다.

"성분 검사는 언제 끝나나요?"

"진즉 끝났으나…… 마지막 확인 작업에 들어갔다 합니다."

백은호마저 긴장한 듯 말꼬리가 떨렸다.

"오늘 나온다는 얘기네요. 내용은요?"

"우리 쪽이 옳습니다."

"그래요? 당 홈페이지에 올려 주세요. 유독물질이 함유되었을지 모르니 당분간 사용하지 말라는 정도까지만요."

"예, 알겠…… 아 참, 오늘 아침에 올라온 보고에 의하면 현

한민당 최고의원도 관련되었다고 합니다."

보고가 올라왔다는 건 증거를 잡았다는 것.

"흠…… 역시나 그랬군요."

"환경부 공무원들도 다수 관련됐습니다."

언론이 널뛰는 이유가 증명됐다.

논조가 오필승 그룹으로 튀는 이유도.

하지만 장대운은 모든 게 다 예상 내였다는 듯 눈 하나 깜짝하지 않았다.

피식. 차갑게 입가를 비틀 뿐.

"한민당이 지금보다 바빠져야겠어요. 우리에게 두 마리 토끼를 안기려면."

"……"

"당 홈페이지에 추가해 주세요. 의혹 제기 정도로. 환경부, 제조사, 한민당 삼각관계."

"옙."

"미리 말하지만 나는 저들이 얼마나 더 날뛰는지 보고 싶어요."

"알겠습니다. 일절 건들지 않고 기록만 하겠습니다. 김앤강에도 그리하라 이르겠습니다."

"좋아요. 청와대에 전화 넣어 주세요. 대통령님을 뵈어야겠어요. 지금 당장."

"옙."

회의는 끝났다.

쌩 찬바람을 일으키며 장대운은 나갔고. 세상은 사태가 어떻게 흘러가는지도 인지 못 한 채 오필승 그룹을 두고 축제를 벌였다. 가짜 뉴스의 수위도 점점 드세져만 갔다.

【극단적 기업 길들이기. 국회의원 장대운이 노리는 건 무엇인가? 정말 오필승을 위한 건가?】

【오필승 그룹의 제안을 거절한 기업 리스트. 이번 해프닝과 연관성은?】

【특보! 오필승 그룹 적대적 M&A 준비 중. 대상 기업은 어느 곳?】

【살균제 해프닝, 오필승이 국가적 불안감을 조성한 이유를 파헤치다.】

【해외 투자 유치 급감. 어느 투자자의 불만. 오필승이 무서워 들어올 수가 없어요】

【21C 판 쇄국 정책인가? 해외 투자까지 가로막는 이유는 무엇인가?】

【국회의원 장대운과 민족은행과의 커넥션. 민족은행이 쇄국 정책에 찬성하는 이유 분석】

【속보. 민족은행이 시중 은행에 뿌린 공문 입수. 외국인 투자 감소와 무슨 관계?】

밖에서 난리를 펴든 말든 미래 청년당은 일절 대응하지 않았다.

당 홈페이지만 계속 업데이트. 한민당과 연관된 증거물만 쑥쑥 들이밀며.

그때마다 언론은 악에 받친 것처럼 미래 청년당 정책에 관한 온갖 트집은 물론 전에는 접근조차 하지 않던 오필승 타운까지 들쑤시며 취재 요청을 해 댔다. 오필승 시티에도 들어가 오필승 사람들이 어쨌냐느니 악의적 인터뷰를 따고 오필승이 걸어온 역사마저 헐뜯기에 이르렀다. 그 모든 걸 필터 없이 내보냈다. 오필승 그룹과 장대운이 무슨 거대한 음모를 획책하는 것처럼.

그러든 말든 미래 청년당은 아무런 발언도 없이 묵묵히 업데이트만 시켰다. 누가 개지랄을 하든 말든 나는 한 놈만 팬다는 식처럼 한민당만 아프게 후벼 팠다.

그렇게 미래 청년당 당원들은 어느 순간 마법이 펼쳐지는 걸 봤다.

주변인이고 가릴 것 없이 승냥이처럼 달려들던 언론이 일순 조용해진 거다. 장대운과 오필승 그룹에 대한 기사가 전부 사라진 것이다.

대신 그 자리에 다른 사람의 얼굴이 떴다.

【서울시장, 입찰 비리 의혹】

【서울시 개발과 관련하여 서울시장이 모 건설 기업과 유착한 정황 포착!】

【갑질 파문. 입찰 기업들의 토로. 더러워서 못 해 먹겠다】

【서울시장 여비서와의 단독 인터뷰. 불려 갈 때마다 괴로워요】

【갑질에 성희롱 파문까지. 서울시장 이대로 괜찮은가?】

【기습적인 서울시청 압수 수색. 검찰이 칼을 빼 들다】

【구치소로 가는 서울시장. 정의는 실현되는가?】

가습기 살균제 얘기하다가 갑자기 서울시장?

억울하다는 서울시장이었으나 이 역시 살피는 언론은 하나도 없었다.

미래 청년당 때처럼 서울시장의 좋지 않은 표정만 크게 잡아 비호감만을 계속 양산할 뿐.

직무 정지가 떨어졌다.

이대로 벌금형이라도 맞는 순간 그의 정치 생명은 끝.

이때도 장대운은 사무적이었다.

"일단 두 마리 토끼 중 하나는 얻은 것 같네요."

"한민당으로선 큰 손해를 봤을 겁니다."

"아니죠. 가뜩이나 눈엣가시였을 텐데 이번 이슈를 가리는 데 사용했으니 저들도 남는 장사일 겁니다."

이 세상에서 서울시장의 비리를 가장 많이 가진 곳이라면 단 한 군데밖에 없었다. 그 일을 위해 언론과 검찰을 수족처럼 부릴 곳도.

한민당.

장대운은 언론의 집중포화를 받으면서도 계속해서 한민당

과 환경부, 제조사들의 대한 의혹만을 건드렸다. 특히나 한민당 모 최고의원의 행적을 집요하게 파고들었다.

이 과정에서 제시하는 증거물의 강도가 점점 더 세지자 의혹도 또한 기하급수적으로 커졌고 버티다 못한 한민당은 결국 결단을 내렸다. 자기 손으로 서울시장을 잡기에 이른 것이다.

차도살인지계. 이슈로 틀어막기.

정치에서 자주 사용하는 수법이었다. 정책적 실수에 대한 우려의 시선이 꽂힐 때마다 연예인 스캔들이나 운동선수 파문 같은 것들을 꺼내 세간의 이목을 분산시켰듯 이번에도 그랬다.

다만 상대가 장대운이라는 것과 200만을 넘어가는 장대운의 추종자인 미래 청년당 당원들이기에 연예인 정도로는 답이 없다는 게 함정인데.

저들이 딜을 걸어온 거다. 이제 그만 건드려라. 대신 무상급식을 가로막던 서울시장을 제물로 줄게.

'일절 자기 손에는 피 묻히지 않고 방해꾼을 제거했구나. 차기 대권을 차지할 남자가 저렇게나 허무하게…….'

팔에 소름이 돋았다. 김문호가 자기도 모르게 팔을 털고 있을 때 전화 소리가 울렸다. 백은호가 여유로운 태도로 받는다. 그러다 눈이 번쩍, 급히 장대운에게 건네준다.

"아, 예. 대통령님. 예예, 결심이 서셨습니까? 음…… 결단 감사드립니다. 지금의 도움 절대 잊지 않겠습니다. 예, 들어가십시오."

전화기를 도로 넘겨준 장대운은 무슨 일인지 설명해 줬다.

"일전에 제가 청와대에 간 거 아시죠?"

"예."

"옙."

"그때 대통령님께 딱 두 가지를 제안했습니다. 굳히기와 버티기."

굳히기와 버티기?

김문호가 고개를 갸웃대는 사이 장대운이 웃었다. 차갑게.

"이제 움직일 때가 됐네요. 준비해 주세요. 기자 회견을 열 겁니다. 아주 대대적으로요."

세팅은 며칠 전부터 완료돼 있었다.

언제든 기자 회견을 열 수 있게.

다만 장소는 평소와 같지 않았다.

프레스룸도 아니고 호텔의 연회장도 아니었다. 강남역 한 가운데, 사람들이 가장 많이 오가는 자리에 전광판과 스피커가 설치되었다.

연락을 받은 기자들이 우르르르, 커다란 방송 카메라도 몇 대나 보이고 무언가 일이 벌어진 것을 직감한 시민들도 갈 길을 멈추고 몰려들었다. 순식간에 1천에 가까운 인원이 빽빽이 들어섰다.

"어! 장대운이다!"

"어디?!"

"저기 온다!"

경호원이 열어 주는 길을 따라 사람의 벽을 뚫은 장대운은 마련된 단상에 섰다.

플래시가 마구 터졌다. 카메라의 포커스가 집중적으로 장대운을 잡았다.

그러나 장대운은 기자들을 보지 않았다. 카메라를 보지 않았다. 몰려든 시민들을 보며 반갑다 인사했다.

"안녕하십니까. 이곳 강남구의 국회의원으로 있는 장대운입니다. 이렇게 만나 뵙게 되어 참으로 반갑습니다."

"반갑습니다!"

한쪽에서 누군가가 소리치자 장대운도 화답했다.

"아이쿠, 격하게 반겨 주시는군요. 저도 여러분을 뵙게 되어 참으로 좋습니다. 흐음, 하지만 오늘! 제가 이렇게 여러분 앞에 선 이유는 무척이나 슬프고 안타까운 소식 때문입니다. 아시죠? 요새 저 때문에 많이 시끄러웠으니까요."

"걱정 마십시오. 우린 언론 말은 안 믿습니다!"

"맞습니다! 우린 장대운 의원을 믿습니다!"

몇몇이 또 소리쳤다.

"감사합니다. 절 믿어 주셔서. 그래서 저도 끝까지 절 믿어 주신 분들을 위해 최선을 준비하고 나왔습니다. 먼저 이것부터 보십시오."

뒤에 있는 화면을 가리켰다. 가습기 살균제가 나왔다.

"맞습니다. 가습기 살균제죠? 현재 17개사에서 제조하고 판매하는 걸 죄다 사서 권위 있는 곳에 성분 검사 의뢰를 했습니다. 정말! 환경부의 말대로 인체에 무해하다면 참으로 다행이겠다 생각하면서요."

화면이 바뀌었다.

동영상이었다.

하얀 가운을 입은 이가 나타났다.

≪저는 OO대학의 화학과 교수 김문옥입니다. 장대운 의원
님의 의뢰를 받아 현재 시중에서 판매되는 가습기 살균제 전
품목에 대한 성분 검사 분석을 하였습니다. 먼저 참담한 심정
을 금치 못하겠다는 말씀을 드립니다. 이는 분명 말도 안 되
는 일로서…….≫

교수는 가습기 살균제 주요 성분 중에 CMIT/MIT와 PHMG
가 검출됐다는 걸 밝혔다. CMIT는 메칠클로로이소치아졸리
논, MIT는 메칠이소티아졸리논을 이르고 PHMG는 폴리헥사
메틸렌구아니딘이라고.

≪PHMG의 'G'인 구아니딘(guanidine)은 pKa 12.5로서
이 수치는 생리적 조건에서 구아니딘이 양이온으로서 존재
함을 의미합니다. 쉽게 말해 구아니딘은 음전하를 띤 세포
막의 인지질 분자와 만날 경우 세포막 구조를 파괴하는 성
질이 있다는……. ≫

PHMG가 인간의 세포를 파괴한다고 말해 줬다.

≪그리고 CMIT/MIT는 1960년대 말 미국 롬앤하스사(R&H
사)가 개발한 유독 화학 물질로 이미 수많은 실험으로 그 위험성이 입증된 물질입니다. 1991년 미국 환경 보호청(EPA)은 이 물질을 농약으로 분류하고 2등급 흡입 독성 물질로 지정했습니다. 1998년 미국 환경 보호청에서 발표된 보고서(RED, 재등록 결정 보고서)에 따르면 이 물질에 중장기간 노출 시 비염을 일으키고 피부 및 호흡기 자극성을 보이는……. ≫

동영상이 멈췄다.

수백 명이 넘게 모인 강남역 한복판인데도 조용~~했다. 도로에 오가는 자동차 소리만 들렸다.

이유는 모두가 기겁해 자기 입을 막고 있기 때문이었다.

"국내에서는 1991년 유공에서 개발한 이후 현재 가습기 살균제, 치약, 구강 청결제, 화장품, 샴푸 등 각종 생활 화학 제품에 사용됐다고 합니다."

화면이 바뀌며 PHMG가 사용된 제품 사진이 지나갔다.

다시 또 동영상.

이번엔 생쥐 실험이었다. CMIT/MIT와 PHMG 물질에 대한.

≫……단기 노출 조건에서 연구팀은 쥐 무게 1kg당 CMIT/MIT와 PHMG의 농도를 달리했는데 1.2mg 이하의 농도에서는 사망하는 개체가 없다가 농도가 2.4mg 이상부터(2.4mg, 4.8mg, 9.6mg)는 10마리씩인 각 그룹의 쥐가 모두 사망했음을 확인했습니다. ≫

쥐가 뻗는 장면이 그대로 노출됐다.

"헙!"

"어머머!"

"어떻게…… 어떻게…….."

동영상은 계속됐다.

≪장기 노출 조건에서는 각각의 쥐에게 첫 2주 동안 기준 농도(0mg, 0.15mg, 0.3mg, 0.6mg)를 달리해 노출시키다가 이후 농도를 높였습니다. 처음에 기준 농도가 0.6mg였던 쥐에게 농도를 두 배로 높여 노출시키자 5일 만에 사망한 쥐가 나왔 습니다. 이틀 뒤엔 2마리가 더 사망했고요. ≫

비틀거리던 쥐가 괴로워하다가 픽픽 쓰러지는 장면이 나 온다.

"으으으……."

"으…….."

사람들이 소름 끼치는지 부르르 떨었다.

동영상은 또 쥐를 해부하는 장면으로 전환됐다.

≪사망한 쥐 모두 호흡 곤란을 일으킨바 폐 조직을 검사하 기로 했습니다. 여기 보십시오. CMIT/MIT군의 쥐는 호흡기 가 망가져 있습니다. 폐에도 이상이 생겼습니다. PHMG에 노 출된 폐를 보십시오. 정상적인 폐와 완전히 다르죠? 이건 폐

섬유화가 진행됐다는 증거입니다. ≫

동영상이 또 멈췄다. 이번엔 장대운이 나섰다.

"가습기 살균제 주요 성분인 CMIT/MIT는 미국에서는 농약으로 쓰이고 있답니다. 우리나라는 농약을 가습기 살균제라고 팔고 있네요. PHMG는 폐 섬유화를 일으키고요. 폐 섬유화에 걸리면 죽거나 차라리 죽는 게 더 낫다는 거 아십니까? 지금 우리 생활 곳곳에 침투해 있는 가습기 살균제에 이런 성분이 들어 있다는 걸 여러분은 아셨습니까?"

"모, 몰랐습니다!"

"몰랐어요!"

"으아아악."

"유공이 가습기 살균제 원료 PHMG 제조 신고서를 환경부에 제출한 건 1996년입니다. 1994년부터 시판했는데 말이죠. 2년이나 지나서야 제출했죠. 지금은 그게 중요한 게 아니니 넘어가고요. 자, 여기 이게 그 신고서입니다."

장대운이 서류를 하나 흔들었다.

잘 보일 수 있도록 서류 내용이 화면에 떴다. 그중 빨간 줄이 그어진 부분을 확대했다.

"여기 보십시오. 신고서에도 흡입하면 해로울 수 있다는 내용이 있네요. 근데 환경부는 추가 독성 자료를 요구하거나 유독물로 지정하지 않았습니다. 왜일까요?"

"허어……."

"씨발!"

"이이……."

"그 뒤 2001년 3년 전이죠? 옥신사가 가습기 살균제 성분으로 PHMG를 쓰기 시작했지만, 흡입 독성 실험도 환경부는 누락했습니다. 왜일까요?"

"……."

"……."

"……."

분노가 일정 이상 다다르면 도리어 조용해진다.

조용하다고 진정한 것이 아니다.

장대운은 다른 자료 화면을 띄웠다.

"여기 이것은 2003년 SK케미칼의 보고서입니다. PHMG를 호주로 수출하면서 첨부한. 여기 분명 분말 상태에서 흡입하면 위험할 수 있다는 내용이 들어갔네요. 그러니까 말이죠. 호주 정부에는 알렸는데 우리는 왜 몰랐을까요? 환경부가 몰랐을까요? 가습기 살균제 제조사들이 이 내용을 몰랐을까요? 이게 개연성입니다. 저들은 이 물질의 위험성을 알고도 우리에게 팔았습니다."

시민들이 기겁할 새도 없이 화면이 전환됐다.

"1995년부터 원인 모를 간질성 폐 질환 환자가 매년 봄철마다 발생하였습니다. 치사율이 무려 70~80%나 되는 질환이 말이죠. 대부분이 죽었고 살았다 해도 평생 인공호흡기를 달아야 하는 몸이 되는 거죠. 그런 사람들이 지금까지 2,200

명이 넘습니다. 지금까지 이 끔찍한 물건에 노출된 사람이 도대체 얼마나 될까요? 그런데도 환경부는 아무런 문제가 없다고 합니다. 진실을 알려야 하는 언론은 누군가의 사주를 받았는지 거짓으로 국민의 눈을 속입니다."

사진이 빠르게 지나갔다. 삶이 엉망이 된 사람들.

그중에는 갓난아기도 있고 임산부도 있었다. 그 옆에서 가족들이 피눈물을 흘렸다. 멀쩡한 사람들이 이유도 없이 픽픽 쓰러져 죽어 나가니 재앙도 이런 재앙이 없었다.

이곳저곳에서 비명이 터져 나왔다. 우는 사람도 있었다.

장대운은 멈추지 않았다.

"악랄함이 극에 달한 사건입니다. 약간의 이익을 위해 인간성의 존엄성마저 말살한 기업들이 벌인 극악무도한 사건! 이놈들이 여러분의 손으로 가족을 죽이게 만들어 놓고 제 잘났다고 떠든 겁니다. 사랑하는 아이에게, 부모님에게, 남편에게 자기도 모르고 독을 쓰게 만들어 놓고 이 개잡놈들은 돈을 벌었습니다!!"

"윽!"

"엇!"

"어억!"

사람들이 가슴을 부여잡았다.

드디어 깨달았다. 결코 남 이야기가 아니라는 걸.

본인의 이야기였다. 남편을 위해, 아이를 위해, 부모님을 위해 깨끗한 공기 마시라고 썼던 그것이, 그 호의가 도리어 사랑하는 사람을 죽일 뻔하였다고.

단상을 쾅 내려친 장대운이 외쳤다.

"저는 오늘 여러분 앞에서 맹세하겠습니다. 이 일로 인해 단 1원이라도 이득을 본 자는…… 그 개새끼들은 제가 절대로 용서하지 않겠습니다. 반드시 대가를 치르게 하겠습니다!!!"

◇ ◆ ◇

【충격! 장대운 국회의원 기습 발표. 가습기 살균제는 아무런 검증을 거치지 않았다!】

【장대운 의원이 제시하는 증거들. 과연 누가 거짓말인가? 환경부? 장대운?】

【묵묵부답인 환경부. 설마 장대운 국회의원이 옳았단 말인가?】

【OO대학 김문옥 교수와의 인터뷰. 성분 분석의 진실에 대해】

【가습기 살균제 속 CMIT/MIT와 PHMG 물질 함유 확인. 이게 도대체 무슨 일인가?】

【1995년부터 원인 모를 폐 질환이 있었다. 의학계에 보고된 치사율 70% 질병의 원인은?】

【21C를 달리는 대한민국에 후진국형 화학 재난이 웬 말인가? 이에 관해 탐구해 본다】

【대충격! 국내 유통 화학 물질 4만여 종 중 독성 평가가 완료된 것은 단 5%인 500여 종뿐】

【문제의 물질 CMIT/MIT. 미국은 농약으로 쓴다. 대한민국은 마신다?】

【장대운 국회의원의 포효! 반드시 대가를 치르게 하겠다】

【김앤강 움직이다. 가습기 살균제 관련 대규모 소송 준비 중. 피해자들을 위해 최선을 다하겠다】

【시민 단체들의 항의 시위. 책임자를 처벌하라!】

【속보! 정부 발표. 가습기 살균제 전면 판매 금지 명령】

【미래 청년당, 전국적 대규모 시위 예고】

쾅. 리모콘을 던진 옥신 사장이었다.

던진 리모콘에 맞은 TV는 전면에 균열이 일었다.

"이…… 이……."

그러나 그게 끝이 아니었다.

문이 벌컥 열리며 비서가 들어왔다.

안 그래도 비서를 부르려던 옥신 사장은 즉시 명령했다.

"이 나라는 글렀다. 출국 준비해. 당장 본사로 떠야겠어."

"보스……."

"뭐 해? 시간 없어. 빨리 움직여."

"보스, 방금 출국 금지 명령이 떨어졌습니다."

"뭐?!"

"자산 동결 조치까지 내려졌습니다."

출국 금지에 자산 동결이면 한국 정부가 가습기 살균제에 대한 결심이 섰다는 뜻이었다. 외교적 마찰도 감수할 만큼.

일단 몸을 피한 뒤 천천히 회수할 생각이었던 옥신 사장은 뒷머리를 잡았다.

"이놈들이 우리를 타깃으로 삼은 건가? 빨리 본사에 연락해!"

비서가 고개를 저었다.

"아닙니다. 가습기 살균제 제조사 17개 전부 자산 동결 조치가 내려졌습니다. 간부급 인사 또한 출국 금지를 당했습니다."

"우리만이 아니라고?"

"예."

"저쪽은 뭐라 해?!"

"연락이 닿지 않습니다."

"……!"

털썩 주저앉는 옥신 사장이었다.

그의 머릿속으로 이쪽으로 달려오는 검찰 수사관들이 보였다.

"변호사 불러. 지금 당장!"

"예, 알겠습니다."

방을 나서는 비서의 눈이 차가워졌다.

옥신 사장은 끝났다.

이럴 때 최대한 피해를 적게 입으려면 어떻게 해야 하나?

둘 사이에도 미묘한 변화가 생기고 있었다.

"이게 굳히기였습니까?"

김문호는 가습기 살균제 제조사 17개사에 대한 자산 동결 조치를 듣자마자 전에 장대운이 한 말의 의미를 알아챘다.

굳히기, 버티기. 장대운이 의미심장한 미소를 띤다.

"어때요?"

"저는 굳히기가 이런 뜻인지는 몰랐습니다."

"굳혀야죠. 아주 딴딴하게. 그래야 못 도망가죠. 쥐새끼들이."

장대운의 당연한 거 아니냐는 표정에.

"저는 언론이 날뛸 때도 꾹 눌러 참았던 이유가 금융 치료 때문인 줄 알았습니다. 대통령님의 결단을 기다리신 겁니까?"

"겸사겸사죠. 아무리 증거가 확실해도 정부 조치가 늦는다면 이놈 저놈 다 빠져나가고 이것저것 다 빼돌리고 말 거예요. 특히나 옥신 같은 외국계 회사일 경우는 말이죠. 도망가면 잡아 올 길이 없잖아요. 킬러를 보내지 않는 한."

김문호는 왠지 지금의 장대운이라면 킬러든 미사일이든 그 집 앞으로 보낼 것 같았다. 자꾸만 되뇌는 걸 보면 더한 것도 보낼 것 같은 느낌.

"아무도 못 도망가게 해야 합니다. 이 땅에서 아무도 못 도망갑니다."

"……."

집요함을 드러낸다. 새로운 모습이다.

그러던 장대운이 또 웃는다. 무슨 생각이 났는지.

"이제 슬슬 응징을 시작할 때가 온 것 같네요. 꺼내 보세요. 먼저…… 누가 할까요?"

김앤강을 본다.

저번 권진용 강남구청장을 구해 준 인주승 변호사가 김앤강을 대표해 회의에 참석했다.

"두 가지 방향으로 소송을 진행할까 합니다."

"으흠?"

계속하세요.

"먼저 피해자들을 위한 대리 소송을 최우선으로 진행할 예정입니다. 석면 등 호흡기 질환에 노출된 전력이 없다면 전부 소송단에 넣을 생각입니다."

"그러지 말고 나타나면 다 넣으세요."

"아, 이러면 나중에 진위를 가리느라 시간이 좀 걸릴 텐데 괜찮겠습니까?"

"상관없어요. 조금이라도 사용했다면 다 넣으세요. 그냥 다 넣어요."

"옙."

수첩에 적는다.

"배상액은 얼마나 잡았나요?"

"확인해 보니 중증인 경우 치료비만 1년에 1억 원이 넘어 갔습니다. 아닌 경우도 있고 해서 중간치로 연 1억 원으로 기본 단위를 책정하였고 평균 수명에 현재 나이를 뺀 숫자 + 위로금까지 고려하여 총액을 잡았습니다."

"으음."

계속해 봐요.

"피해자당 배상액이 70억~100억 원 사이가 될 것 같습니다."

김문호의 입이 절로 오므려진다. 크다.

"사망자는요?"

"기본 단위를 연 5천만 원으로 했습니다."

"치료비가 안 들어서인가요?"

"예."

"수수료는요?"

"피해자들에 대해서만큼은 무상으로 진행하기로 결정했습니다."

공짜로 해 주겠다는 것. 배상을 받으면 전액 넘겨주겠다는 것.

장대운은 마음에 드는지 고개를 끄덕였다.

"으음, 잘 생각했군요. 부족한 건 우리 쪽에서 벌충하세요."

"아, 감사합니다."

"두 번째는요?"

"저희 김앤강의 주특기인 언론 놈들 금융 치료입니다."

"모질게 해 주세요."

"걱정 마십시오. 의원님의 명예는 저놈들의 기둥뿌리보다 훨씬 무겁습니다. 제 마음대로 날뛴 대가를 치르게 하겠습니다."

"좋아요."

이번엔 백은호를 보았다.

"김앤강에서 언론을 손보는 건 손보는 거고. 우리도 우리 나름대로 뭔가 해야 하지 않을까요? 한두 번도 아니고 잊을 만하면 반복되는 게 슬슬 지겨워집니다."

"말씀만 하십시오."

"본보기가 필요한 것 같아요."

"음…… 본보기 말입니까?"

"예, 가장 악랄하게 나갔던 언론이 어딘가요?"

"설마…… 지워 버리실 생각입니까?"

"봐서요."

"알겠습니다. 우선 여러 곳이 눈에 띄긴 했는데 가장 악랄
하게 나갔다면 역시나 민영 방송인 SBC 방송입니다. 아무래
도 방송사라 그런지 파급력이 커서 우리 쪽에서 불만이 아주
많이 나왔습니다. 저렇게 둬선 안 되겠다고요."

우리 쪽이라면 청운 얘기라는 걸 장대운은 알았다.

"그래요? 민영 방송이라면 대주주가 누구인가요?"

"태형건설입니다."

"태형건설이요?"

뭐지? 하며 장대운이 미간을 찌푸리자 백은호가 재빨리 설
명을 덧붙였다.

"1973년 설립된 건설사로 주로 관급 공사를 도맡아 하다가
1987년 도급 순위 45위로 1군 반열에 올랐습니다. 현재 도급
순위 16위의 건설사입니다."

"16위든 1위든 건설사가 어떻게 방송국을 소유해요?"

"그게……."

백은호가 말을 멈추고 인주승을 본다.

너는 들으면 안 된다.

인주승은 눈치도 좋게 가진 자료를 정리하여 일어났다.

"그럼 저는 곧바로 소송을 진행하겠습니다. 추가될 내용이 있으면 바로바로 넘겨주십시오. 최선을 다하겠습니다."

"그래요. 인 변호사님께서는 복 받으실 거예요."

"감사합니다."

인주승이 나갔음에도 백은호는 안심되지 않는지 다시 한 번 도청이나 다른 장치가 없는지 주변을 확인한 후에야 입을 열었다.

"태형건설의 방송사 입찰에 고문님이 연관된 것 같습니다."

"고문님이요?"

고문?

오필승의 법률 자문인 이학주를 말하는 건가?

하지만 뉘앙스가 그 사람이 아닌 것 같았다.

김문호가 고개를 갸웃대든 말든 백은호는 말을 이었다.

"일산 신도시 개발 때 도움을 받은 것 같습니다. 당시 당기 순이익 15억 원에 부채 비율 257%라 해당 사항이 없었는데도 공보 장관이 밀어붙였습니다. 태형건설 회장과 당시 공보 장관은 학연으로 이어져 있었고요."

"그러니까 공보 장관 인맥으로 고문님을 만났다는 거네요. 고문님은 별생각 없이 깜도 안 되는 건설사에 방송을 넘겨준 거고요."

"예."

"겨우 그런 놈이 나를 건드려요?"

"……."

"SBC 창립이 언제입니까?"

"1990년입니다."

"고문님이 뭐 받은 건 없죠?"

"예. ……아! 당시 공보처가 태형건설로 넘겨줄 때 '태형 쪽에서 상당한 이권을 받게 되는 만큼 앞으로 3백억 원을 5년간에 걸쳐 공익을 위해 출연할 것이며 민방 설립 뒤 매년 순이익의 15%를 장학 기금으로 내놓을 것을 약속한다며 이게 지켜지지 않는다면 모든 것을 취소하겠다'는 조건을 남기긴 했는데 계약서에는 적혀 있지 않았습니다."

"눈 가리고 아웅이었네요. 일단 넘기고 나면 너희들이 어쩔래? 맞죠?"

"예."

"어차피 빼앗으려 했는데 제대로 빼앗아야겠어요. 주춧돌 하나 남기지 않고."

"지우는 게 아니라 빼앗으시려고요?"

"이참에 우리도 방송사 하나 가져 보는 건 어때요? 하는 김에 홈쇼핑도 채널을 하나 열어 보고요."

이번엔 정은희를 봤다. 조용히 차를 마시던 정은희는 찻잔을 내려놓고는 별일 아니라는 듯 답했다.

"좋은 생각이세요. 저도 화가 많이 났거든요. 별 볼 일 없는 방송사 하나가 자꾸 거슬리게 해서 이참에 방송사를 하나 세울까 고민하던 중이었어요. SBC라면 투자해도 괜찮을 것 같은데. 저는 찬성입니다."

"정 수석님이 찬성이라는데 주저할 이유가 없겠죠. 그럼 시작은 태형건설부터 가시죠. 나는 태형건설이라는 이름이 제 귀에 들리지 않았으면 좋겠습니다."

말살해라.

"알겠습니다. 미국의 정 대표와 상의해서 적대적 M&A에 돌입하겠습니다."

"인수한 뒤 산산조각 내서 다른 건설사에 파세요."

"옙."

"방송국도 어중이떠중이 지분 다 매입하고요. 까불면 거기부터 조지세요. 때가 되면 상장 폐지하고요. 우리가 언제 상장하는 거 봤나요?"

"그렇게 하겠습니다."

장대운은 SBC가 벌써 자기 손에 들어온 것처럼 하였다. 그 태도도 귀한 것을 맞이하는 것이 아닌 흔한 액세서리 하나 사는 것처럼. 간단했다.

이 일로 족히 조 단위의 자금이 깨질 텐데. 미래 청년당 지역당 건설에만 이미 수천억을 써 제꼈는데도 장대운은 눈 하나 깜짝하지 않았다.

이 모든 걸 두 눈으로 지켜본 김문호는 다시금 자기가 잡은 줄이 어떤 건지 가슴에 절절히 와닿았다.

'상상 초월이구나. 상상 초월이야. 일대에 파란이 일겠어.'

가습기 살균제 건에 장대운은 유독 분노했다.

그 분노를 산 옥신, SY케미컬, SY이노베이션, 애겸, 홈팔라스, 엘진생활건강, 일마트, GC리테일, 혼케어, 다인소, 클라난데, 한빈화학, 제네스바이오, 힌켈홈케어, 에비노스, 향향산업, 산도리깨…… 제조사, 유통사 17개는 향후 벌어지는 모든 일을 정면에서 마주쳐야 할 것이다. 환경부 공무원과 한민당, 언론 포함하여 전부가.

두려울 정도였다.

'공룡이 움직인 거야. 공룡이 움직이면 이런 일이 벌어진다는 거야.'

꿈에나 나올까 말까 한 파괴력이었다.

김문호는 몸을 부르르 떨었다.

이제야 좀 장대운이 실감 난다고 해야 할까?

장대운의 저력. 잠자던 공룡이 눈을 뜨면 어떤 일이 벌어지는지.

깽깽대지 않았을 뿐, 일일이 전부 반응하지 않았을 뿐.

공룡이 강력한 송곳니를 드러내며 포효하는 순간 일대는 쥐 죽은 듯 숨죽인다.

이게 장대운의 파워.

"초청은 두 곳으로 가닥을 잡았습니다. 여기 보십시오."

검찰과 경찰, 국세청, 감사원이 한데 모여 역사에 기록될 출정식을 하고 가습기 살균제 제조사와 유통사에 대대적인 압수 수색을 하는 가운데 민족은행의 주도로 소리 소문 없이 태형건설 주거래 은행의 은행장이 교체되었다.

그 순간 함흥목이 엄포를 놓았다.

- 앞으로 태형건설과 거래하는 놈들은 죄다 목이 잘릴 줄 알아라.

으르렁. 깨갱깨갱. 은행들은 숨도 못 쉬었다.

장대운의 마수가 자기를 향해 좁혀 가고 있음에도 태형건설은 사태 파악도 못 하고 평안하였다. SBC 방송국도 평온한 가운데 뉴스를 보도하고 예능을 찍었다.

법원도 조용히 바빴다.

서울시장의 여러 혐의를 두고 법정에서 일진일퇴가 벌어지는 가운데 김앤강이 사전 작업에 들어갔다. 조 단위 배상 소송에 들어갈 예정이니 미리 준비하고 있으라고.

바짝바짝 긴장감이 감돈다.

다음 날 아침 일찍 오필승 엔터테인먼트의 수장 김연이 찾아왔다. 결재판을 내민다.

결재판을 본 장대운이 모처럼 미소를 띠었다.

"완료된 겁니까?"

"결재하시면 그대로 집행될 겁니다."

"으음, 삼십 개국에서 초청이 왔다고 하지 않았나요? 공연을 두 번밖에 안 하네요."

"예, 두 곳으로 줄였습니다."

"왜요?"

"어쩔 수가 없었습니다. 의원님이 국회의원으로 계신 이상 편하게 투어나 다닐 수는 없을 노릇 아닙니까."

"하긴 아무리 초청이라도 눈치는 보이죠?"

"예."

"한번 볼까요?"

월드 투어 얘기였다. 일전에 해외 민들레의 폭발로 잠시 위기를 겪었으나 생각의 반전으로 도리어 기회가 된 사건.

당시엔 심각했던 일이었다. 민들레냐? 국회의원이냐? 저울질할 만큼. 그 상황을 약간의 술수로 넘겼다.

FATE를 한국 바깥으로 불러낼 방법을 커뮤니티에 퍼트렸고 이후 광분한 민들레는 FATE가 아닌 자국 정치인들에게 못살게 굴었고 버티다 못한 그들이 울며 겨자 먹기로 초청장을 보내왔다. 그 국가가 삼십 개였다.

물론 우리만 일방적으로 좋은 건 아니었다. 처음엔 저항이 있었으나 앞장서서 FATE를 초청하겠다 약속한 정치인은 지지율이 하늘을 쳤고 그걸 본 다른 정치인들도 너도나도 한 발 걸치려 나서는 바람에 좋게 끝날 수 있었다. 겸사겸사 대한민국과 못다 한 외교도 할 겸 말이다.

김연은 그중에서 추리고 추려 2개국에서 월드 투어를 하겠다는 기획안을 가져왔다.

"첫 공연할 곳이 워싱턴 D.C네요. 음, 공연장이 링컨 기념관이요?"

웬일이냐는 표정에. 김연은 단호하게 답했다.

"예, 반드시 거기여야 합니다."

"열어 주겠어요? 나름대로 미국 인권 운동의 성지인데."

"달리할 곳이 없습니다. 외교가 걸렸으니 LA로는 갈 수가 없습니다. 그렇다고 의원님이 6천 석짜리 공연장에 들어가는 것도 말이 안 되지 않습니까."

"음…… 그러네요."

장대운도 순순히 인정했다.

한국에서도 20만 명에게 초대권을 보내 3만 명이 모였다. 콘서트 내용은 알리지 않았음에도.

이번 건은 대놓고 콘서트였다.

미국에 캐나다, 남미까지 덤빈다면 도대체 얼마나 모일지 상상이 안 됐다. 20만 정도는 넉넉히 감당하는 링컨 기념관이 아니면 폭동이 일어날 수도 있었다.

"맞네요. 잘못하다간 더 원성을 살 뻔했어요."

"덕분에 스피커와 전광판 코스트가 네 배나 높아졌습니다. 물론 미국에서 받아 내야겠지요?"

"그래야죠. 미국이 초청해서 가는 거잖아요. 콘서트 시작 머리에 조지가 인사말을 전할 텐데 그 정도도 못 받아 낼까요? 경호부터 모든 게 대통령급으로 갈 거예요."

"으흠, 조지 부시 대통령을 반드시 초대해야겠네요."

"초대 안 하면 섭섭해할 거예요. 민주당에서도 몇몇은 자리하게 해 줘요. 너무 공화당 판만 만들지 말고."

"그럼 이 건은 우린 가이드만 제시해야겠군요. 나머지는 지들이 알아서 하라고요."

"그것도 좋고요."

"다음 것을 보시죠."

"독일 쾰른이네요."

"기념비적인 곳이죠. 위문 공연이긴 해도 의원님의 첫 해외 투어나 마찬가지였으니까요. 당시의 감격을 기억하십니까?"

"당연히 기억하죠."

파독 간호사와 광부들을 위해, 그들이 그곳에서 맺은 가족을 위해, 최선을 다한 기억이 있었다.

그때 얼마나 많은 사람이 눈물을 흘렸는지도.

"근데 라인에네르기 슈타디온은 뭐죠? 새로 지었나요?"

"이름만 바뀐 겁니다.   게르스도르퍼 슈타디온이 라인에네르기 스폰서십을 받아 라인에네르기 슈타디온으로 된 겁니다."

"이렇게도 이름이 바뀌네요. 어디 보자~ 5만 명 입장 가능이라. 스탠드석까지 합치면 10만도 되겠는데요."

"예. 우리가 축구 할 일은 없으니까 마음껏 활용해도 됩니다."

"근데 한창 시즌 아니에요?"

"무조건 비워 두겠답니다."

김문호가 보기에도 유럽 공연지를 독일로 정한 건 탁월한 선택 같았다. 유로 패스가 개발되고 유로존이 완성 직전이라 하여 어딘들 괜찮다 해도 서독·동독 통일 이후 유럽 경제의 큰 누나 격으로 격상된 독일이라면 누구라도 FATE의 공연지로 납득할 만했다. 설사 불만이 있더라도 대놓고 뭐라 하진 못할 것이다.

"일정은 어떻게 되나요?"

"사흘 전에 도착해서 하루 관광 및 휴식, 하루 주요 VIP들과 이슈 논의, 마지막 날 공연입니다."

"미국, 독일 전부 다 같나요?"

"예. 다만 이슈 논의가 좀 빡빡할 겁니다. 전체를 두루 만날 건지 개별로 미팅할 건지 미국이든 유럽이든 아직 답변을 보내지 않았습니다."

"그것도 지들이 알아서 정하라고 해요. 나서지 마시고."

"그럴 생각입니다."

사실 이번 월드 투어는 미국도 유럽도 귀추를 주목하고 있었다.

FATE란 이름은 단지 이름만으로도 세계를 잇는 윤활제와 같았으니 그 영향력을 이용하려는 이들이 많았다. FATE와 친해진다는 건 가진 권력이 공고해진다는 공식과도 같았으니까.

"개별로 할 것 같네요."

"아무래도 그럴 확률이 높습니다. 고생 좀 하십시오."

"제가 뭐 고생할까요. 정 대표께서 머리 아픈 거죠."

"그런가요? 하하하하하하, 왠지 속이 시원해지는 건 어떤 이유에서일까요?"

"너무 그러지 마세요. 집에 오지도 못하고 바깥으로만 떠도는데."

"가끔씩 사진을 보낼 때마다 온갖 호화찬란해서 말입니다."

"마음에 허해서 그런 거예요. 그거밖에 보여 줄 게 없어서."

"그런가요?"

"그럼요. 음, 어디부터 가는 거죠?"

"크리스마스이브 공연은 워싱턴 D.C에서. 올해의 마지막인 31일 공연은 쾰른에서 합니다. 쾰른엔 조금 더 여유롭게 가시는 걸 추천합니다."

"J&K 시티 때문이죠?"

"강신오 회장님께서 무척 고대하고 계십니다."

"오랜만이네요. 잘 지내고 계시는지 모르겠어요."

"들리는 바에 의하면 거칠 것이 없다 합니다. 쾰른 시청은 물론 독일을 지배하는 핸들러들조차 J&K 시티는 예외로 둔다고 합니다. 엄지 척! 으로요."

"핸들러마저 동격으로 인정해 준다면 말 다했네요. 알겠어요. 이렇게 진행하죠."

비록 월드 투어가 민들레에 의해 강제 초청이라는 형식을 가지게 됐다지만, 취지도 결과도 좋으리란 건 모두가 알았다.

도랑 친 김에 가재 잡는다고. 한국도 마찬가지였다.

'이참에 미국과 유럽과 얽힌 현안을 풀어 준다면 좋지 않겠어?'

장대운은 의심하지 않았다.

이번 나들이가 모두에게 도움될 거라고.

'하는 김에 기념 음반이나 발매하면 많이 팔리려나?'

이건 모르겠다. 아님 말고.

기나긴 공방전 끝에 서울시장의 비위와 성희롱에 관한 1심 공판이 끝났다.

징역 2년 2개월이 떨어졌다. 집행 유예도 없이.

서울시장은 당연히 반발하여 항소했고 언론에 나와 무죄를 주장했다. 이 모든 게 다 자기를 희생시키려는 한민당의 음모라고 부르짖었다.

그러나 아무도 듣는 사람이 없었다.

그러든 말든 세상은 잘만 돌아갔고…….

서울시는 마치 쾌재라도 부르듯 서울시장이 벌금형 이상을 확정받은 순간 다음 서열인 서울시 부시장이 나와 유보적인 서울시의 입장을 밝혔고 중앙 선관위는 그러든 말든 서울시장 재보궐 선거 날짜를 잡았다.

얼마 안 가 서울시는 다시 선거전에 돌입했다. 구치소에서 전 서울시장이 억울하다 외치든 상관없이.

그리 박진감 넘치는 선거전은 아니었다.

이전 선거에서 전 서울시장에게 석패한 민생당 후보의 당선이 유력한 가운데 한민당에선 그와 맞붙고 싶은 인물이 나오지 않았다. 후보 등록이 어려울 정도.

한민당은 할 수 없이 중진들 중 하나를 등 떠밀어 후보를 내었으나 언론은 구색 맞추기가 아니냐는 비아냥을 해 댔고 한민당 내부에서조차 기대하지 않았다.

이 가운데 세간의 중심으로 떠오른 미래 청년당은 자중하는 가운데 서울시장 후보를 내지 않았다.

대체로 많은 서울시민이 이참에 서울시장에 후보를 내 무상 급식과 환승 시스템을 직접 처리해 주길 기대했으나 장대운은 개구리가 황새 따라가다간 다리가 찢어질지 모른다며 일축했다. 정상적인 활동을 한 지 겨우 몇 달밖에 되지 않은 신당으로는 서울시민의 막중한 책무를 맡을 수 없다고. 다음을 기약하겠다고.

끝. 어느 정도 정리될 시점, 김문호가 물었다.

"그 한민당 최고의원은 왜 살려 두는 건가요?"

가습기 살균제 스캔들과 아주 밀접한 관계인 놈을 가리켰다.

"아, 그 양반이요?"

"예, 사실 제일 먼저 꺼낼 줄 알았습니다. 한민당의 숨통을 찌를 절호의 찬스였으니까요."

"으음, 그건…… 아직 미래 청년당이 작아서 그리할 수밖에 없었다고 여겨 주면 안 될까요? 아직 우리 당은 모든 조직이 단단하게 자리 잡지 못했잖아요. 시간이 필요합니다. 그래서 끝까지 못 가는 거로요."

미래 청년당을 보호하기 위해서라고.

장대운은 부연 설명까지 더했다.

"탄핵 역풍 이후 수차례 깨지면서 위치가 흔들렸다고는 하나 한민당은 저력 있어요. 같이 죽자고 덤비면 우리로선 감당하기 힘들 거예요. 역시 시간이 필요합니다."

그러나 김문호의 생각은 달랐다.

"최고의원 하나 더 쳐낸다고 총력전이 일어날 것 같지는 않은데…… 다른 의도가 있는 거 아닙니까?"

"그냥 넘어가는 법이 없네요. 그렇다면 나중을 위해서라고 해 둘까요? 지금 워낙 한민당이 알아서 잘해 주고 있잖아요."

"……"

그렇긴 했다.

근 두 달 한민당에서 벌이는 모든 일이 전부 미래 청년당의 이익으로 돌아왔다. 굳이 긁어 부스럼 만들고 싶지 않다는 것.

김문호도 장대운이 무슨 생각인지는 알았다.

그는 용쓰지 않고 툭툭 한민당의 옆구리를 찔러 원하는 바를 얻어 내고자 하는 것이다. 최고의원을 볼모로.

덕분에 서울시장이 갈렸다. 서울시 행정력의 상당 부분이 호의적으로 돌아섰다. 무상 급식과 환승 시스템에 대한 답변이 '계획 없다' 혹은 '논의 중이다'에서 '신중히 검토 중이다', '새로운 시장께서 결정할 내용이다' 정도로 부드럽게 바뀌었다. 미래 청년당으로서는 불만이 없는 게 맞고.

다만 걸리는 건 장대운이 가습기 살균제 의혹과 처음 마주쳤을 때의 분위기와 지금이 너무 달라졌다는 것이다.

장대운은 이도 이렇게 풀어냈다.

"좋게 생각하세요. 그 양반 하나 안 건드리는 거로 한민당의 동의를 쉽게 얻어 냈고 모든 일이 쑥쑥 잘 풀리잖아요. 처음 우리가 원했던 것 전부가요."

"……그렇긴 합니다. 사실 스캔들도 가습기 살균제의 유해성을 알리는 것과 피해자 구제가 제일 큰 목표였으니까요."

"맞아요. 우리 미래 청년당이 앞장서서 그 일을 해냈어요. 나쁜 놈들 자산 동결시키고 해외로 도주도 못 하게 막고 법정에 세웠어요. 정말 할 도리를 다한 거죠. 근데 지금까지 서울시장이 남아 있었다면 어떻게 됐을까요?"

"스캔들에서의 성과 외에 아무것도 이뤄지지 않았을 겁니다. 도리어 그 스캔들 때문에 무상 급식과 환승 시스템이 가려졌을 테고요. 점점 서울시민들의 머릿속에서도 옅어져 갔을 겁니다."

대답하면서도 김문호는 입맛이 썼다.

한민당을 쓰러뜨리고자 총력을 가하고 있을 때조차 장대운은 실익을 고려했다는 것이니까.

'부끄럽구만.'

원래 이런 유는 보좌진이 먼저 의원에게 제안해야 할 내용이었다. 장대운은 그런 내색 하나 없이 지시 몇 마디로 이 모든 걸 해냈다.

"맞아요. 좋은 정책들이 생활에 묻히는 거예요. 시민들은 하루하루의 삶이 무척 중요하니까요. 사실 말이 나온 김에 하는 말인데 그깟 놈 하나 더 물고 늘어진다고 한민당이 주저앉진 않을 거잖아요. 살려 주는 대가로 이 정도면 상당하지 않나요?"

"인정합니다. 당연히 비교할 수조차 없는 성과를 거둔 거죠. 다만 저는 의원님의 의중이 궁금했습니다. 이에 대한 다른 계획이 있는지 하고요."

"없어요."

"예?"

"걱정할 건더기조차 없어요. 그 시간에 우리 당원들 챙기는 게 더 좋겠죠. 안 그래요? 누가 깨진 바가지에 물을 넣겠어요? 어째 운 좋게 살아남았다 해도 변방으로 밀려나다 끝날 겁니다. 아주 먼 곳으로요."

순간 김문호는 조두극이 떠올랐다. 한민당 광주지부장.

그 얼굴이 떠오르자 절로 고개가 끄덕여진다.

꿩 먹고 알 먹고, 마당 쓸고 동전 줍고, 누이 좋고 매부 좋고, 님도 보고 뽕도 따고, 발 담근 김에 물 구경이다.

틀린 말이 하나도 없었다.

'약점 잡힌 인간을 중요한 직책에 앉힐 한민당이 아니지.'

굳이 이쪽에서 나서지 않아도 알아서 대가를 치른다는 것이다.

쥐새끼 하나 더 잡는다고 대세에 큰 영향이 없다는 것.

지금 한민당이 원하는 건 오직 하나였다. 더는 불미스러운 일로 한민당의 이름이 국민의 입에 오르내리지 않는 것.

그걸 막기 위해, 장대운의, 장대운의 가려운 점을 적극적으로 긁어 주고 있었다.

즉 한민당은 이미 장대운이 가습기 살균제 의혹을 지속적으로 제기하며 환경부와 제조·유통사, 언론은 박살 내면서도 끝내 핵심을 짚지 않는 이유를 알아챘다는 것이다.

기가 막혔다.

'세상에 한민당을 장기 졸로 만들다니.'

아무런 액션도 없이 남의 손으로 가질 수 있는 이득은 전부 취한다.

'이도 차도살인지계인가?'

짝짝. 장대운이 박수 쳐서 이목을 집중시켰다.

"자, 준비는 다 끝났나요?"

사무실이 부산스러웠다.

오늘은 12월 20일.

공식적으로는 한미 동맹간 주요 사업을 논의하기 위한 미국의 초청이었지만 진짜 이유는 24일 민들레를 위한 '크리스마스이브 FATE 콘서트' 개최를 위해 출국하는 날이다.

지금 강남역 앞은 인산인해였다. 혹여나 글로벌 스타를 볼수 있을지 모른다는 기대감에 새벽부터 사람들이 모여든 것.

김문호의 눈에는 전생에 있지도 않은 FATE 앨범에 운 좋게 참여하며 삶 자체가 달라진 캐릭터를 보는 것에 불과하였으나 다른 이들은 아니었다. 이 단 한 순간의 마주침을 위해 하루를 온전히 쓸 만큼 열광했다.

대부분의 스타가 자차로 오산 공군 기지로 이동하였음에도 개중 몇몇이 마련된 리무진 버스에 올라타기로 했으니까.

"꺄아악!"

"까아아아악!"

또 누가 온 게 틀림없었다. 장대운도 서둘렀다.

"우리도 슬슬 출발할까요?"

오산 공군기지에 에어포스원의 보결이 와 있었다. 나름 초청이라고 미국 대통령이 통도 크게 여분의 에어포스원을 보냈다.

차량을 타고 1시간 정도 이동, 오산 공군 기지에 도착하니 미군 사령관이 직접 마중 나와 있었다. 무궁화 부관 따위가 아닌 별 네 개짜리 진퉁 장군으로다 말이다.

그런 그와 아주 편안한 모습으로 악수를 나누는 장대운.

새삼 장대운의 위상이 얼마나 대단한지 보인다.

"이게…… 미국 대통령이 타는 비행기예요?"

"우와~ 장난 아니다."

"완전 호텔이야. 그렇지?"

"호텔보다 더 좋지. 여긴 완전 궁궐이야."

"나도 이런 건 처음 봐."

"너만 처음 보냐? 나도 처음 본다."

처음 보는 것들에 다들 눈이 휘둥그레.

이는 김문호도 같았다. 한국의 정치인이 보결이기는 하나 에어포스원을 다 타 보다니.

"짐들은 화물기가 따로 실어 오기로 했으니까. 각자 필요한 개인 용품만 챙기세요. 이제 날아갑니다~."

"눼~~~."

미래 청년당이 총출동한 행사였다.

이도 경험이라고 월드 투어 기간 간 미래 청년당은 셔터를 내렸다.

　동생들뿐만 아니라 민석이와 민석이 할머니까지 다 모셔
왔다. 학교에다가는 미국으로 체험 학습 간다 말하고.

　"자자, 그만 자리에 앉아라. 기내식 나온단다."

　"기내식?"

　"아아, 기내식!"

　"나 되게 기대돼."

　"나 처음 먹어 봐. 기내식."

　"나는 언제 먹어 봤냐?"

　"다 똑같으면서."

　설레 하는 혹은 부르르 떠는 동생들을 보며 웃는데.

　화려한 기내 서비스에 모두가 입을 떡.

　감탄사를 남발했다.

　육식을 즐기는 이에겐 두툼한 스테이크와 와인이, 채식을
즐기는 이에겐 두부 요리와 신선한 샐러드가.

　민석이 앞엔 절반 크기의 스테이크와 오렌지 쥬스가 놓인다.

　"민석아, 어서 먹어."

　"예~~."

　점잔 빼고 있었지만, 김문호도 정신없긴 마찬가지였다.

　눈앞에서 이리저리 오가는 스타들 때문이었다.

　본래 월드 스타가 아니었다 해도, 또 그래서 살짝 무시했다
해도, 눈으로 보니 달랐다. 완전한 오산이었다.

　다들 전생의 삶과 멀어진 만큼 그 매력 수치가 일반인의 수

준을 아득히 초월하였다.

마냥 서 있기만 해도 멋이 흘러넘치는 이들.

맞은편, 하얀 턱수염을 기른 노신사를 봤다.

김도항이었다. '바보처럼 살았군요'를 부른. FATE 1집에 참여하며 Don't Worry Be Happy와 Under the Sea를 맡았다고 한다. Under the Sea는 특히 애니메이션 인어공주에 삽입되면서 공전의 히트를 쳤고 김도항도 또한 '노인과 바다' 헤밍웨이 이후 바다 쪽으로는 최고로 유명한 사람이 되었다고.

그 옆에는 패틴 김이 있었다. 타이타닉의 OST My heart will go on를 부른 디바. 그녀가 부른 The Power of Love의 리메이크 버전을 또 셀린 디온이 불러 세계적으로 히트시켰다.

이뿐인가?

With Or Without You를 부른 윤수인이 있었고 Lemon Tree를 부른 남궁옥빈이 있었고 Smooth와 The Reason를 부른 김현신에, Step By Step의 남경준과 친구들, All For Love의 수와 준, Creep의 최호선, The Sign의 민애경, Hand In Hand의 서운패밀리, Can't Get You Out of My Head와 Barbie Girl의 유채연, TiK ToK의 삐삔밴드 이윤성 등등.

'너무 좋아.'

이게 바로 별들의 향연인지. 그저 바라보는 것만으로도, 이 자리에 같이 있다는 것만으로도, 가슴이 다 웅장해진다.

비행시간 내내 그렇게 꿈결 같은 시간을 즐기다 어느덧 정신 차려 보니 아쉽게도 워싱턴 D.C 앤드류스 공군 기지 활주로에 내리고 있었다.

이 순간 더 기가 막힌 건 마중 나온 인물들 때문이었다.

'저 사람이 왜 여기 있어?'

조지 부시 미국 대통령이 와 있다.

미국 사람 특유의 자신감 넘치는 태도로 공연단을 반겼고 손도 흔들어 줬다.

그러고는 장대운만 쏙 빼 자기 차에 태우고는 가 버린다. 그 덕에 김문호도 얼레벌레 잠이 덜 깬 상태로 미국 경호 차량에 올라탔다.

앞서가는 장대운이 괜찮나? 쓸데없는 걱정이나 하며.

"여행은 어땠어? 괜찮았어?"

"전용기 보내 주는 바람에 편히 왔지. 고마워."

"에이, 네가 오는데 내가 신경 써야지. 안 그래?"

"근데 넌 괜찮아? 콜롬비아 갔다가 죽을 뻔했다면서?"

"아아, 그거? 알았어?"

"들었어."

"반군 놈들이 수작질하다가 실패한 거야. 설마 내가 당했겠어? 그딴 놈들한테?"

허세 부리는 부시에 장대운은 피식 웃었다.

"알았다. 알았으니 왜 온 거야? 내일이나 모레나 만날 줄 알았는데."

"그건……."

장대운은 별다른 질문이 아닌데 조지 부시의 표정이 살짝 경직되는 걸 봤다.

동시에 장대운의 미간도 찌푸려졌다.

뭔 일이 있다는 거다.

하긴 이 헐렝이 자식이 공항에까지 나와 픽업하는 데는 다
이유가 있을 것이다.

역시나 대답도 꾸리꾸리~하다.

"가서 얘기하자."

"그럴까? 그때까지 조금 더 쉬지 뭐."

Chapter. 29

"어서 오시게. 우리 참으로 오랜만이지?"

백악관엔 아버지 부시도 와 있었다.

뜻밖의 만남이라 장대운도 조금은 당황스러웠다. 슬쩍 아들 부시를 보니 시선을 안 마주친다.

설마 저녁 만찬을 하자는 얘긴 아닐 테고 아버지 부시까지 올 정도로 심각한 사안이라는 건가?

머리가 복잡해지는 것과 상관없이 안내도 아버지 부시가 하였다. 좌측 방으로 가자. 조용히 쫓아가는 도중 뒤에서 실랑이하는 소리가 들렸다. 경호원들이 김문호를 막았다.

"제 일행입니다."

171

아버지 부시와 아들 부시가 동시에 발걸음을 멈췄다.

아버지 부시가 말했다.

"데려가야 하는 사람인가?"

"저 안에서 무슨 말씀을 하시든 어차피 알게 될 겁니다."

"비밀이 없다는 거군. 하긴…… 그 정도는 돼야 자네를 수행하겠지?"

고개를 끄덕이자 김문호는 통과되었다.

들어간 대통령 집무실은 예전이나 크게 다를 바 없이 아늑하였다.

좋은 햇살에 고즈넉한 가구들. 분위기도 편안했다.

이런 곳에서 세계를 향한 음모가 시작된다.

참으로 아이러니한 일이다.

"자리하게."

아버지 부시 손짓에 장대운은 소파에 앉았다.

아들 부시는 맞은편에 앉고 아버지 부시는 아들 곁 소파 머리에 걸터앉았다. 김문호가 조용히 뒤에서 대기하려 하여 장대운이 옆자리를 가리켰다.

김문호가 별말 없이 앉자 아버지 부시 눈에 희색이 띠었다.

"호오, 생각보다 더 대단한 친구인가 보군. 대운의 옆자리에 앉다니."

"제 동반자입니다."

"호오, 그렇다면 자네와 같은 천재 계열인가? 아니면 우직함인가?"

"둘 다입니다."

"그래?"

그러나 호기심은 그게 전부였다.

부시 부자는 이후 김문호에게 눈길을 던지지 않았다. 물론 그렇다 한들 김문호를 가볍게 볼 사람은 아무도 없었다.

아들 부시가 나섰다.

"며칠 전에 이라크 무장 괴한들이 압델 살람 아레프 전 이라크 대통령의 딸과 사위를 살해했다고 하네. 손자도 납치했고."

"……."

남 일처럼 말한다. 그래서?

"모래바람이 다시 일 것 같아. 생각보다 크게."

"……."

"정보망에 따르면 무차별적인 공격도 예정돼 있다더군……."

뜬금없었다. 이 자리에서 이라크 얘긴 왜?

물론 아들 부시가 미국 대통령으로서 충분히 우려할 만한 일이긴 했다. 무차별적인 공격이라면 미군의 피해 또한 무시할 수 없을 테니까. 가뜩이나 불안한 정국의 이라크를 삽시간에 업화의 구렁텅이로 몰아갈 수 있는 사건이기도 했고.

하지만 장대운은 이해할 수 없었다.

'도대체 무슨 의도로?'

여기 미국에까지 온 이유는 민들레 때문이긴 했으나 공식적으로는 한국의 국회의원 자격으로 한미 동맹 간 이익을 위해 초청받아 왔다.

조지 부시의 눈을 봤다. 슬쩍 감춘다.

무언가 있었다. 행간을 읽어야 한다.

무엇이 블러핑이고 진의인지…… 세계 곳곳에서 올라오는 주요 정보만 하루에 수백, 수천 개가 넘어갈 것이다. 미국 대통령이 진짜 하고자 하는 말이 무엇인지 알아야 한다.

게다가 무엇보다 말이 끊기지 않았다. 할 말이 많다는 것.

이쯤이면 '어떻게 하냐?'라고 물어볼 만한데도 아들 부시는 그런 기색 하나 없이 술술 넘어갔다. 마치 연습한 것처럼. 이 같은 중대한 사안을 두고도.

"북한 김정인이 후계자로 둘째 아들인 김정천을 거론했다고 하더군. 그놈도 늙은 거야. 슬슬 뒤를 볼 만큼……."

"……."

이번엔 북한으로 넘어간다. 이라크는 애피타이저인가?

무얼까? 무엇이기에 미군을 향한 무차별적 공격마저 뒤로 물릴 만큼 중요할까?

한참이고 북한 공산당의 행보에 거론하던 조지 부시의 미간이 찌푸려진 건 그때였다.

"1년 후면 핵 실험이 가능하다더군."

"……!"

핵이었던가?

핵이다. 핵. 아무래도 북핵 문제 같았다. 앞으로도 때마다 줄창 나올 트집거리.

그렇지 않고서야 미국이 이렇듯 예민하게 굴 일은 없었다.

"함경북도 길주군 풍계리가 물망에 오르고 있다고 하네. 출력은 TNT 4kt 정도라더군."

"……!!"

놀라웠다.

기억 속 북한의 첫 번째 핵 실험은 2006년 10월이었다. 오늘로부터 약 2년 후.

그럼에도 이 시점 미국은 핵 실험 여부는 물론 장소와 출력까지 꿰고 있었다. 핵 실험이 1년 정도 미뤄지는 건 다반사니 거의 정답에 가깝게.

장대운은 수면 아래 솟아오르는 기억을 위해 길을 열었다.

'D-Day 날. 오전 10시쯤 한국 지질 자원 연구원이 함경북도 화대군 지역에서 M 3.6~3.7의 인공 지진파를 감지한다. 이에 정부는 안보 관계 장관 회의를 연다.'

당시 지질 자원 연구원의 판단은 진도 등을 고려해 폭발력을 0.8kt 정도로 추정하였다. 미국의 핵 전문가들도 0.8kt이란 수치의 이유로 핵 실험 도중 플루토늄의 일부만 폭발하면서 위력이 크게 줄었다는 분석을 유력하다 여겼다. 중국에 사전 통보한 설계 출력 4kt에 훨씬 못 미쳤으니까 사실상 실패라고.

그리고 얼마 안 가 유엔 안전 보장 이사회가 만장일치로 비군사적 제재를 담은 대북 제재 결의안 1718호를 통과시킨다.

북한의 고난이 시작되는 것이다. 가뜩이나 의지하던 중국에 밀착하여 간이고 쓸개고 다 떼어 주는 계기가 된다.

아들 부시가 묻는다.

"왜 말이 없어?"

"……."

"할 말 없어?"

"……할 말이 있어야 해?"

"혹시 알고 있었어?"

"아니."

"그런데 왜 그렇게 태평해? 핵이야. 핵이라고. 한 방이면 서울을 날릴 수 있는."

어쭙잖은 위협이라니.

"그러는 너야말로 왜 호들갑이야? 걔들이 너한테 핵 쏜대?"

"그건…… 모르지."

"걔들이 원하는 건 핵이 아니라 체제 유지야. 자기네 정권을 인정해 달라는 거야."

1980년대 말, 북한은 전방위적인 위기와 마주하게 된다.

공산주의 진영의 최우방이었던 중국이, 동구권이 대거 노선을 갈아타며 자본주의를 수용하는 가운데 최강의 물주였던 소련마저 한 방에 붕괴되는 걸 봤다. 공산주의 국가의 원조로 버티던 경제가 하릴없이 무너지기 시작한 것이다.

총체적 난국 시대.

공포와 선동, 세뇌로 아슬아슬 유지하던 북한 체제의 민낯이 드러난 것이다. 그토록 자랑하던 군사력도 마찬가지였다. 만만하게 보던 남쪽의 한국은 물론 어느 나라와도 장담할 수 없는 지경에 이르렀다. 게다가 세계의 절대 강자로 떠오른 미국이 언제 자신을 공격할지도 모른다는 불안감마저 팽배해졌다.

'이것이 흔히 거론 되는 북한의 핵 개발 배경이나 정설은 70년대 이전으로 거슬러 올라가야 해.'

핵 개발 경쟁은 사실 한국이 먼저였다. 동구권 붕괴 이전부터 한국에는 핵무기가 배치돼 있었으니까.

'1950년대 후반 주한 미군이 한국에 전술 핵 배치를 완료했어. 북한보다 소련을 견제하기 위한 목적이긴 해도 북한으로선 기겁할 일이지. 그래서 비핵화 선언이나 핵무기 확산 반대는 북한이 먼저 주장했어. 80년대까지 지속적으로.'

1956년 11월 최고 인민 회의 제1기 제12차 회의에서 '조선반도 핵무기 반입 반대 결정'을 한다.

1986년 6월 23일 북한은 정부 명의로 '조선반도에서 비핵지대, 평화 지대를 창설함에 대한 제안'을 발표한다.

그리고 한국은 핵 개발에 뛰어들다 무산된다.

'미국은 동아시아의 주도권을 놓을 생각이 없고 앞으로도 한국에 핵은 그림의 떡이겠지.'

즉 북한에게 핵은 생존을 위한 처절한 선택이었다.

절대로 포기 못 할 배수진.

물어봤다.

"북한을 달랠 생각은 없는 거야?"

"……."

"체제를 인정해 주고 길을 트면 의외로 쉬울 수 있어. 중국도, 베트남도 해 줬잖아. 무엇이 걱정인데?"

"……."

"그리고 북한 애들이 죽자고 핵을 만들게 된 건 너희 때문이잖아. 왜 쓸데없이 악의 축으로 지정해서는 애들 숨통을 막아. 너희 때문에 인민은 굶다 못해 탈출 러시를 하고 권력의 핵심인 군 장성들은 언제 중국 쪽으로 돌아설지 몰라. 남한은 하루가 다르게 쭉쭉 발전하고 미국은 틈만 나면 죽일 듯이 으르렁대. 너 같으면 평안하겠냐? 나 같아도 필생을 걸고 핵무기 개발하겠다."

"……."

북한이 외교 석상에서 한국을 따돌리고 미국과 다이렉트로 붙으려는 이유는 별 게 없었다. 결국 미국이라는 얘기였다.

협상이 타결돼도 미국이 오케이 하지 않으면 한국은 움직이지 못한다. 설사 오케이 하더라도 미국의 입장이 언제 또 바뀔지 모른다.

꼭두각시.

북한은 경험을 통해 한국의 실정을 수없이 체득했다.

'그러나 그게 북한의 오판이었지. 미국이란 나라가 돌아가는 생리를 너무 이데올로기적으로만 판단했으니까. 중국과 러시아의 바짓가랑이를 붙드는 것이 아닌 그럴수록 더 철저히 한국과 손잡고 나갔으면 지금보단 훨씬 나았을 텐데.'

여러모로 아쉬운 점이 많았다.

미국이 우릴 살린 건 맞지만, 발목을 잡은 것도 맞다.

현시점 미국은 대한민국의 발전을 원하지 않는다.

어쩌면 그것부터가 이미 손쓸 수 없을 지경에 이르렀음을 보여 주는 건지도 모르겠다.

후회막심이다. 미리미리 손댔어야 했나?

그러다 또 장대운은 무언가를 떠올렸다.

'아! 이게 여기서만 끝나는 게 아니구나. 북한의 1차 핵 실험은 대한민국 제17대 대통령 선거 구도에도 영향을 미치게 돼. 그 일로 한민당은 대권 주자가 바뀐다. 여기에도 물론 여러 이유가 있겠지만, 핵 실험이 그 발단이 된 건 맞아.'

복잡복잡했다. 지정학적, 환경적 요인이 너무 한반도를 흔든다. 눈꼴 시릴 정도로.

머릿속으로 지도가 그려졌다.

남북으로 갈린 땅. 전쟁이 끝난 것도 아니다. 휴전 상태.

북한의 핵 실험은 안보에 심각한 위협이었고 대북 강경파들에게는 이루 말할 수 없는 호재다.

그랬다. 지금은 나가리된 서울시장이 한민당 경선을 통과하고 대통령이 된 결정적인 이유가 바로 이 때문이었다.

막 핵 실험을 끝낸 북한에게 선 비핵화를 주장했으니까.

북한한테 먹히든 안 먹히든 상관없었다.

표만 많이 받으면 되니까.

그로 인해 남북 관계는 다시 얼음장으로 변한다. 십수 년간 고이 유지하던 햇볕 정책은 완벽히 사라지고 남북한은 단절된다. 한민당이 배출한 두 번의 대통령 내내 으르렁거린다.

장대운은 다시 조지 부시를 보았다.

더는 끌려가기 싫었다.

"이제 본론을 꺼내. 이 얘길 왜 꺼낸 거지?"

"음……."

잠시 말을 끊는다. 확실히 뭔가 있었다.

"무슨 문제 있어? 그냥 터놓고 얘기하는 게 어때?"

"넌 북한이 핵을 개발해도 별로 두렵지 않나 봐. 왜 이렇게 태평해?"

말 돌린다.

"내가 태평하다고? 지금 내 상태가 태평해 보여?"

"그건 아닌데……."

"어차피 핵 맞으면 죽는 건 순식간이야. 두려워할 이유 있어? 뒈지면 끝인데."

"……."

입을 떡 벌린다. 저렇게 대답할 줄은 몰랐다는 듯이.

'일궈놓은 것이 많으니까 다른 수단을 쓸 거라 판단했나?'

"웃기지 말라고 그래. 그까짓 핵을 내가 두려워할 것 같아? 전쟁을 일으키지 않는 한 내가 심각하게 생각할…… 어!"

번뜩 든 생각에 장대운은 아버지 부시를 보았다.

시선을 급히 피한다. 아들 부시를 다시 보았다.

"설마 전쟁은 아니겠지?"

"……."

"너 설마 내 나라에서 전쟁을 일으키려는 거야?!"

"……."

곤란한 표정이다.

하기 싫은데 어쩌면 해야 할지도 모르겠다는 뉘앙스.

장대운은 머리가 새하얗게 변하는 것 같았다.

이 개새끼들이 지금 뭔 짓을 꾸미는 건지.

언성이 높아졌다.

"클린턴 때도 우리 몰래 북한에다 미사일을 던지려고 하더니 너도 그러겠다고?!"

"아니, 그게 아니라……."

"그 때문에 한미 협정이 수정되고 우리 몰래 절대로 한반도에서 전쟁을 일으킬 수 없다는 조항이 추가됐잖아! 이런 데도 하겠다고?! 2025년 전작권 환수도 이때 확정되고 한미 미사일 협정도 이때 폐기되고! 협정서에 사인한 지 몇 년 되었다고. 아직 이라크랑도 결론짓지 못해 놓고 그새 또 전쟁을 벌이겠다고?!"

"아이, 그게 아니라. 사실은 후우……."

"똑바로 말해! 나 지금 화 많이 났어. 더 끌면 나갈 거야."

"알았어. 알았어. 말해 줄게. 말해 주면 되잖아. 이게 무슨 일이냐면……."

"내가 설명해도 될까?"

뒷짐 지고 있던 아버지 부시가 나섰다. 아들 부시한테 이런 것도 제대로 못 하냐는 듯 책망의 눈길을 뿌리며.

"뒷방 늙은이가 끼어들어서 미안한데 아무래도 조금 거리가 있는 사람이 더 객관적이지 않겠나? 끼어들어도 되지?"

"……그러시죠."

장대운도 아버지 부시에게 화낼 만큼 꼭지가 돌지 않은 상태라 선선히 허락했다.

"그러니까 문제는 고어…… 자네가 표현하기로 네오콘들일세."

"네오콘이요?!"

네오콘. 네오콘…….

그제야 장대운도 머리가 훤해지는 기분이었다. 사건의 전말이 출력되듯 촤르르.

그래, 이 시기 전쟁은 네오콘이었다.

그놈들을 빼곤 미국에 전쟁은 없었다.

"그러니까. 그 새끼들이 북한 핵 개발을 전쟁 명분으로 들었다는 거네요. 맞죠?"

"그렇다네."

"하아…… 다 죽여 버릴까?"

장대운의 눈빛이 희번득.

아버지 부시가 얼른 두 손을 들어 말렸다.

"워워, 진정하게. 자네는 FATE잖나. 평화의 상징."

"평화의 상징이요? 개뿔. 온 세상의 평화를 수호한다던 미국도 필요에 따라 이라크에 미사일을 던지는데 FATE 따위가 킬러 되는 게 뭐 대수인가요?"

"아니라네. 꼭 전쟁까지 갈 필요가 있겠나? 우리가 막으면 되지 않겠나?"

"전쟁을 막겠다고요?"

그럼 지금까지 무슨 얘기를 한 거야?

막고 나서 얘기해 주면 되잖아. 결론만.

"그래서 자네의 도움이 필요하네. 젭(Jeb. 조지 부시의 애칭) 혼자서는 이 일을 할 수가 없어."

"조지가…… 아……."

무능력자.

"내가 건강 때문에 잠시 눈 돌린 사이 네오콘이 공화당 곳곳에 뿌리내렸더군. 슬슬 반기도 들고 말을 안 들어. 그놈들이 다음 대선도 노릴 작정인가 보네."

"……!"

"그래서 내가……."

"잠깐, 잠시만요."

"왜 그러나?"

"잠시 대기요. 나 생각 좀 하게."

이야기가 좀 이상하게 돌아가는 것 같았다.

이라크 얘기하다가 갑자기 북한 핵 개발로, 한반도 전쟁과 네오콘의 위협을 건들다 다음 미국 대선을 꺼낸다고……!!!

"설마 저더러 또 미국 대선에 주도적으로 끼라는 말씀입니까?"

"결론은 그렇……다네."

아버지 부시도 면목 없는지 시선을 피한다.

그 순간 장대운은 깨달았다.

결국 이게 목적이었다. 미국에 도착하자마자 납치하듯 얼레벌레 백악관으로 끌고 온 이유.

공화당 정권의 유지를 위해. 그중에서도 부시 가문의 입맛에 맞는 정권이 들어서길 위해. FATE가 필요하다는 것.

'내가 목적이었어.'

그랬다. FATE를 포섭하려고.

그렇다면 네오콘 얘기는…… 그제야 장대운도 마음이 좀 진정되는 것 같았다.

'하긴 내가 또 언제 미국에 온다는 보장이 없으니. 왔을 때 약속을 받아 내려는 거구나. 자기 사람 밀어 달라고.'

장대운의 표정이 묘하게 뒤틀리자 아버지 부시가 서둘러 부연 설명에 들어갔다.

"오해하지 말게. 네오콘의 위협은 사실이네. 아주 위험한 수준이지. 자네도 알잖는가. 그놈들이 군수 카르텔 놈들과 얼마나 밀접한지."

공화당이 원래 그쪽이랑 밀접하잖아요.

"이대로 전쟁이 일어나는 건 자네도 원치 않을 게 아닌가."

당신들도 마찬가지겠죠.

"도와주게. 이참에 젭이 그놈들에게서 벗어나게."

지가 자초한 늪이랍니다.

"자네만 도와주면 공화당을 오염시키는 네오콘을 뽑아낼 수 있어."

얼마나 더 권력을 누리시려고요?

시큰둥. 시큰둥…. 시큰둥…….

장대운이 손 뗄 것처럼 엉덩이를 들썩이자 아버지 부시는 두 손 다 들었다.

"좋네. 좋아! 자, 어떻게 해 주면 되겠는가? 말만 하게. 내 해 달라는 대로 다 해 줄 테니."

"……."

"부탁이네. 이대로라면 우린 끝일세. 네오콘도 문제지만 민주당이 치고 올라오고 있어."

그것도 이라크 전쟁 때문이잖아요. 당신 아들이 저지른 짓.

"제발. 우리에겐 자네밖에 없네. 자네마저 외면한다면 젭은 민주당의 공격에 산산조각날 거라네. 친구 좋다는 게 뭔가? 자네도 우리 가문이 땅에 떨어지는 건 원하지 않지 않나. 부디 좀 도와주게."

"……."

"……."

"……."

"……."

"흐음, 애초의 약속은 공화당의 지지까지였습니다. 여기까진 이행할 생각입니다."

"암, 알지. 아주 잘 알지. 자네가 약속 하나만큼은 철석같이 지키는 거. 그래서 말일세. 하는 김에 우리 쪽 사람을 밀어 달라는 거네."

"후보 경선도 자신 없습니까?"

"네오콘이 너무 강해졌다네. 그놈들은 대책 없는 미국의 영광만을 부르짖고 있어."

"도와주면 네오콘을 전부 축출해 낼 수는 있겠습니까?"

"안 그래도 지금 솎아 내고 있다네. 그놈들 때문에 젭이 하루도 편할 날이 없어."

조지 부시를 쳐다봤다. 스윽 눈을 피한다.

하여튼 이 씹…….

"으음……."

전해 오는 느낌으로는 네오콘의 위협은 사실인 것 같았다.

논리적으로도 맞았다. 이라크 원정은 실패였고 지지율이 바닥을 친다. 이런 상황에서 반전은 하나밖에 없었다.

또 다른 전쟁.

북한은, 북한을 무너뜨리는 건 네오콘으로서는 참을 수 없는 유혹과 같을 것이다. 지금까지의 모든 실책을 한 번에 덮고도 남을 만한 업적임과 동시에 대권까지 고속도로를 뚫을 완벽한 프리패스일 테니.

'젠장.'

어릴 적, 공부도 못 하고 말썽만 부리던 문제아라도 서울에서 성공해 돈 많이 벌어 오는 순간 고향 일대에서도 유명한 효자로 둔갑하는 게 바로 인간이라는 종족의 심리였다.

'네오콘 입장에서는 충분히 도전해 볼 만한 과업이야. 어쩌면 북한이 핵 개발을 포기하지 않듯 그놈들도 계속 북한을 노릴지 몰라.'

너무도 탐나는 먹잇감이었다. 때려도 후환이 두렵지 않았다.

시기도 아주 좋았다.

저 거대한 중국이 돈맛을 알았다. 러시아도 슬슬 북한이 골치 아프다.

러시아에게는 적당히 이권을 떼 준다고 하고 중국은 윽박지르면 된다. 한국의 군사력도 만만찮으니 선제공격이면 전쟁은 며칠이 안 걸릴 것이다.

깃발 들고 개선하며 미국 역대의 어떤 지도자도 하지 못한 일을 해냈다고 저 압제당하던 북한의 시민을 비로소 해방시켰다고 외친다.

마초가 들끓는 미국이 누구를 원할지 선거는 보나마나였다.

그리고 미국과 네오콘은 그림을 충분히 현실로 만들 능력이 있었다. 하지만.

'단 한 발의 미사일이라도 서울에 떨어지는 순간 우리의 낭만은 끝나겠지. 미국만 좋은 일이 돼. 설사 운 좋게 통일한다고 한들 수십 년간 세뇌받은 북한 주민을 어떻게 상대해야 할까? 민주주의 체제를 제대로 이해나 할까? 이라크 꼴이나 안 당하면 다행이겠지. 대운아, 절대로 잊지 마라. 저들도 수십 년간 군사력에만 매달렸어.'

비록 경제가 폭망하며 전투 장비의 질은 떨어질지언정.

15년 의무 복무 기간을 겪은 살인 병기들은 여전히 존재하였다.

저들이 한국으로 화살을 돌리는 순간 무슨 일이 벌어질까?

생각만 해도 암울해진다. 북한 전 인구의 1/100, 1/1,000,

1/10,000 비율이라도 적으로 돌아서는 순간 우리는 악몽을 겪어야 한다. 네오콘들이 승리의 축배를 들고 있을 때 그 후유증은 우리가 전부 떠안는다.

게다가 친 네오콘 정권이 미국에 들어서게 된다면?

'어휴~ 씨벌…… 결국 또 손을 잡아야 하나?'

역사적으로는 북한과의 전쟁이 벌어지지 않았더라도 방심은 금물이었다.

이미 미국의 대선 일정이 클린턴 하야로 인해 1년 앞당겨졌다. 이것만도 엄청난 나비 효과를 불러일으킨다.

고로 지금은 기억도 믿어선 안 된다.

'어떻게 할까…… 어떻게 해야 이 속에서 생문을 찾아낼까?'

돌아가는 차 안은 무척 조용했다.

백악관에서 원체 무거운 이야기가 오간 것도 있지만, 서로 상의할 만한데도 아무런 말을 하지 않는 건 장대운이 한국에서 출발 전 도청의 가능성에 주지시켰기 때문이었다.

초청한 이상 백악관에는 들를 줄 알았고 설마 백악관이 그런 짓을 하겠냐는 생각을 가진 사람이 있을 수도 있겠지만, 이익을 위해서라면 잠시간 수치심 같은 건 위트라고 말할 만큼 뻔뻔한 이들이 바로 미국 정치인이다. 이곳 세계 최강대국이라는 자부심으로 똘똘 뭉친 미국 정치인이 FATE란 호재를 참을 수 있을까?

미리미리 조심하는 게 좋다.

'웃겨.'

김문호는 문득 속으로 웃었다.

아버지와 아들 부시의 얼굴이 떠올라서였다.

얼핏 봐도 닮은 꼴. 옛날에 씨도둑은 못 한다더니 마주한 내내 관찰한 두 사람은 외모뿐만 아니라 행동까지도 아주 비슷했다.

더구나 장대운을 정치로 끌어들인 게 자신들이란다. 아주 자랑스럽게 얘기하였다.

'얼마나 자존심 상할까?'

현 미국 대통령과 전 미국 대통령이 장대운 앞에서 쩔쩔맸다.

전화 한 통이면 세계에서 안 될 게 없는 권력자가 고개를 조아리고 부탁했다. 거기까지 갈 때까지 얼마나 많은 고심이 있었을까 생각하면 이보다 더 통쾌할 수가 없었다.

김문호라는 세계에서 미국인이란 늘 고압적이고 협박에 능수능란한 자들이었고 감히 대적조차 할 수 없는 거인과 마찬가지였으니.

늘 조공만 하고 무기 사 주고 투자당하고 빼앗기고…… 겉으로는 동맹국이라 읽고 속으로는 식민지라 쓰는 대한민국의 일개 국회의원에 전·현직 미국 대통령이 고개를 숙였다.

'대단하다 대단하다 했는데 진짜 찐이야. 대한민국에 이런 사람이 다시 나올 수 있을까?'

곁눈질로 장대운을 봤다. 창밖만 내다보며 가만히 앉아 있다. 무언가 고민하는 기색도 없다.

'그나저나 어떻게 하려는 거지?'

부시 부자는 한반도 전쟁까지 언급했다.

어떻게 할 새도 없이 네오콘들이 정부와 공화당을 장악했고 북한 핵 개발을 명분으로 그들이 전쟁을 일으키려 한다 했다.

평화를 해치는 원흉이 네오콘이라고.

손가락으로 네오콘을 가리키지만.

김문호가 파악한 진의는 조금 달랐다.

- 자기들이 나서지 않으면 한반도에 전쟁이 일어난다.

자기들이 있어야 너희 땅이 안전해진다.

필요성을 언급하고, 공동 운명체인 척하지만.

명백한 협박이었다.

그걸 한 번 더 곱씹게 되면 그만한 규모로 협박하지 않으면 통하지 않을 사람이 바로 장대운이라는 소린데.

어쨌든 큰일이긴 했다.

'한반도 내에서 한국의 동의 없이 전쟁을 일으킬 수 없다는 조항이 있긴 해도 미국이 마음먹으면 그깟 조항 따위 유명무실해지겠지. 그 순간 전쟁이고 그때 미국이 우리 한국을 적당히 망가뜨린다면 우린 다시 수십 년을 후퇴해야 할지도 몰라. 모든 부분에서 우리가 불리해.'

흔한 미국의 방식이었다.

거부권 따위 없다. 무조건 따라라.

한반도 전쟁이 걸린 이상 장대운이든 누구든 부시 부자의 손을 놓을 사람은 없었다. 결국 같은 길을 가야 한다는 건데.

'부시, 무섭네……'

외통수에 몰아 놓고 선택지가 있는 척. 서로 윈윈인 척.

실상은 우리로 하여금 미국의 양대 거당인 민주당과 완전히 척지게 하는 행위였다. 살기 위해서라도 공화당과 함께하라는 것.

그런데 공화당의 집권이 영원할까?

민주당이 집권하는 순간 한국은 어떻게 될까?

'하지만 공화당의 손을 안 잡을 수도 없어. 부시 부자가 네오콘을 놔 버리는 순간 제7함대가 오키나와에서 제주도로 기동하겠지.'

방법이 없었다. 방법이……

김문호가 나름대로 심각하게 고민하는 사이 시선에 워싱턴 기념비라는 오벨리스크가 잡혔다. 호텔은 저 오벨리스크 건너편에 있다고 했다.

백악관을 나온 지 얼마나 되었다고 벌써 호텔로 들어가나?

출발 전 예약한 호텔은 200년 전통이라는 윌라드 호텔이었다.

'주홍글씨'의 작가 너대니엘 호손이 이 호텔에 대해 이런 말을 했다는데. '백악관, 국회 의사당, 다른 어떤 건물들보다 윌라드 호텔이야말로 워싱턴 D.C.의 중심이다.'라고.

과연 입구부터가 박물관으로 들어가는 느낌이었다.

"꺄아아악!"

"FATE!!"

"끼아아아아악!!!"

"FATE!"

물론 편히 감상할 여유 따윈 없었다.

호텔 월라드 입구는 온통 노란색 민들레로 덮여 있었고 그 앞을 노란색 코트, 노란색 패딩을 입은 이들이 진을 치다 차량이 도착하자 폴짝폴짝 뛰며 외쳤고 울었고 자기 좀 봐 달라고 손 흔들고 사진 찍었다.

장대운도 움직였다. 덩치가 산만 한 경호원들이 엄중하게 가로막는데도 상관없이 뚫고 민들레로 향한다.

그 순간 일대를 뒤덮은 레몬 옐로우 계열의 색감이 마구 흔들리는 걸 봤다. 한 발씩 가까워질수록 봄바람에 흔들리는 꽃잎처럼 민들레는 떨었고 자지러졌다.

뒤따르던 김문호부터 모두가 이 광경을 지켜봤다.

출발 전, 장대운이 장대운으로서 있을 수 있는 바탕이라 했던 이들의 진면목을. 미국 민들레야말로 민들레의 중심이다는 말에 걸맞은 모습을.

"FATE~."

"FATE. I Miss You."

"Love You."

"My Heart."

거대한 용광로 속에 빠지는 듯 착각이 일었다.

그러나 누구도 달려들거나 그 옷깃이라도 잡으려 하지 않는다.

장대운이 다가오니 도리어 흠칫 한 발 물러난다.

두려워했다. 부서질까 다칠까 아까워했다. 도리어 자기를 더럽다 여겼다.

가히 경악스러울 정도.

'저리 울면서, 그리워했다면서 물러선다고?'

장대운은 기어코 민들레 속으로 들어갔다.

억눌린 울음이 터졌다. 윌라드 호텔을 터트리는 해후.

김문호는 똑똑히 봤다.

저녁이 되면 오므려지는 꽃잎처럼 민들레가 장대운 곁으로 모여든다. 외투에 하나둘씩 꽂히는 립스틱 자국들.

전신이 온통 붉은 립스틱 자국으로 물들어 간다. 그럼에도 장대운의 손과 얼굴은 깨끗하다. 아니, 오히려 훤히 빛난다. 민들레의 지극한 사랑을 머금고.

근 두 시간을 이렇게 보냈다.

그러나 이도 끝이 아니었다. 입구에 들어서자마자 또 다른 경호원 무리가 나타나며 길을 열었다.

"역시 페이트. 쉽지 않다니까."

"오오, 왔어요?"

한마디씩 하며 성큼성큼 다가오는 이를 본 김문호는 두 눈을 의심했다.

"마이크 잭슨……."

팝의 황제가 마중 나온다.

점점 깎여 가는 얼굴과 그만큼 더 하얗게 변해 가는 피부가 예전의 모습을 더 이상 떠올릴 수 없게 만들었지만, 그는 80, 90년대를 주름잡은 수많은 아티스트들 속에서도 우뚝 선 팝의 황제였다. 가히 황홀한 충격.

FATE의 존재로 다소 희석되었다 해도 마이크 잭슨은 마이크 잭슨이었다.

'이 사람은 또 누구야?'

마이크 잭슨만 온 게 아니었다.

지금 한창 난리인 래퍼 에미넨도 왔고 뉴욕의 왕이라는 제이진도 왔다. 그 밖에 말만 해도 알 만한 아티스트들이 로비에서 장대운과의 만남을 위해 줄을 서고 있었다. 누구 하나만 한국으로 들어가도 일대 교통을 마비시킬 만한 스타들이 모두 장대운 한 명을 보기 위해 시간을 할애한 것이다.

'……이 정도일 줄은 몰랐어.'

여기에서도 근 1시간은 걸린 것 같았다.

간단히 안부만 전하고 공연 때 보자는 말만 하는 데도, 저러다 몸이 축나는 건 아닌지.

김문호는 기가 막혔다. 인사만 해도 몸살이 걸릴 정도라니.

'이런 걸 못 봤으니 한국 정치인들이 장대운을 우습게 아는 거야. 얼마나 가소로웠을까? 우물 안에 갇혀 세상을 못 보고.'

미국 일정이 며칠 지난 것도 아니었다.

딱 한나절 만에 체감된다. 장대운이라는 인간이 어떤 위치에 있는지. 물론 이제 한국에도 장대운을 우습게 볼 만한 인간이 남아 있지는 않겠지만.

속으로 혀를 내둘렀다.

'까도 까도 끝이 없어. 사람이 무슨 양파도 아니고. 좀 알겠다 싶으면 더 큰 것이 나오냐.'

"걱정이에요."

엘리베이터에 타자마자 장대운의 입이 열렸다.

"예?"

"마이크 잭슨 말이에요."

"……?"

"문호 씨는 마이크의 얼굴이 갈수록 하얗게 되는 것을 어떻게 생각하세요?"

"그게…… 백인이 되고 싶어 하는 게 아니었습니까? 성형 중독이고요."

"문호 씨도 그렇네요. 누가 퍼트렸는지 정말 악랄해요."

"예?!"

"마이크는 백반증을 앓고 있어요."

"백반증이라면 피부가 하얗게 되는 병 아닙니까?"

군데군데 일부분만 하얀 점처럼 변하기에 사람이 얼룩진 것처럼 보이게 하는 피부병이었다.

"맞아요. 84년에 진단받았어요."

"아……."

팝의 황제가 백반증을 앓고 있었다고?

흑인이 하얗게 변하는 병을?

"84년에 펩시 광고를 찍다가 불이 났는데 이때 마이크가 머리에 화상을 입었어요. 백반증은 자극을 받으면 악화 속도가 급속도로 빨라져요. 이걸 쾨브너 현상이라 하는데. 하필 화상을 입은 거죠. 어떻게 됐겠어요?"

"마구…… 퍼진 겁니까?"

"얼굴 절반이 하얗게 됐어요."

"아……."

김문호는 입을 떡 벌렸다.

흑인에게는 재앙이나 마찬가지일 것이다.

"문제는 그게 아니에요. 마이크의 경우는 어떻게든 고치려고 노력하다 오히려 망친 케이스예요. 감추려고만 했거든요. 차라리 사실대로 말하고 밝혔으면 여기까지 오지 않았을 텐데. 약물 치료에 성형이 반복했고 그러다 중독까지 됐죠. 이제는 스스로 멈출 수도 없을 거예요."

"너무 불쌍합니다."

"그러니 따뜻한 눈으로 봐주세요. 삶이 고통인 사람이에요."

"예."

땅. 엘리베이터 문이 열렸다.

문 앞에서 대기하던 경호원이 한 방향을 가리켰다.

이때도 김문호는 움찔했다. 경호원 때문이 아니라 장대운 때문이었다. 답하느라 급급해 의식하지 못했지만 여태 한마디도 않던 장대운이 입을 열었다. 도청 걱정도 안 하고.

'마이크 잭슨 얘기라서 그런가? 일부러 알리려고?'

경호원이 안내한 곳은 두 개의 문을 사용하는 룸이었다.

호텔리어가 장대운의 걸음에 맞춰 문을 개방했다. 내부엔
도종현과 정은희가 환한 얼굴로 맞이하고 있었다.

"고생하셨습니다."

"어서 오세요. 간단히 요기할 거리 준비해 놨어요."

룸엔 두 사람만 있는 게 아니었다.

세 사람이 더 있었다. 동양인 두 명에 미국인 한 명.

"빅 보스!"

그중 동양인인데 미국 화장법을 한 여성이 달려와 온몸으
로 안겼다.

장대운은 그런 그녀를 웃으면서 안아 줬다.

"어이쿠, 메간, 잘 있었어?"

"그럼요. 그럼요. 빅 보스, 너무 보고 싶었어요. 어쩜, 그렇
게 한 번을 안 오세요?"

"미안. 미안. 내가 잘못했어."

"정말 이런 식이면 미워할 거예요."

"정말, 내가 잘못했어. 하하하하하."

다음은 미국인이었다.

남자인 관계로 메간이라는 여성처럼 적극적으로 안기지는
않았다. 살짝 포옹하는 정도.

"빅 보스, 정말 보고 싶었습니다."

"라일리도 잘 있었어?"

"예, 레리와 세르게이도 빅 보스를 무척 보고 싶어 합니다."

"그래? 같이 오지 그랬어."

"바쁘거든요. 요새 동영상 플랫폼을 건설하겠다고 의욕이 넘쳐서요. 콘서트 때 맞춰 온다고 했어요."

"궁금하네. 얼마나 바뀌었을지."

"똑같아요. 걔들은 공돌이잖아요."

"그래, 공돌이지. 하하하하하하."

"라일리, 이제 보스 좀 놔주게. 나도 인사를 해야지."

마지막 중년인이었다.

라일리가 순순히 물러서자 중년인이 장대운 앞에 섰다.

마주친 두 사람의 눈엔 신뢰가 가득했다.

하지만 입에서 나온 말은 신뢰와는 다소 거리가 있었다.

"계속 이런 식이네요. 혼자는 안 죽는다 말씀드린 것 같은데."

"에이, 왜 그러세요. 아르헨티나도 가고 바쁘셨다면서요. 미국에 왔어도 못 만났을 거 같은데. 못 만났다간 더 큰일 아니었어요?"

"그래도 그렇지 벌써 몇 년째입니까? 계속 내팽개쳐 둘 생각이세요?"

"설마요. 보세요. 이렇게 어떻게든 건수를 만들어서 왔잖아요. 그만 화 푸세요."

장대운이 쩔쩔맨다.

정은희 이후 누군가에게 쩔쩔매는 건 처음 본다.

저 사람이 대체 누구기에?

"좋습니다. 한 번 더 믿어 보지요. 잊지 말아 주세요. 제가 누구 때문에 이 먼 타향에서 객지 생활을 하는지."

"그럼요. 항상 잊지 않고 있어요. 사랑해요."

장대운이 푹 안자 중년인은 움찔.

그러면서도 거부하지 않고 자기도 안았다. 아주 좋아한다.

김문호는 이도 의문이었다. 저리 좋아하면서 말은 왜 무섭게 할까? 장대운은 왜 저 사람에게 꼬리를 말고.

중년인이 시선을 돌렸다. 눈이 마주쳤다.

"이 친구가 그 친구로군요."

"예, 어떠세요?"

"인사부터 할까요?"

손 내민다. 그때 김문호는 순간 앞에서 바람이 불어와 뒤로 밀리는 기분이 들었다.

이 남자. 엄청나다!

'무슨 해일이 덮쳐 오는 것 같아!'

"DG 인베스트의 정홍식이에요."

"아, 저는 장대운 의원님의 7급 비서 김문호입니다."

급히 허리를 굽혔다.

"말씀 많이 들었습니다. 활약이 대단하시다고요?"

"아닙니다. 모두 의원님의 지시에 의해서였습니다."

"괜찮습니다. 겸손은 넣어 두세요. 이곳은 미국이에요. 없어도 있는 척해야 살아남는 약육강식의 땅이죠. 그 깐깐한 오

필승의 인간들이 김문호 씨를 인정했답니다. 자부심을 가져
도 됩니다. 그들이 허술해 보여도 진짜배기거든요."

"아…… 옙."

"앞으로도 잘 부탁드립니다. 우리 DG 인베스트도요."

"최선을 다하겠습니다."

무슨 얘긴지는 모르지만, 김문호는 일단 크게 대답했다.

그게 어떤 파장을 몰고 올지 모른 체.

"뭐야? 문호 씨. DG까지 어떻게 하려고요?"

"어머, 역시 문호 씨가 DG까지 접수하려나 봐요."

느닷없이 뒤에서 들리는 도종현과 정은희의 목소리에 김문
호는 무슨 일인가 하여 뒤돌아봤다. 웬 급발진인가 했는데.

"어디 보나요?"

"아옙. 죄송합니다."

정홍식이라는 왠지 오필승과 관계가 깊어 보이는 양반의
왼쪽 눈썹이 살짝 올라가 보였다. 관찰하는 눈길이다.

"오호라, 이거 기가 막힌데요. 김문호 씨는 제가 누군지 모
르나 봅니다."

"예? 아, 그게…… 죄송합니다. 잘 모릅니다."

대답하는데 정홍식의 혀가 나와 윗입술을 핥는다. 씨익 웃
으며 또 장대운을 본다.

"이거 정말 이래도 되는 겁니까? 아무리 그래도 그렇지 나
를 모르다니."

"아니, 그런 게 아니라…… 서프라이즈! 서프라이즈예요."

장대운은 다시 쩔쩔맨다. 손을 붙잡힌 채 이러지도 저러지도 못하는 김문호는 이게 뭔가 했다.

그런데 또 이상한 반응이 나온다.

"이거 정말 오랜만에…… 너무 재밌잖아요! 하하하하하하하하."

"그, 그쵸?!"

"오오, 날 모르다니. 이런 극적인 등장이라니. 하얀 도화지와의 만남은 참으로 오래간만입니다. 하하하하하하."

"하하하하하, 맞아요. 제가 그걸 노렸어요."

뭘 노렸다고?

"이러면 오필승의 인간들이랑 달리 마음껏 제 자랑을 할 수 있는 거 아닙니까. 그렇죠?"

"그럼요. 그 때문에 입이 간질간질해도 끝까지 참았어요. 저 잘했죠?"

장대운이 간사해 보인 건 처음인…….

그러나 김문호는 곧 이은 상황 때문에 집중할 수가 없었다.

정홍식의 손에서 강한 악력이 느껴졌다.

"다시 인사합시다. 나는 DG 인베스트의 정홍식이오."

"아예. 국회의원 장대운 사무소. 7급 비서 김문호입니다."

정홍식이 또 장대운을 본다.

"이보세요. 날 몰라요. 아하하하하하하하."

"하하하하하하, 문호 씨는 정 대표님을 모를 만하죠."

으응? 정 대표?

어디서 많이 들어 봤는……!!

"어!"

"뭐야? 이 감탄은? 날 알아요?"

정홍식이라는 양반의 표정이 급격히 어두워진다.

장대운의 얼굴에도 먹구름이 내린다.

뭔가 잘못되어 간다는 느낌.

김문호는 순간적으로 방금 전의 분위기가 최상이었음을
깨달았다. 모르는 게 최고였음을. 어차피 몰랐지만, 더 몰라
야 한다고.

가까스로 대답했다.

"그…… 정 대표님이십니까?"

"그렇소."

역시 실망한 투다.

"의원님 곁에서 몇 번 통화하는 걸 들었습니다. 그 '정 대표
님'이 정 대표님이신 줄은 몰랐습니다. 미국이나 어딘가에 계
시는 미스테리한 분이라는 것까지는 파악했지만 말입니다."

"오오, 미스테리!"

대답이 마음에 드는지 다시 표정이 환해진다. 장대운도 같
이 환해진다. 장대운이 좋아하니 정은희도 좋아한다.

휴우~ 다행이었다. 천만다행.

"이거 조금만 늦었어도. 아슬아슬했구먼. 하긴 이런 긴장
감도 좋지요. 김문호 씨라고 했나요?"

"예."

"제 자랑 좀 하려고 하는데 시간 내줄 수 있나요?"

뒤에서 장대운이 얼른 대답하라고 고개를 끄덕인다.

"물론입니다."

"내가 말이죠. 이 미국에서 투자사를 하나 하는데 말입니다. 그게 그러니까……."

DG 인베스트라 했다.

장대운을 지탱하는 또 하나의 힘이라고.

오필승이 한국에서 장대운을 보조한다면 DG 인베스트는 세계를 상대로 활동한다고.

아주 오래전, 기저귀 특허를 내면서 두 사람의 관계가 시작되었다는데 이후 컵 홀더 특허에 요리사용 입 가리개, 도로 색깔유도선, 건널목 카운터, 복기 시리즈 등 초창기부터 특허 사업을 매개로 사업을 일으켰고 어느 순간 스타트업 지분 참여로 발전했다고.

그 내역을 보면 이랬다.

1987년 초 킴벌리클라크 기저귀 로열티 5% 계약. 1992년 독점이 풀리며 세계 기저귀 회사를 상대로 로열티 3%로 전환. 가만히 있어도 달에 수천만 달러의 로열티가 박힌단다.

1988년 3월엔 마이크로소프트 지분 15%를 확보했다고 한다. 순간 잘못 들은 줄 알았다. 그 마이크로소프트의 대주주라니. 윈도우 한국, 일본 독점 판매권은 귀에 들리지도 않았다.

1990년 5월에는 그 말 많던 스타벅스의 지분 30%를 가져왔다고 한다. 한국 독점권도 획득하고. 컵 홀더인 세이프 가드 로열티를 5년간 독점으로 스타번스에 주며 5%를 가져갔다고. 이도 독점이 풀리며 3%로 전환됐다.

1990년 12월 5일엔 3M사와 요리용 입 가리개 에티켓을 5% 로열티로 독점 계약했다고 한다.

1992년 1월 30일엔 AT&T 지분을 10%나 획득했다고 한다. 속으로 기함하였다. 이 과정에서 미국에 꽤 많은 양보를 했다지만, 마이크로소프트처럼 AT&T 지분도 돈이 있다고 살 수 있는 종류가 아니었다. 무슨 양보인지는 몰라도 무조건 잘한 것 같았다.

여기까지만 해도 얼이 나갈 지경인데.

자랑은 끝나지 않았다. 아니, 갈수록 태산이다.

1995년 11월엔 엔비디아 지분을 35%나 획득했다고 한다. 허튼짓하길래 참교육해 주고 충성 맹세를 받았다며 너스레를 떤다. 10년만 지나도 시가 총액 2,000억 달러에 육박할 기업을 발에 채는 돌멩이보다 하찮게 여겼다.

1996년 5월엔 한 수 더 떴다. 기획 단계인 구글을 알아보고 아예 인수했다고 한다. 고액 연봉에 연구비 지원에 성공 시 스톡옵션 5%씩, 회사 설립 시 경영진으로 앉힌다는 조건으로 두 괴짜를 품에 안았다고. 현재 구글은 세계를 제패 중이고 1997년 2월 개발된 페이지랭크 기술이 구글의 핵심으로 알려짐에 따라 전 세계에 로열티를 받고 보급하였고 여기에서 한 발 더 나아가 쇼핑몰 전용 프로그램 브린쇼퍼를 1997년 8월 개발 성공하여 현재 그 브린쇼퍼를 빌려주는 값으로 아마존

매출의 10%를 받고 있다고 한다.

1996년 5월엔 중국의 차이나 모바일 지분 40%를 먹었다고. 지분 값 외 꽌시로 50억 달러가 더 소요되고 중국 최고위층과 아삼류이 된 결정적 계기가 됐다는데. 뭐가 뭔지.

1998년 6월엔 텐센트 지분 40%를 확보했고.

1998년 9월엔 미국의 음반 회사 인터스코프 레코드의 지분 30%를 확보하고 닥터 드레, 에미넴과 식구가 됐다고.

1999년 3월엔 제 발로 찾아온 알리바바를 호로록, 지분 49%를 잡았다고 한다.

1999년 11월엔 중국 측 요청으로 페트로차이나 지분 30%를 가져갔다고. 꽌시로 100억 달러를 던졌다고 한다.

2000년 4월엔 바이두 지분 40%를 위해 1억 달러 투입했고.

2000년엔 텍사스 레인저스 지분 33% 확보해 구단주가 됐고 지금은 89%를 가졌다고. 텍사스 퍼미안 분지도 선점했다고 한다. 현재 퍼미안 분지는 셰일 가스로 가장 핫한 지역이다.

더 기가 막힌 건 IT 버블 붕괴 후 애플, 아마존 등 돈 될 만한 기업을 갈퀴로 담았다고 한다. 그럼에도 돈이 남아돌아 여기저기 박아 둔 현금성 자산만 1,500억 달러에 달한다고.

'세상에…… 오필승 그룹은 비할 데가 아니잖아.'

마치 판도라의 상자를 연 것 같은 느낌.

껍질을 깨고 세상을 처음 본 병아리가 이런 기분일까?

장대운의 진정한 힘은 오필승이 아니었다. 여기 DG 인베스트일지도 모르겠다는 예감이 강하게 들었다.

"요새 눈에 띄는 스타트업이 하나 있어요. 테슬라 모터스
라고."

"테……슬라요?"

"아세요?"

왜 모를까?

2020년이 넘어가며 지구상 최고의 기업 중 하나가 될 이름
인데.

"요새 경영이 어려워 보이더라고요. 더 놔두면 승냥이들이 달려들 것 같고. 오필승 테크에서 연구하는 자율 주행 자동차와 연계성이 좋아 보여 키워 볼까 합니다."

"……."

헐~.

"근래 일론 마스크라는 듣보잡 날파리가 하나 끼어서 뭔가 해서 알아봤는데 아주 희한한 놈이더라고요."

"예?"

일론 마스크가 끼어들었다고?

일론 마스크가 테슬라를 세운 게 아니었어?

"그놈이 글쎄 SPACE-X라는 우주 탐사 기업의 수장이더라고요. 발사체, 로켓 엔진 등을 직접 개발하겠다며 요란 법석을 떨며 스타링크란 개념도 내세웠는데 전 지구적 인터넷 서비스 제공이랑 우주여행 수준을 넘어서 화성 식민지 개발까지 꿈꾼다나 뭐라나."

"아……."

"순 입만 나불대는 사기꾼 같은 녀석입니다. 그래도 돈 냄새 맡는 재주는 있는지 얼마 전에 페이팔 지분을 팔아 2억 달러를 손에 쥐었더군요. 그걸 자본으로 테슬라를 후려치길래 우리가 끼어들었습니다. 테슬라의 창업자 에버한드와 타페진이 생각이란 게 있다면 그 사기꾼 같은 놈보단 실리콘 밸리의 엔젤과 손잡겠죠."

테슬라를 먹겠다는 건가? 그런데 에버한드와 타페진이 테슬라의 창업자였다고? 어째서 두 사람에 대한 기억이 없을까? 설마 일론 마스크가 테슬라를 강탈한 건가? 돈질로?

"그리 맛있는 투자처는 아닙니다. 인프라 등 적어도 10년 정도는 꾸준한 적자가 예상되거든요. 그래도 긴 안목으로 가져올 만합니다. 더욱이 이번에 눈에 띈 SPACE-X도 만만찮은 가능성을 갖고 있더군요. 그렇잖습니까? 인공위성 기술이라면 미국이 최고일 텐데 SPACE-X는 미국 기업이죠. 그들이 만드는 인공위성의 10%라도 가져올 수 있다면 이게 어딥니까."

"가져……올 수 있는 겁니까?"

김문호가 관심을 보이자.

"오오, 이런 투자에도 관심이 있나요?"

"그게…… 인공위성 얘기기도 하고 미래를 선도할 기업이라면 미리 선점하는 게 제일 좋지 않을까 해서입니다. 주제넘었다면 죄송합니다."

"무슨 죄송인가요? 아주 훌륭한 판단인데. 선점이라…… 아주 좋죠. 사실 DG 정도가 되면 멈추면 안 됩니다. 멈추는 순간 넘어질 테니까요. 우리는 손해를 두려워해서는 안 될 단계라는 겁니다. 100개를 투자해서 단 하나만 성공한다 해도 기꺼이 움직여야 합니다. 그 하나가 100개의 실패를 상쇄하고도 남을…… 우리를 드높은 곳으로 올릴 효자일 테니까요."

"아…… 그렇습니까?"

"그럼요. 수십억 달러의 손해를 보더라도 하나만 성공해도 수백억 달러의 이익을 볼 수 있는 곳이 바로 이 바닥입니다. SPACE-X도 그런 측면에서 아주 멋진 가능성인 만큼 초창기 스타트업의 한계를 그대로 드러내더군요. 빈틈 말이죠. 특히나 자금의 유동성은 최악입니다. 페이팔을 팔아 2억 달러를 손에 넣었다 한들 푼돈 아닙니까. SPACE-X는 우주 탐사 기업을 지향하고 있고요. 보통 자금이 드는 게 아닙니다. 즉 지속적으로 자금 부족으로 허덕일 수밖에 없어요. 반면 우린 돈이 버거울 정도로 많지요."

"아……."

김문호는 절로 주먹이 쥐어졌다.

테슬라 확보 가능성이 확연히 올라갔다. 일론 마스크가 제

아무리 똥고집쟁이라도 돈은 마음대로 안 된다.

'이러다 SPACE-X마저 가져올 수 있다면……'

2037년까지 오직 정치만 쳐다본 멍청이라도 SPACE-X는 알았다. 절대 놓쳐선 안 될 기업이라는 걸.

세계 최초의 상용 우주선 발사,

세계 최초의 궤도 발사체 수직 이착륙,

세계 최초의 궤도 발사체 재활용,

세계 최초의 민간 우주 비행사의 국제 우주 정거장 도킹 등등.

혁신적인 업적들은 둘째 치더라도 21세기 인류의 우주 개발을 주도하고 있다는 명제만으로도 SPACE-X는 소유할 가치가 차고도 넘쳤다.

2021년 세계에서 유일하게 궤도 로켓의 1단 부스터 수직 이착륙에 성공하고 세계 최초로 궤도 로켓을 100번 이상 재사용하는데 성공.

훗날 4만 2천여 개의 인공위성을 발사해 전 세계 위성 인터넷 보급의 효시인 스타링크 프로젝트를 완료하고 세상에 돌아다니는 수많은 정보를 한 손에 움켜쥐는 기업이다.

SPACE-X 하나가 가진 인공위성 수가 2030년까지 전 인류가 발사한 모든 인공위성보다 4배나 많았으니 더 무슨 말이 필요할까.

저들이 주장하는 '화성 오아시스' 계획까지는 갈 것도 없었다. 인공위성만 해도 다시는 만날 수 없는 기회였다. 놓친다면 하늘을 치며 원통할 천고의 기회.

'무조건 가져가야 해. 지금이 최적의 시기야. SPACE-X는 회사 설립 때부터 장기 생존 확률이 매우 희박할 것으로 예측됐어. 게다가 이런 민간 우주 기업은 일론 마스크 이전인 90년대와 80년대에도 괴짜 억만장자들 사이에서 몇 번이나 만들어졌는데 전부 파산했어. 이유는 우주 사업이라는 것이 수익화 측면에서 실현이 매우 어려운 데다 돈은 또 지속적으로 엄청나게 잡아먹으니까 버틸 수가 없는 거지. 그래서 SPACE-X도 어떤 돈 많은 멍청이가 장난삼아 세운 기업으로 여길 확률이 높아.'

하지만 SPACE-X는 성공한다.

SPACE-X가 뿌린 인공위성이 지구 외곽에만 4만 개가 떠다닌다. 초국가적 기업의 탄생이다. 미국이라도 눈치를 봐야 할 기업.

그 소유권을 가질 수 있다 생각하니 김문호는 발끝에서부터 전율이 올라왔다.

저 4만여 개의 인공위성 인프라를 어쩌면 좋을까?

초창기 자금이 많이 든다고 한들 DG 인베스트엔 현금이 넘쳐나 수영해도 될 정도라 하니 이도 걱정 없었다.

사실 일론 마스크가 로켓을 직접 개발하게 된 원인도 전부 돈 때문이라는 걸 알고 있었다.

이 프로젝트를 위해 러시아 구형 로켓을 사서 쓰려고 했지만, 러시아인들이 너무 비싸게 불러 욱하는 성질에 돌아오는 비행기에서 로켓에 들어가는 재료 원가를 계산, 로켓을 직접 만들어 버리자고 작정한 것이 SPACE-X의 창립이었다는 일화는 아주 유명했다.

그리고 지금의 일론 마스크라면 애송이에 가까웠다.

열정만 불타오를 시기.

초기 직원 1,000명의 면접에 전부 참여하고 심지어 2005년에는 구글의 유능한 퇴사자들을 스카우트하기 위해서 구글의 창업자에게 구글 본사를 샌프란시스코에서 로스앤젤레스로 옮겨 달라고 얼토당토않은 부탁까지 하는…… 어!!!

'구글은 DG 인베스트 자회사야. 무조건 연결될 수밖에 없는 고리잖아!'

가만…… 그것만이 아니었다.

지금 일론 마스크는 한창 꿈에 부풀어 똥인지 된장인지 구분 못 할 시기였다.

신흥 회사인 자신들에 입찰할 기회를 주지 않던 NASA를 고소해 버리는 짓을 벌인다. ULA 같은 대기업을 상대로 NASA의 입찰 기회를 얻기 위해 수년에 걸친 법적 공방으로 이 바닥에서 미운털이 단단히 박힌다. 게다가 2008년 세계적인 금융 위기와 팰컨 1의 발사 실패를 겪으며 파산 직전까지.

4차 발사가 기적적으로 성공하며 기사회생지만 아는 사람이 없다. 선택의 기로였다.

'바로 지분 투자에 들어가는 게 좋은가? 아니면 어려운 시기까지 몰리게 됐다가 잡아먹는 게 좋은가?'

정홍식을 보았다.

그의 얼굴을 보자 이미 답이 나와 있음을 깨달았다.

정홍식도 김문호가 이상하게도 과하게 긍정적임을 눈치챘다.

"정말 희한한 일이군요. SPACE-X에 대해 김문호 씨가 뭔가 아는 것 같아요. 그럴 리가 없을 텐데…… 평소 이쪽에 관심이 많았습니까?"

"아닙니다. 그게…… 사실은 우리 인공위성이 날아다닌다고 생각하니 공상 과학 만화가 떠올라서입니다. 죄송합니다."

서둘러 튀어나오는 대로 둘러대긴 했는데.

"공상 과학 만화요?"

핑계가 적절히 먹힌 것 같았다.

"지구 외곽으로 수만 개의 인공위성이 떠다니는 상상을 했습니다. 그게 다 우리 것이라면 얼마나 많은 것들을 할 수 있을까 해서요."

"호오…… 그래요? 더 자세히 얘기해 줄 수 있나요?"

요것 봐라. 하면서도 또 묻는다. 멍석을 깔아 주겠다는 것.

김문호는 미래 지식의 일부를 슬쩍 풀었다. 비유에 빗대.

"석유니 광물이니 지구의 자원은 이미 선점한 자들이 많지 않습니까? 후발대는 끼어들 여지도 없고 진입 장벽도 높죠. 그래서 IT산업에 신규 진출이 많은 게 아니겠습니까? 비교적 누구나 덤빌 수 있으니까요. 그걸 우주에 적용시켜 보았습니다. 얘기가 완전히 달라졌습니다. 거긴 아무도 주인이 없잖습니까. 즉 먼저 선점한 자가 주인이 된다는 얘깁니다. 서양의 국가들이 대항해 시대를 거치며 식민지에서 발견한 자원을 어떻게 활용했고 그 자원이 지금까지 누구의 손에서 누구의 부를 위해 존재하는지를 살피면 더더욱 무시 못 할 얘기 같았습니다. 그것 말고도 즉각적인 활용 측면에서도 인공위성의 활용법은 무궁무진하지 않습니까? 결국 정보! 마침 구글엔 인공위성의 기능을 구현할 최상급 프로그래머가 넘치고요."

"……!"

"……!"

"……이거 원, 시험하려다 되레 훈계받는 느낌입니다. 식견이 어마어마하군요. 이거 정말 실례했습니다. 제가 김문호 씨를 너무 가볍게 여겼군요."

"아닙니다. 그저 조그만 상상일 뿐입니다."

"아니죠. 그 상상력이 세상을 만듭니다. 세상에 SPACE-X를 논하다 구글의 프로그래머 활용법까지 짚다니 몇 달 고민한 것도 아니고 김문호 씨는 단지 몇 가지 정보만으로 거기까지 추론한 겁니다. 정말 놀랍습니다. 조형만이가 보스의 사람을 왜 그렇게 탐냈는지 알 것 같네요. 이쯤 되니 예의상으로도 우리의 전략을 일부라도 공유하는 게 맞을 것 같은데. 맞아요. 김문호 씨의 상상이 맞습니다. 우리 DG의 목적도 바로 거기에 있습니다. 프론티어."

"……!"

프론티어, 개척이라 했다. 덤비겠다는 것.

두근두근. 김문호도 떨리는 심장을 주체할 수가 없었다.

"퍼미언 분지 셰일 가스 개발을 보며 실감했습니다. 이 지구에서 자원을 가진다는 게 어떤 의미인지…… 젠장, 죽도록 기업 분석하고 정보를 캐고 시류를 읽고 하지 않아도 돈이 장난처럼 벌리더군요. 미친 듯이 말이죠. 자원이 지속되는 한 영구불변처럼. 기가 막혔습니다. 이 자식들이 이런 삶을 살았나? 그동안 서양 강대국들이 자원만 나오면 어째서 예민하게 굴었는지 한 번에 알아 버렸습니다."

"……예."

"후우~ 김문호 씨 얘기를 들어 보니 이거 더는 안 되겠군요. 슬슬 건들며 간이나 볼까 했더니 계획을 바꿔야겠어요. SPACE-X를 우리가 소유해야겠어요. 수만 개의 인공위성을 우리의 자원으로 삼아야겠습니다."

다짐하는 정홍식의 입가가 미묘하게 뒤틀린다.

장대운의 입가도, 정은희의 입가도, 백은호도, 도종현도 웃는다. 아주 탐스러운 먹잇감을 앞둔 맹수처럼.

김문호는 전신에 짜르르 전기가 울리는 것 같았다.

부르르르르르르. 그 떨림을 봤던가?

"하하하하하, 김문호 씨도 마음에 드는 모양이군요. 표현이 아주 멋집니다."

"아, 옙, 죄송합니다. 너무 설레서."

"그만큼 진심이라는 거겠죠. 몸은 거짓말을 못 합니다. 보스, 나 지금 너무 재밌는데 조금 더 보따리를 풀어도 될까요? 김문호 씨를 더 믿어도 되겠습니까?"

장대운이 환히 웃는다.

"룸서비스 넉넉하게 시켜 놨어요. 와인이라도 들죠. 시간은 아주 많습니다."

"아하, 맞네요. 그러네요. 내가 너무 이야기에 폭 빠져들었나 봅니다. 안 그래도 백악관 능구렁이들한테 한참 시달리고 왔을 텐데. 아니, 거기서 무슨 얘기를 나누셨어요? 내리자마자 데리고 가고 말이죠."

"백악관 얘기는 천천히 해 줄게요. 우선 우리 문호 씨가 외교에서도 감을 잡을 수 있게 대략적으로 짚어 주세요."

"으흠, 외교라…… 그럴까요?"

정홍식이 다시 이쪽을 보았다.

"확실히 식구로 인정받은 모양이네요. 저도 좋습니다. 김문호 씨, 환영합니다."

"감사합니다."

"한국에서의 활약은 잘 듣고 있어요. 무상 급식도 그렇고 전당 대회 콘서트도 그렇고 구룡마을 개발도 단초를 제공했다죠? 지역당 개발도 뼈대를 꾸려 놨다고요? 아 참, 가습기 살균제도 말이죠. 그놈들 가만히 두지 않을 겁니다. 보스의 신호만 기다리는 중이에요."

"아……예."

"겸손할 필요 없어요. 여기에서 김문호 씨의 능력을 의심하는 사람은 없으니까요. 다만 궁금한 건 좀 있어요. 어떻게 그런 움직임을 보일 수 있었나요? 정치 8개월 차로는 전혀 믿을 수 없는 행보잖아요."

"……."

일종의 오버 테크놀로지긴 했다. 김문호라는 인간 자체가.

그런 면에서 상식적인 선에서 한참 벗어날 걸 아는 김문호
는 정홍식의 눈을 똑바로 보았다. 의중을 알기 위해서였다.

'순수한 의문이구나.'

감탄에 의한 별 뜻 없는 궁금증.

하지만 궁금증을 품은 대상이 정홍식이란 게 문제였다. 첫
인상부터 미국 대통령보다 더 강렬함을 심어 준 사람.

왜인지는 모르겠으나 작위는 통하지 않는다는 예감을 받
았다. 수없는 연단을 통해 경지에 이른 것 같은 느낌.

장대운과 비슷한 냄새도 났다. 지상계가 아닌 천상계에서
노니는 것 같은 탁월함. 어쩌면 전혀 다른 세계관을 가진 인
간과 마주한 건지도 모르겠다는 기시감을 받았다.

'전혀 다른 세계관이라니…… 어쩐지 다른 세상 사람 같더
라니. 이런 게 세계인이라는 건가?'

같은 세상에 살며 다른 곳을 본다.

이 차이점은 노력으로 어찌할 수 없는 간격이었다.

김문호는 어차피 솔직하려 했지만, 더 솔직해야 함을 깨달
았다. 그래, 진솔하게 나가자.

"처음은 제 아이디어로 승부하려 했습니다. 제 역량을 과
신하여 미래 청년당 컨설팅을 했고요."

"으음."

"그때 의원님께서 더 큰 울타리, 더 큰 세상을 보여 주셨습

니다. 지금까지 그것에 맞게 생각하는 법을 배웠고요. 그때나 현재나 저에게는 제 주변 모든 것이 신세계가 열린 것이나 다름없습니다. 거인에게는 거인의 세상이 따로 있다는 걸 이전에는 전혀 몰랐으니까요."

"으흠, 거인의 세상이라 표현하는군요."

"쉽사리 움직이지 않는다고, 잘 반응하지 않는다고, 눈 감고 귀 닫고 있는 게 아닌 걸 알았습니다. 인간은 평등하다 말하는 세상에서 보통 인간과는 비교조차 안 될 얼토당토않은 인간이 존재함을 봤습니다."

"……그래요?"

"타고났던들, 만들어졌던들, 거기까지 가는 것만도 상상도 못 할 재능과 기회가 필요한 것도 알았습니다. 저도 그리 만들어지고 싶다는 소망을 품었습니다. 아주, 무척 안달 내는 중입니다."

"흐으음……."

정홍식이 장대운 쪽으로 돌아보았다.

어떠냐는 제스처에 만족의 미소를 띤다.

"훌륭하군요. 아주 인상적인 답변이었어요. 그래서 김문호 씨의 결론은요?"

"한때 주제도 모르고 킹 메이커라는 꿈을 꿔 본 적도 있으나 지금은 달라졌습니다. 품은 꿈도 팔렸고 이젠 의원님 곁에서도 될…… 그에 걸맞은 사람이 되는 게 제 꿈입니다."

속 안에서 꿈틀대던 교만과 오만이 본격적으로 꺾인 건 민족은행장을 만나고 나서부터였다. 약속 하나에 삶이 달라졌다는 그 괴팍한 노인네 말이다.

그래서 너는 어떤 약속을 받았기에 쫓아다니냐는 질문을 받는 순간.

와장창. 그동안 김문호라는 인간이 쌓아 왔던 성이 무너졌다.

질문은 필요 없었다. 내가 고이 쌓은 성이 진실로 별거 없었다는 걸 그때 봤다. 혼자서만 대단하게 여겼을 뿐 실상은 허상에 불과한 잔념이라는 걸.

그때부터 어깨가 가벼워졌다. 발걸음도 그렇고 탁 트인 들판을 걷는 듯 절로 미소가 피어났다.

"멋진 미소네요. 이젠 나도 김문호 씨의 진심을 알겠습니다. 사족일지는 몰라도 하나 더 물어볼 게 있는데. 기존에 가졌던 꿈이 팔렸다고 했습니다. 뭔지 알 수 있을까요?"

문득 면접 자리에 온 것 같은 느낌을 받았다.

아무렴. 따뜻한 분위기였다. 차나 마시며 넌 어쨌고? 난 어쨌다는 얘기를 나누는 것처럼.

"정치계로 넘어오며 저는 꿈을 하나 품었습니다. 지금은 그 꿈을 의원님께서 사셨습니다."

"보스가요? 내용이 뭔지 알……."

"악당의 악당입니다."

"악당의 악당? 으음…… 으응?!!!"

정홍식의 표정이 기괴하게 일그러졌다 확 퍼진다.

"오오, 이거 끝내주는 꿈이로군요. 악당의 악당. 이것 참,

제가 다 몸이 달아오릅니다!"

"감사합니다."

"그래서 그러셨군요. 이제야 보스의 행보가 급격히 빨라진 이유를 알 것 같습니다. 빨라질 수밖에 없었어요. 악당한테 악당 짓을 하려면."

"⋯⋯."

"하하하하하하, 맞아요. 그랬어요. 그럴 수밖에 없었습니다. 하하하하하하하하하~~~."

마구 웃어 버리는 정홍식이었다.

면접이 성공적으로 보이자 다들 미소 지었다. 그사이 룸서비스가 도착했다.

순식간에 열 명은 충분히 먹을 양이 세팅된다.

와인을 따고 샴페인을 따고⋯⋯ 정홍식은 어느새 다가와 김문호에 어깨동무했다.

"문호 씨 고마워요."

호칭이 김문호에서 문호로 바뀌었다.

"다시 만날 수 있을까? 장담이 안 될 멋진 인터뷰였어요."

"아, 좋게 봐 주셔서 감사합니다."

"좋게는요. 우리 잘해 봅시다. 여기 내 명함이에요."

실버 명함이었다. 이름과 전화번호 외 아무것도 없는 명함.

일생의 약력까지 전부 적는 구의원들의 명함이랑은 격조부터가 다른.

아마도 이런 게 이름 하나로 통하는 세계인의 자신감일 것이다.

"외교적 분쟁이나 국제적으로 꼬이는 일이 발생하면 언제
든 전화하세요. 내가 문호 씨의 힘이 돼 주겠습니다."

논하는 바도 이전의 누구와 비할 수 없이 컸다.

"아…… 감사합니다."

사실 김문호는 이때까지만 해도 이 실버 명함의 가치를 잘
판단하지 못했다.

그저 대단하다고 하니 대단하구나 정도로 여길 뿐.

"이제 슬슬 시작해 볼까요?"

어깨동무를 푼 정홍식이 핑거 푸드를 집어 먹고는 샴페인
으로 목을 축였다.

거창한 몸짓은 아니었다.

이제부터 DG 인베스트에 대해 설명하겠다는 제스처였다.

"우리 DG 인베스트가 현재 중점적으로 기반을 닦아 가는
일은 이렇습니다."

천천히, 또박또박, 구글의 동영상 플랫폼 개발과 그 의의가
흘러나왔다. 향후 그것이 어떤 사업성으로 우리에게 과실을
넘겨줄 지.

이야기는 계속됐다. 앞으로 변할 모바일 인터넷 환경에 대
한 고찰도 나왔다. 세계의 자원 전쟁과 식량의 부족, 기후 변
화까지 다방면으로 논하였다.

어느 저명한 세미나에서도 들을 수 없는 내용이 흘러나오
는데 김문호는 등에서 식은땀이 날 것 같았다. 절로 녹화기를

켤 만큼.

'한 자라도 놓치면 안 돼. 저장해 놨다 되새겨야 해.'

백발백중은 아니더라도 미래의 언저리까지 접근하고 있었다.

10년 후, 20년 후의 미래가 정홍식의 입에서 대략적으로나마 짚어지는…… 그 말도 안 되는 신비와 분석력을 기반으로 대규모 투자를 감행한다 하였다.

모바일 환경에 걸맞은 글로벌 뉴스와 숏 비디오 플랫폼, 사용자가 접하던 이슈의 종류·매체·분야·읽는 시간 등 소비 패턴을 AI로 분석해 맞춤형 서비스를 제공하겠다 하였다.

오 마이 갓!

참고로 지금은 2004년이다. 아직 3G가 판치는 세상.

'뭐가 뭔지…….'

"앞으로는 데이터 싸움이 될 겁니다. 디지털의 힘은 어떤 의미에서 현상계를 넘어설 것이고 그런 측면에서 SPACE-X와 같은 기업들은 향후 세계의 미래를 좌우지하는 아이콘이 될 것을 확신합니다. 이에 DG 인베스트는 모바일 환경을 구성하는 운영 체제를 1년 전부터 개발 착수하였고 이틀 전에 완료했습니다. 애플과의 협의를 통해 개발 착수한 스마트폰 출시 일정에 맞춰 공개할 예정입니다."

ByteDance 같은 AI, 컨텐츠 전문 기업도 뚫겠다.

2018년 기준 7억 1천만 명에 달하는 가입자를 보유하고 틱톡이라는 15초짜리 짧은 동영상을 제작·공유하여 2019년 중국을 제외한 국가에서만 10억 회 이상의 다운로드를 기록한 대박 사업 아이템을…… 기업 가치만 750억 달러 이상으로 평가받으며 미국 우버를 제치고 세계 최대의 유니콘 기업 자리에 오를 사업을 지금 구현해 냈다 하였다.

"온라인 결제 시스템의 API(Application Program Interface)를 제공하는 기업도 기획 중입니다. 모바일 환경이 발전할수록 그 활용도는 결제 시스템에까지 영향을 미칠 건 당연한 수순이고 국가마다 고유의 결제 시스템이 우후죽순으로 생겨날 건 뻔한 얘기입니다. 모바일 결제를 시작으로 모바일 송금, 온라인 개인 자산 관리, 크라우드 펀딩 등 추후 모바일 은행까지 설립될 가능성도 배제할 수 없습니다. 이에 어느 결제 시스템에서든 연동 가능한 코드를 개발 중이며 이도 하나의 사업체로 키울 계획이 있습니다."

이번엔 stripe 같은 기업이었다.

말 그대로 온라인 결제 시스템을 API로 제공하는 회사.

일반적으로 온라인 판매자가 페이팔의 결제 시스템을 자신의 서비스와 연동하기 위해서는 최대 9단계의 과정을 거쳐야 했다.

stripe는 이 과정을 획기적으로 단축했는데. 아무리 복잡한 결제 서비스라도 stripe가 제공되는 단 몇 줄로 구성된 API를 [회원가입 - API 소스 코드 복사 - 판매자 홈페이지]에 붙여넣기 하는 것만으로 결제 시스템을 간편하게 쓸 수 있게 된다.

온라인 결제가 증가할수록 이 가치가 커졌는데 2021년 3월 기업 가치만 950억 달러가 된다.

'핀테크(fintech)!'

fin + tech.

금융(Finance)과 기술(Technology)의 합성어.

정홍식은 핀테크의 길로 가야 함을 주장했다. 금융을 모바일에 넣어야 한다고. 그 길이야말로 DG 인베스트가 미래를 선도할 기반이 될 거라고.

김문호는 미칠 것 같았다. 이 사람은 진짜 천재였다.

이 시점 누가 미래 금융을 이렇게까지 논할 수 있을까? 아직 서브프라임 모기지론도 터지지 않은 마당에.

앞서 AI를 논하고 빅 데이터의 중요성을 짚은 것도 전부 이 핀테크를 위한 복선 같았다.

금융을 모바일로 옮기겠다. 투자사답게, 투자사의 방식으로.

이것만도 숨쉬기 어려웠는데 정홍식은 한발 더 나아갔다.

"실은 이 건은 오늘 깨달은 건데 순전히 문호 씨의 상상력에 기인한 겁니다. 인공위성 말입니다. 그 중요한 걸 왜 그리 하찮게 여겼던가? 나름대로 인터넷 환경에 대해 선도한다며 말이죠. 제 말씀은 굳이 SPACE-X를 가지려 노력할 필요 있느냐는 겁니다."

"……?"

"아까의 대화를 통해 우리는 인공위성 사업은 단지 지분 몇 프로로 만족할 만한 규모가 아니란 걸 알았습니다. 일론 마스크란 놈을 상대로도 말이죠. 과연 그놈에게서 얼마나 많은 지분을 얻어올 수 있을까? 라고 봤을 때 '기회비용이 너무 크다'는 판단이 섰습니다. 그럴 바엔 차라리 구글의 방식을 차용하면 어떨까? 하고 말이죠."

"차리자는 건가요?"

장대운이었다.

"예, 겨우 돈 2억 달러 가진 놈이 덤볐습니다. 그에 비해 우리는 어떻습니까?"

"훨씬 더 좋은 환경이죠."

"그깟 로켓? 우리가 개발하겠습니다. 구글의 퇴사한 프로그래머들? 우리가 채용하겠습니다. 우리가 만들면 됩니다."

"흠…… 그것도 괜찮은 생각 같은데요. 온라인은 구글이 맡고, 모바일은…… 음, 퍼스널 링크라는 이름이 어떤가요? 모바일 결제나 모바일 은행 같은 건 라인 링크로 통일하고, 우주는 스페이스 링크로…… 왠지 인터넷 환경 부문 집합체가 그려지는데요."

"오오, 그것도 마음에 듭니다. 차라리 프로젝트를 그쪽으로 선회하는 게 나을 것 같습니다."

기존의 계획마저 수정할 만큼 DG 인베스트란 공룡이 우주에 관심을 보였다. 이런 식이라면 일론 마스크란 이름은 남아날 수가 없을 것이다.

역사 속으로 슝.

"예, 그대로 진행해 주세요."

"아주 재밌을 것 같습니다. 자, 다음은 미국 농산물 조합과 아르헨티나, 칠레 육가공품, 우크라이나 밀 사업인데요. 보스께서 지시한 대로 각국 정부와 협의를 이뤄 냈습니다. 대신 30

억 달러에서 50억 달러 수준으로 투자해 주기로 약속하고요."

"미국 농산물 조합은 까다롭지 않았나요?"

"시세보다 5% 더 쳐주겠다고 했습니다. 처음엔 반응이 좋지 않았는데 질질 끌면 자리를 박차고 나왔습니다. 몇 번 그러다 조합 하나와 계약했는데 조건을 두 배로 뻥튀기해 줬습니다. 소문이 났는지 캘리포니아 인근 농장들은 우리와 계약을 맺으려고 줄을 섰습니다."

"예, 앞으로 식량 문제는 국가 존망이 달릴 만큼 심대하게 다가올 거예요. 미리 준비해야 피해를 최소화할 수 있습니다. 돈 아끼지 마세요."

"걱정 마십시오. 우리만 빼고 전혀 위기감이 없습니다. 계약 자체도 어렵지 않고요. 유지하는 게 문제지."

"좋네요. 몽골 사업은요?"

"10억 달러 투자에 거의 공짜로 희토류 광산을 얻었습니다. 군인까지 동원해 길과 철로를 깔아 주더군요. 일당으로 10달러를 쳐줬더니 지원하는 사람도 넘치고요. 곧 시베리아 철도와 연결될 텐데 러시아 쪽과도 잘 풀려서 희토류는 블라디보스토크에서 조달할 수 있게 될 겁니다."

"정치 쪽 문제는 없죠?"

"몽골이든 러시아든 한 번 만날 때마다 뜨악하게 뿌려 줬습니다. 아주 생색 제대로 나게 말이죠. 이도 보스가 가르쳐 준 팁 아닙니까. 하하하하하하."

"좋네요. 먹일 땐 배 터지게 해 줘야 각인 되죠. 귀해지고요. 그럼 남은 건 이젠 메간과 라일리인가요?"

와인에 스테이크를 썰던 두 사람이 이쪽을 보며 귀를 쫑긋했다.

"메간이 할리우드의 큰손이고 매 하반기마다 수십 편씩 제작 의뢰 요청이 들어오는 거 아시지 않습니까? 아! 마블인가요? 그 만화책 캐릭터에 대한 판권이 마음에 드신다고 해서 메간이 전부 사들였습니다."

"오오, 그래요?"

"단지 그것만도 할리우드가 만화책 캐릭터에 관심을 뒀습니다. 라일리는 스탠퍼드부터 MIT까지 미국 공대생의 엔젤이 됐습니다. 스타트업치고 라일리의 심사를 받지 않은 기업이 없습니다. 요즘 그쪽 바닥에서는 라일리의 투자를 받으면 성공이라는 공식이 생겼다고 합니다."

이 말인즉슨 미국의 문화 컨텐츠와 미래 먹거리까지 다 쥐고 있다는 얘기였다.

"넷플릭스는요?"

"그 허접한 플랫폼에 왜 관심을 두시는지 모르겠지만 일단 49% 잡아 놨습니다."

"좋아요. 마음에 드네요."

장대운의 고개가 이쪽으로 돌았다.

"자, 문호 씨. 이제 어느 정도 DG에 대해 감이 잡히나요?"

"……음, 아직 잘…… 죄송합니다. 소화할 시간이 필요할 것 같습니다."

"그래요? 궁금한 게 있으면 메간과 라일리에게 문의해 보세요. DG 창립 멤버라 누구보다 잘 알아요."

"예, 감사합니다. 최대한 빠른 시일 내에 공부를 마치겠습니다."

"그럼 문호 씨는 됐고 이제 백악관 얘기를 해 볼까요?"

"기다리고 있었습니다."

"안 그래도 정 대표님이랑 상의가 필요했어요. 조지가 아주 고약한 걸 던져줬거든요."

"그래요? 뭐라고 했는데요?"

"곧 한반도 전쟁이 터질 거랍니다."

"예?!"

잠깐 대화가 중단됐다.

어이없는 표정의 정홍식을 필두로 백은호, 정은희, 도종현, 메간, 라일리까지 전부 놀라 곁으로 다가왔다.

장대운은 백악관에서 부시 부자에게 어떤 협박을 당했는지를 고스란히 전해 줬다.

다 들은 정홍식이 이마를 짚었다.

"하아…… 얄팍한 수인데…… 무시할 수가 없군요."

"그래서 그러라고 했어요. 또 통할지 모르겠는데 기대가 큰 것 같고. 이왕 이렇게 된 것, 이번 콘서트 무대 전에 후보를 세워 주는 것도 나쁘지 않을 것 같네요."

자기 진영의 후보를 지지해 달라는 부시 부자에 장대운은 이런 조건을 내걸었다.

무조건 달변가여야만 한다. 농담 잘하고 신상은 절대적으로 깨끗한.

그리고 후보의 컨셉은 내가 정한다.

부시 부자는 조건에 찬성했고 곧 그런 사람을 대령하겠다 했다. 우리 일정이 24일 콘서트이고 23일 리허설이니 적어도 내일까지는 만나야 할 것 같다고.

"어쩌실 생각입니까?"

"되도록 자주 만나야겠죠. 그런 모습을 보여 줘야 민들레도 인식하지 않을까요?"

"······괜찮겠습니까?"

"방법이 없어요. 조지의 능력이 예상보다 더 떨어져요. 제 밥그릇도 못 챙기는 덜떨어진 놈인지 몰랐어요. 다 제 책임이죠."

"그건 아버지 대부터 건 약속이지 않습니까? 부족한 조지를 탓해야죠."

"부족하니까 자기 부족한 걸 모르죠. 게다가 부시 일가도 물러설 곳이 없긴 해요. 이대로라면 미국을 망친 주범이 될 테니까요. 공화당 내 입지도 확 줄어들 테고요."

"하지만 언제까지 끌려다닐 수도 없을 노릇이잖습니까?"

"맞습니다. 너무 과한 요구입니다."

"흐음, 아무리 그래도 전쟁을 언급하다니······."

"정말 뻔뻔한 사람들이군요."

한마디씩 던지나.

"방법이 있나요? 우리 국력이 약한데."

"안 되겠습니다. 저는 저대로 저놈들한테 족쇄를 채울 방안이 있는지 살펴보겠습니다. 넋 놓고 있다간 우리 DG까지 내놓으라 할 판입니다."

"으음…… 그렇긴 하네요."

"아 참, 문호 씨."

정홍식이 돌아봤다.

"옙."

"아까 빠뜨린 게 있는데요. 족쇄 하니 생각나서요."

"예, 말씀하십시오."

"중국 내에도 DG 인베스트의 사업체들이 많다는 건 알죠?"

"예."

"브리핑한 기업 외에도 상당한 기업들이 포진돼 있어요. 결론적으로 말해 이 기업들은 중국 정부도 못 건듭니다."

"예?"

무슨 소리지?

중국은 공산당 1당 집권 체제였다.

기업체 정도는 기분에 따라, 정책에 따라, 마음대로 날려 버리는 게 가능했다. 그것이 설사 미국 기업이라도.

"중국이 가진 미국 채권을 우리가 담보로 잡고 있어요. 현재까지 모은 미국 채권과 앞으로 사 모을 미국 채권 권리의 50%를 잡았죠. 90년대 우리가 중국에 진출할 조건으로 말이죠."

"……!"

뭐라고?!

"당시 우리는 100%를 내놔라 했는데 협상에 의해 50%로 줄였고 대신 우리도 중국 내 주요 사업에 대한 진출을 허락받았죠. 차이나 모바일 지분의 40%를 이때 넘겨받았습니다. 패트로차이나의 지분 30%도 그 덕에 연계가 됐고요. 계약상 명확한 증거나 이유 없이 우리 기업을 건드는 순간 중국은 그동안 모아 둔 미국 채권의 50%를 포기해야 합니다. 매년 미국 상공부가 카운트하는 숫자의 절반을 말이죠. 그 내역을 지금까지 공유하고 있습니다."

"허어……."

저 중국의 목에 올무를 걸었다는 건가?

이런 일이 가능한가?

바보가 아닌 이상 절대로 맺어선 안 될 계약인데.

"사실 일이 이렇게 되고 보니 보스의 선견지명이 새삼 와 닿네요. 지금 중국이 가진 미국 채권의 규모가 약 1조 달러에 달합니다. 건들기만 하면 5천억 달러가 우리 손에 들어오는 거예요. 중국 내 사업체에 대한 권리는 잃겠지만 대신 미국의 목줄을 잡겠죠."

이게 또 이렇게 되는 건가?

"아……."

김문호의 입이 벌어졌다.

5천억 달러 규모의 채권이었다. 이 폭탄이 떨어지면 미국 경제는 이제껏 경험하지 못한 대폭락을 맞이할 것이다. 21C형 대공황을 말이다.

물론 늘 그러했듯 미친 듯이 달러를 찍어 내 위기를 모면하겠지만, 타격은 확실히 줄 수 있었다. 정권 교체도 또한.

'아니야. 이건 가상의 이야기다. 가상의 이야기.'

그런 일이 벌어져서도 안 되고 그런 기미를 보여서도 안 된다.

미국을 적성 국가로 돌리고 싶지 않다면 절대로 그런 일을 벌여선 안 된다.

하지만 입맛이 썼다.

'저쪽은 되고 이쪽은 안 되고.'

이 와중에도 장대운과 정홍식의 대담은 계속됐다. 몇 년 만에 만났음에도 바로 어제 헤어진 친구처럼 격식 없이 토론이 오갔다. 한미 관계부터 세계정세까지 밤이 늦도록 아주 진하게.

한반도 전쟁 건도 그렇게 미국의 대응을 보며 행보를 바꾸기로 했다.

다음 날이 밝았고. 우리는 점심나절이 되어서야 움직였는데 워싱턴 D.C에서의 하루가 아닌 비행기를 타고 뉴욕으로 향했다. 그 덕에 수행할 미래 청년당 인력들도 우르르.

목적지는 DG 인베스트였다.

"꺄악!"

"끼아아악!"

"빅 보스다!!"

"빅 보스가 오셨다!"

기쁘다 구주 오셨네~~~.

세상에 어느 기업의 직장 상사가 이런 환영을 받는지.

서로 달려와 눈 한 번 마주치려고 애를 쓴다. 좋아서 어쩔
줄 몰라 하는 직원들 덕에 곁에서 수행하는 김문호는 물론 도
종현, 당원 동생들도 표정이 어색해졌다.

'이게 뭐냐?'

'몰라요.'

'아~ 적응 안 돼.'

'저도요.'

한자리에 모인 건 5분도 안 돼서였다. 무엇을 기대하는지
잔뜩 설레 하는 그들을 향해 장대운은 길게 말하지도 않았다.
딱 한마디만 했다.

"오늘은 근무 끝."

"끼아아악!"

"믿고 있었어요!"

"역시 빅 보스!"

"최고!"

소란스러웠다. 무척 소란스러운데 이게 또 즐겁다.

잔뜩 소란스러움을 즐기던 장대운이 우리 쪽으로 돌아본
건 별안간이었다.

"뉴욕에 왔으니 뉴욕 스테이크 맛을 봐야겠죠?"

대답할 새도 없이 전부 이동.

익숙한지 회사 전화기는 물론 개인 전화도 울리든 말든 안
받는다.

도리어 전원을 꺼 버리는 행동도 서슴지 않는다. 또 그걸

아무도 탓하지 않는다.

얘들 트레이더 아닌가? 스테이크 하우스를 통째로 빌렸다고?

이미 준비하고 있었던지 착석하자마자 뜨끈뜨끈한 스테이크가 착.

3cm는 족히 되는 두께였다. 그걸 숭덩숭덩 써는데 동생들은 이게 뭔지 하면서도 한입 머금고는 코 평수를 키운다. 으흐으으으음~~~.

파티는 이제 시작이었다.

한창 먹고 있는데 무슨 시상식을 한다고 부산스럽다.

뭐라 뭐라 하더니 올해 1등에게 1천만 달러짜리 수표와 석 달 휴가권을 수여한다. 시티 뱅크 마크가 제대로 찍힌 새삥 수표에 여행 상품권이라니.

김문호는 순간 잘못 본 줄 알았다.

'1천만 달러? 120억이라고? 성과급이?'

그게 끝이 아니었다. 계속되는 수상 행렬…… 2등, 3등, 4등, 5등 돈을 막 퍼부어 댄다. 제일 꼴찌, 마이너스를 기록한 직원에게도 10만 달러가 투척.

스테이크 하우스가 열광의 도가니가 되는 건 시간문제였다. 저들이 빅 보스를, 장대운의 등장을 왜 그렇게도 반기고 기뻐하였는지 왠지 알 것 같은 기분이었다.

'누가 싫어할까? 저렇게 뿌리고 잘해 주는데.'

재밌는 건 DG의 핵심인 정홍식과 메간, 라일리의 반응이었다.

돈 1천만 달러에도 시큰둥하더니 부하 직원들이 기뻐서 방방 뜨는 걸 보고서야 비로소 웃는다. 그러고 나서야 겨우 기뻐했다.

그게 희한했다. 장대운은 이걸 이렇게 설명한다.

"메간과 라일리도 이제 주변이 기뻐야 자기도 기쁜 경지인 거죠. 바람직한 방향성이에요. 혼자만 잘살면 무슨 소용이래요? 다 같이 부자 돼야죠. 이게 내가 가끔이라도 미국에 올 때마다 DG에 꼭 들르는 이유예요. 보세요. 돈 번 보람이 팍팍 생기잖아요. 하하하하하하하하하."

있는 자리에서 250억 가량 쏘고 목젖이 나오도록 웃는다.

하긴 이 사람은 돈 몇천억도 문제가 아니다. 돈 10조 원도 쓰고자 하면 그 자리에서 결정한다.

김문호는 속으로 혀를 찼다.

이제 좀 알 것 같으면, 이제 좀 가까이 다가갔다 싶으면, 그때마다 장대운은 저렇게나 멀리 있음을 알려 준다. 더 분발하라고. 그 정도 노력으로는 아직 멀었다고.

신기루 같은 남자였다.

세상에 존재하지 않을 허상 같은 남자.

그런데 왜 또 이렇게 즐거울까?

눈앞에서 1천만 달러 받은 사람과 10만 달러 받은 사람이 서로 엉켜 놀고 있었다. 김문호도 그랬다. 아무것도 받지 않고 주지도 않았음에도 꼭 자기가 받고 자기가 준 것처럼 좋았다.

고기도 맛있고 맥주도 좋고 분위기도 좋고…… 아아, 미치겠다.

"이쪽으로 오고 있답니다."

파티가 끝나고 DG 직원들이 모두 퇴근했을 즈음 우리도 워싱턴 D.C로 갈까 폼 잡고 있는데 정홍식이 전했다. 공화당에서 사람이 오고 있다고.

잠시 기다리자 수행원 몇몇과 함께 흰머리 백인이 한 명 걸어왔다.

아마도 부시 부자가 보낸다는 그 사람일 것이다.

그런데.

'으응? 어디서 본 것 같네.'

거 머시냐. 기억 속 어느 영화배우와 닮았다. 나중에 나올 헝거게임에 출연하는 도날드 서덜랜드 같은. 웃으니 더 흡사하다.

"찰스 그랜즐리입니다."

"장대운입니다."

악수하는데.

정홍식이 곁에서 찰스 그랜즐리의 약력을 읽는다.

"1958년부터 하원 의원 생활을 시작했습니다. 1978년 연방 하원까지 아이오와에서만 11선을 한 경력이 있습니다."

뭐, 11선?! 김문호는 깜짝 놀랐다.

11선이란다. 11번이나 하원 의원을 했다는 것. 하원 임기가 2년이니까 22년 동안 한 번도 빠진 적이 없다는 것 아닌가.

22년간 한 번도 진 적 없다는 것.

저 아이오와 하원에서는 당할 자가 없다는 것.

정홍식의 소개는 계속됐다.

"1980년부터 아이오와 주 상원 의원에 도전하여 이번 2004 년 선거까지 5선입니다."

김문호의 시선이 절로 찰스 그랜즐리에게 꽂혔다.

약력대로라면 1958년부터 2004년까지 단 한 번의 패배도 없다는 얘기였다.

무패의 남자. 아이오와에서는 무적.

미국 대통령이 이를 갈고 덤비는 사안이라 보통은 아닌 사 람이 올 거란 예상은 했지만, 이 정도면 규격 외였다. 더할 나 위 없는 후보.

"부름 받고 이렇게 달려왔습니다. 장대운 님."

"나와 파트너가 되실 분이십니까?"

그러나 정작 둘 사이의 대화는 간결하기 그지없었다.

"파트너라니요. 무엇이든 시켜 주십시오. 전부 해낼 수 있 습니다."

"일을 하기 위해 오셨다? 흐음, 그것이 설사 공화당을 공격 하는 일이 될지라도 말인가요?"

"예, 다소 피해는 있을지언정 결국 도움될 걸 알고 있습니 다. 그게 장대운 님의 방식이라는 것도요."

"그렇군요. 그 믿음이라면 한번 해볼 만하겠군요."

두 사람 첫 만남 아니었던가?

왕과 신하라고 해도 과언이 아닐 만큼 찰스 그랜즐리는 저 자세였다. 그러면서도 비굴하지 않았고 당당했다.

장대운도 마찬가지였다. 찰스 그랜즐리의 높임을 당연하게 받았다. 아주 도도하게.

김문호도 일면 이해가 가긴 했다.

찰스 그랜즐리가 비록 아이오와 주의 대체 불가한 존재이긴 하나 전국적 지명도는 낮았다. 기억에 없는 걸 보면 중앙과는 연이 없던 사람.

그러나 미국 정치인 중 백악관의 주인을 꿈꾸지 않은 사람이 있던가?

백악관은 미국뿐만 아니라 세계의 정점이다.

그에게도 드디어 기회가 온 것이다. 변방의 남자에게도…… 저 작은 아칸소의 빌 클린턴을 대통령을 만들고 조지 부시의 재선까지 이룩한 희대의 아이콘과 함께 갈 기회. FATE의 파트너가 될 기회.

자신이라도 허리 굽혀 호감을 얻기에 주저하지 않을 것이다.

장대운은 그런 찰스를 데리고 뉴욕 시내를 거닐었다. 무언가 이벤트도 없이 같이 핫도그 사 먹고 스타벅스 커피를 테이크아웃 하여 센트럴 파크 벤치에 앉아 정답게 담소를 나눴다.

그러곤 끝.

아무것도 없이 헤어졌건만 다음 날, 뉴욕 타임스, 워싱턴 타임스 1면에 대문짝만하게 실렸다.

【오후 뉴욕의 거리를 거니는 FATE 옆 상대는 누구? 새로운

친구?】

【FATE, 센트럴 파크에서의 여유로운 한때. 옆에서 웃는 사람은 누구일까?】

【FATE와 데이트한 사람의 정체를 밝히다. 아이오와주 상원 의원 찰스 그랜즐리】

【백악관 초청 이후 정치인과의 만남을 자제한 FATE가 그랜즐리 상원 의원만 유독 만난 이유는?】

【FATE와 찰스 그랜즐리. 두 사람의 관계를 짚어 보다】

【속보. 아주 오래전부터 팬이었다. FATE는 나의 우상. 찰스 그랜즐리 상원 의원과의 인터뷰】

【찰스 그랜즐리 상원 의원, 조만간 한국으로 들어갈 예정. FATE의 초청을 받았나?】

【찰스 그랜즐리 상원 의원, FATE 콘서트에 초대받다. 감격스러운 날입니다】

그저 같이 거닐고 주전부리했을 뿐인데.

미국 언론이 들썩인다.

FATE 양념이 한 번 스친 것만으로도 무명에 가까웠던 찰스 그랜즐리란 이름이 미국 전역을 떠들썩하게 했다.

당연히 민들레도 반응을 보였다.

FATE와 친한 사람 = 착한 사람 = 우리 편

온라인을 타고 여론이 움직이기 시작했다. 여론의 흐름을 본 언론은 더 신나서 찰스의 이름을 드높였다. 그의 성공 스토리를 펼쳤고 생산에 재생산을 거듭했다.

근 50년을 뼈 빠지게 닦아도 아무도 몰랐던 그의 업적이 세상에 드러나며 일약 전국구 인사가 됐다.

그러든 말든 몰려드는 기자든 정치인이든 장대운은 일체 외부와의 접촉을 거부한 채 남은 기간 동안 콘서트 준비에 몰입했다.

멤버들 불러다 연습했고 현장에 방문해 마이크 세팅 하나까지 전부 관여하고 몇 번을 반복하며 체크해 댔다.

콘서트 무대인 링컨 기념관은 돔으로 덮여 있었다. 사각형의 돔.

겨울이라서인지 콘서트 때문인지 길이 690m의 인공 호수 리플렉팅 풀(Reflecting pool)은 바닥을 드러내었고 그 한가운데로 공연 무대가 건설된 구조인데 돔으로 인해 파르테논 신전을 형상화한 기념관과 그 맞은편 오벨리스크를 볼 수 없다는 단점이 있었지만, 내부가 따뜻한 게 그 단점을 상회하고도 남았다. 보안 문제도 그렇고.

'여기에서 영화 포레스트 검프를 찍었다지? 마틴 루터 킹 목사의 연설도.'

역사 속의 한 곳에 있다 생각하니 김문호도 감회가 새로웠다.

그렇게 이틀을 꼬박 리허설까지 꼼꼼히 마치고.

콘서트 당일. 우리는 또 한 번 기적을 보았다.

"저기 보세요."

"어디?"

"저기, 저기요!"

정은희가 가리키는 곳 전부가 온통 노란색 일색이었다. 검은회색빛 아스팔트는 하나도 보이지 않았고 길부터 주변 주택, 빌딩, 경관까지 전부 민들레로, 민들레 꽃잎으로 뒤덮여 있었다.

가히 장관이었다.

"내려야겠군요."

장대운은 그곳을 버스로 통과할 수는 없다 하였다.

모두가 내렸다. 공연단이 내리자 앞뒤를 따르던 경호대도 전부 하차해 주변을 감쌌다.

"우와~."

"이게 민들레꽃 길?"

"나 이런 건 처음 봐."

입구까지 최소 300m 전방이 전부 노란색이다. 일절 다른 색은 없는 오로지 노란색.

그 길을 걸었다. 잘게 부서지는 꽃잎을 밟으며.

주변은 장대운이 내린 순간부터 온통 흥분의 도가니였다. 공연장에 들어가지 못한 민들레들이 소리치며 울고 그 소리를 들은 콘서트장도 웅웅 울릴 만큼 격정으로 휘몰아쳤다.

이게 FATE였다. 이게 장대운이었다.

그러던 중 족히 천에 달하는 인파가 민들레꽃 길을 막아섰다.

아니다. 막는 게 아니었다.

가운데로 길이 열리며 십수 명이 다가왔다.

장대운이 걸음을 멈추자 왕관을 씌우고 벨벳의 로브를 입힌다. 오른손엔 반짝이는 왕의 홀을 쥐어 줬다. 그 순간 길을 덮은 모든 민들레가 무릎으로 자세를 낮추며 입구를 가리켰다. 저리로 가시라고.

정적이 흘렀다. 누구도 울지 않고…… 아니, 울음을 참고 새어 나오는 소리를 참고 북받치는 심장을 누르며 길을 열었다.

왕의 귀환이었다.

FATE 10집 : Viva la Vida의 한 장면이 떠오르는 듯한 고귀함.

장대운은 그 뮤직비디오를 마지막으로 은퇴를 선언했다.

그러나 오늘 돌아왔다. 저벅 저벅. 당당히 걸었다.

천 명이 가로막은 중심을 그대로 들어간다. 길이 저절로 열린다. 입구를 가로막은 삼엄한 보안 검색대도 감히 그의 걸음을 저지할 순 없었다.

돔 내부도 숨소리조차 나오지 않았다.

저벅 저벅. 계단을 타고 장대운은 올랐다. 가장 높은 곳으로. 가장 잘 보이는 곳으로.

그렇게 콘서트 무대에 올라서는 순간 장대운은 오른손에 든 홀을 높이 들어 올렸다.

"꺄아아아아아아악~~~~"

"키아아아아아아아아~~~."

터져 나온 비명 위에. 장대운의 음성이 얹어졌다.

"I missed you."

Chapter. 31

2시간으로 예정된 공연이 앙코르 속에서 3시간을 더 이어
졌다.

자그마치 5시간의 공연. 녹초가 됐을 법한 데도 민들레의
표정엔 '그래도 아쉽다'는 감정이 가득했다.

돔 바깥 상황도 마찬가지였다. 공연장에 못 들어온 이들을
위한 전광판이 4면에서 공연 실황을 중계했다고는 하나 언제
나 그렇듯 스타와의 만남은 아쉬움만 남긴다. 그것이 얼마나
화려했던들 꿈결처럼 지나가 버리고 만다.

다음 날 모든 뉴스가 일제히 왕의 귀환을 알렸다.

헤드라인으로 FATE가 손을 번쩍 치켜든 모습을 내보내며

광란의 콘서트에 U.S.A가 울부짖었다 외쳤다. 21C를 대표하는 위대한 아티스트가 드디어 돌아왔다며 한껏 드높였다.

출연진마저 어마어마했다.

FATE 콘서트는 스타들의 향연이었다. FATE 앨범에 참여한 글로벌 스타 외에도 미국을 대표하는 명사들까지 총집합.

경제계 거목들까지 달려와 한 자리에서 즐겼다. 애플의, 마이크로소프트의, 킴벌리클라크의, 스타벅스의, 3M의, AT&T의, 인텔의, 엔비디아의, 구글의, 아마존의, 할리우드를 대표하는 면면들.

그들이 대거 출현하여 자리를 빛냈고 이 중 정치인은 오직 찰스 그랜즐리밖에 없었다.

찰스 그랜즐리는 FATE의 친구로서 미국인들 머릿속에 인식됐다.

"이제 출발할까요?"

"비행기가 대기 중입니다."

오늘은 크리스마스였다. 칠면조에 미트 파이, 에그노그 같은 미국식 한상차림을 볼 새도 없이 우리는 미국을 떠나야 한다.

바로 지금 롸잇 나우.

그나마 다행인 건 찰스 그랜즐리를 한껏 띄운 것이 마음에 들었는지 부시 대통령이 보결 에어포스원을 한국에 돌아갈 때까지 이용할 수 있게 배려해 주었다는 것이다. 화물기 또한 여벌로 한 대 더 내주었다.

"휘유~."

"꽉 찼네요."

호텔 앞은 민들레밭이었다.

떠나는 FATE의 마지막까지 배웅하려는 민들레의 정성이라 이번엔 장대운 외에도 일행들마저 전부 다가가 그들과 함께하였다. 고작 며칠이었지만 민들레와 장대운의 관계가 어떤지 충분히 경험했고 장대운과 민들레가 어째서 그토록 서로에게 마음 쓰는지도 잘 알았다.

1시간 정도 이별을 나누었던가?

공항 도착 시각이 예정보다 1시간이나 늦었지만, 우리를 기다리는 건 여객기가 아니라 전용기였다.

도착과 동시에 슝~ 날아 독일 쾰른 공항에 안착하니 사위가 어느새 어둠에 싸여 있었다.

물론 쾰른 공항에서도 난리가 났다.

수천의 민들레가 진을 치고 FATE를 부르짖었고 우리는 또 아침에 했던 것처럼 그들 속으로 들어가는 장대운의 등을 봐야 했다.

지칠 만도 한데…….

곁에 서 있는 것만도 기가 빨리는 기분인데도 어느 순간부터 '저 정도니까 월드 스타구나' 하고 인정이 되기도 했다.

"극한직업이야. 월드 스타란 건."

숙소는 J&K 측에서 마련한 저택이었다.

김문호는 이 순간 또 기가 막혔다.

저택이 커서 기가 막힌 게 아니라 저택을 둘러싼 도시 때문이었다. 완전한 독일풍인 쾰른시에서 약 30분 떨어진 곳에 한국이 있었다. 이름도 코리아 시티란다.

쾰른시의 일부인데도 경계를 넘어서는 순간 한국이 나온다. 도시 전반에 흐르는 향기도, 분위기도 전부 한국.

"어서 오십시오. 장 총괄…… 장대운 의원님."

"하하하하하, 회장님 그동안 무탈하셨습니까?"

"저야 여기에서 제2의 인생을 사는데요. 우리 장 의원님께서는 쉬지도 못하고 고생이 많으십니다."

"아니요. 모처럼 나온 거라 세포 하나하나가 다 살아나는 느낌입니다."

"그런가요? 하하하하하, 역시 장 의원님이십니다."

J&K 강신오 회장이 대표로 나와 인사하였다.

80년대 중반 청운의 꿈을 안고 이곳 독일 쾰른으로 날아와 깃발을 꽂은 남자.

파워스라는 에너지 음료 하나로 독일을 제패하고 유럽을 석권하고 코카콜라의 아성을 무너뜨린 신화적인 남자.

'음…….'

하지만 회귀자인 김문호가 보기에는 이도 조금 석연찮았다.

J&K의 대표 에너지 음료이자 지금의 J&K를 만든 초대박 제품인 파워스는 레드불과 아주 흡사했다. 그리고 이 세상엔 원래 판을 치고 있어야 할 레드불이 없다.

왠지 레드불의 자리를 차지한 느낌인데.

어쨌든 한국의 에너지 음료인 바커스를 기반으로 타우린

과 카페인, 탄산을 첨가, 캔 음료로 낸 것이 파워스인데 지금은 파워스의 업그레이드 버전인 몬스터 파워스가 새로운 바람을 일으키고 있다고 한다. 물론 이도 석연찮다.

여튼 창립 20년 만에 초거대기업이 된 J&K의 지분 50%를 장대운이 소유하고 있다고 한다.

전에 장대운이 잠깐 말해 준 적 있었다.

초창기 음반 수입으로 번 돈의 대부분을 박는 바람에 주변의 우려를 많이 샀다고. 이렇게 대박이 날 줄은 아무도 몰랐다고. 공장 부지를 알아보러 다닐 때만 하더라도 앞이 깜깜했는데 쾰른시가 도와주고 전폭적으로 밀어주지 않았다면 J&K도 이만큼 성장하기 어려웠을 거라고.

실제로 당시 쾰른시는 푼돈에 50만 평을 불하해 줬고 그걸 기반으로 코리아 시티는 200만 평에 달하는 도시로 성장했다. 파독 한인 사회의 중심이 됐고 자랑이 되어 갔다.

경제뿐만 아니라 교육까지 논스톱으로 해결하는 도시.

어느새 유럽의 코리아타운으로 불리고 있었다.

"자, 즐길까요?"

"좋죠. 오늘은 크리스마스인데요."

도시 전체에 성대한 파티가 열렸다.

유럽인의 시각으로 아주 늦은 시간임에도 코리아 시티는 불야성같이 밝았고 많은 사람들이 거리로 나와 장터를 즐겼다. FATE의 방문을 환영했다.

김문호도 아주 좋았다. 어릴 적 야시장이 서면 그렇게나 홍분됐는데.

동생들과 같이 거리로 나가 이 밤을 즐겼다. 서울에 있는 원장 어머니와 보육원 동생들까지 무척 보고 싶을 만큼 이국의 밤거리는 낭만적이었다.

다음 날에는 유럽의 귀빈이 방문하기 시작했다.

쾰른시장을 필두로 독일 총리가 시작을 알리자마자 프랑스, 스페인, 이탈리아, 폴란드, 체코, 벨기에, 덴마크 총리급들이 앞다퉈 달려와 면담 시간을 가졌다. 투자와 상생을 논했고 언제 한번 자기네 나라에 방문해 주지 않겠냐는 제안도……. 그 와중에 영국만이 푸대접 받았다. 찬바람만 쌩쌩~ 영문을 모르겠다는 그들을 두고도 장대운은 별말 없이 있다가 정해진 시간이 되자마자 일어났다. 시선 한 번 안 주고.

이도 강행군이었다. 수행하는 모두가 몸이 축날 만큼.

DG 정홍식 대표가 따라와 교통정리 해 줘서 망정이지 다이렉트로 붙었다면 난감한 순간이 아주 많았을 것이다. 사실 이 부분에서 김문호가 가장 많이 놀랐다. 정홍식의 인맥과 처리 능력.

누가 찾아오든 다 안다. 사돈의 팔촌까지 꺼내며 친분을 과시했고 때론 그 친분으로 휘둘렀다. 어떤 방문자도 그 그물에서 벗어나질 못했다. 어떨 때는 주인공인 FATE보다 정홍식에게 더 엉기는 경우도 있었다.

단언컨대 대한민국 어떤 인물도 이보다 더 깊숙하게 세계 정계에 관여한 사람은 없을 것이다.

'국내는 오필승이, 세계는 DG가 맡는다더니 괜한 허세가

아니었어.'

김문호로서도 시야가 넓어지는 기분이었다.

저 좁은 한반도에서도 절반이 뚝 잘린 땅에서 아웅다웅한 게 다 부끄러울 만큼 세계 무대에서 날뛰는 정홍식은 멋있었다.

그렇게 하루를 더 온전히 귀빈들을 맞이하고 관광 겸 하루를 쉰 일행은 다음 날이 되어 리허설을 위해 라인에네르기 슈타디온으로 향했다.

FC쾰른의 홈구장이었다. 50,374명 수용 가능한.

"이 정도면 10만 명도 거뜬하겠는데요."

무대 자체는 미국보다 작았지만, 공연 무대를 줄이는 대신 스탠드석을 넓혔다. 더 많은 인원을 수용할 수 있도록.

게다가 특별히 이번만큼은 TV 생중계도 허용했다. 유럽은 기본으로 아시아, 아메리카, 아프리카, 전 세계의 방송사들이 이 공연을 송출하기 위해 방송팀을 보냈다.

그리고 D-Day.

이른 아침부터 노란색 라인이 라인에네르기 슈타디온을 감싸기 시작했다. 한 줄도 모자라 두 줄, 세 줄로…….

이 장면을 담기 위해 방송사들은 헬기를 띄우고 민들레로 들어가 인터뷰를 하고 방송 장비를 재점검하는 등 소란을 떨었다.

날도 좋았다. 오늘은 2004년을 마무리하는 마지막 날. 그것도 금요일이다.

라인에네르기 슈타디온 앞마당은 축제였다.

사진 찍고 FATE 노래 부르고 춤추고…….

코리아 시티는 이날을 위해 슈타디온 앞마당에 한국 장터를 열었다. 수십 개의 부스에서 한국 문화를 체험하는 이벤트를 꾸렸고 또 수십 개 부스에서 한국 음식을 판매했다. 또 FATE의 여러 모습이 담긴 실물 사진 등신대를 수십 개나 세워 기다리는 동안 힘들지 않게 배려해 줬다.

그리고 입장 시각. 공항 수준의 보안 검색대를 거친 민들레들이 서둘러 자기가 원하는 자리를 차지하기 위해 뛰었다. 특별석은 스탠드석 중에서도 맨 앞줄이다.

하나둘 민들레가 쌓여 갈수록 사위는 점점 더 어두워졌고 코리아 시티에서 지원 나온 이들마저 부스 정리를 마칠 즈음엔 완연한 밤이 되었다.

분위기가 고조되며 FATE가 등장. 여지없이 환호가 터졌다.

기대감이 물씬물씬.

그러나 예상과는 달리 첫 곡의 인트로가 나오지 않았다. FATE 콘서트는 보통 등장과 함께 노래부터 한 곡 부르고 나서 시작인데 어쩐지 전광판에 비친 FATE는 슬퍼 보였다.

FATE가 마이크를 잡았다.

무슨 말을 하려나 보다. 모두가 주목했다.

"여기 영국 사람이 있나요?"

뜬금없는 질문에도 영국에서 온 듯한 이들이 손들었다. 자기가 영국인이라고.

FATE가 다시 물었다.

"이곳에 모인 영국인들은 전부 자기를 표현해 주세요."

그러자 훨씬 더 많은 수가 손들어 자기를 표현했다.

FATE가 말했다.

"지금 주변의 분들은 영국인이라고 손든 분들을 바라봐 주세요. 두 눈으로 얼굴을 담아 주세요."

영문을 모르겠지만 시키는 대로 하는데. 가운데 4면을 향하는 전광판에서 일제히 장면 전환이 일어났다.

어떤 제품이 나왔다. 옥신사의 로고가 박힌. 정확히는 레킷벤킨저 회사 로고가 박힌.

FATE 손에도 어느새 들려 있었다.

"이 제품에 대해서 먼저 짚고 가려 합니다. 이것은 가습기 살균제입니다. 레킷벤킨저 사가 2001년부터 한국에서 절찬리에 판매한 상품이죠. 레킷벤킨저 사는 2000년에 한국의 화학 기업 중 하나를 인수했는데요. 이름이 옥신레킷벤킨저입니다. 제가 이 자리에서 이걸 꺼낸 이유는 다름 아닌 이 제품의 주요 성분에 PHMG라는 물질이 들어 있기 때문입니다. 흡입 시 인간의 기관지와 폐를 녹이고 폐 섬유화를 진행시킬 수 있는 극독성 물질이 말이죠."

어리둥절한 가운데 장면이 또 전환됐다.

갓난아이가 병상에서 호흡기를 달고, 임산부, 노인, 청년할 것 없이 호흡기에 의지하고 있는 사진이 지나갔다.

공연장에 작은 비명이 울렸다.

그제야 영국인이라고 자랑스럽게 손든 사람들이 눈치를 보며 하나둘 손을 내렸다.

"신고된 사망자만 1,740명, 부상자가 5,902명에, 노출된 자는 셀 수 없는 얼토당토않은 화학 재해가 제 모국인 대한민국에서 일어났습니다."

모두가 입을 막고 기함했다.

인공호흡기를 단 아기와 그 아기를 눈물로 돌보는 엄마가 영상으로 나왔다. 쉴 새 없이 눈물짓는 모습이.

어떻게 저런 일이 일어날 수 있냐는 반응이 나왔다. 각국 방송사도 그 영상을 그대로 송출했다.

"더 끔찍한 건 피해자들이 저런 사고를 당한 것이 전부 가족에 의해서라는 겁니다. 그저 건조한 공기에 깨끗한 수분을 공급하기 위해 이 살균제를 넣었는데 내 아이가, 남편이, 부모님이 ……. 저리된 겁니다. 억장이 무너집니다. 저도 제 아내가 저를 위해 가습기에 이 살균제를 넣는 걸 봤습니다."

이 대목에서 전부가 경악했다.

두렵고도 참혹한 소식에 놀라기는 했지만 감은 좀 멀었다. 마치 난민들의 고통을 보며 가슴은 아프지만, 자기 생활과는 관계없이 느껴지는 것처럼.

하지만 FATE가 저 사진들의 주인공이 될 뻔했다는 말에는 그럴 수가 없었다.

심장이 덜컹 내려앉았다.

옥신레킷벤킨저라고? 레킷벤킨저라고?

전투력이 마구 치솟았다.

"현재 이 일과 관련된 한국의 모든 기업이 그 대가를 치르고 있습니다. 모든 자산이 동결되었고 관여자는 출국 금지 조치가 내려졌죠. 배상에 대한 소송도 들어갔습니다."

당연히 그래야 한다고 누군가가 외쳤다.

모두가 고개를 끄덕였다.

응분의 대가를 받아야 한다고 동의해 줬다.

"하지만 아무리 많은 배상을 받는다 한들 죽거나 평생을 호흡기를 달고 살아야 할 운명에 비한다면 터무니없이 적겠죠."

고개를 끄덕이며 눈물을 흘리는 이들이 많아졌다.

민들레는 여성이 절대적으로 많았고 여성의 공감력은 세계 공통이었다.

"그런데 여기까지였다면 저도 이 문제를 굳이 이곳에까지 끌고 오진 않았을 겁니다."

또 뭐가 있다고? 무슨 일이 있는 건지 모두가 귀를 기울였다.

"레킷벤킨저 사의 로비를 받은 건지 영국 정부가 옥신레킷벤킨저 사에 대한 자산 동결을 풀라고 한국 정부에 압력을 가했습니다."

"왓?!"

"왓 해픈?!"

"말도 안 돼."

"오우, 지저스!"

"무려 다섯 차례나 외교적으로 가만히 있지 않겠다는 걸 강조하였고 그도 모자라 자국 내 거주하는 한국인들에게 불이익을 주겠다고 협박했습니다."

"오 마이 갓!"

"영국이?"

"무슨 이런 개 같은……."

"왓 더 퍽!"

"아 유 크레이지?"

점점 더 분위기가 주위에 있는 영국인들에게 험악해졌다.

말은 안 했지만, 유로존 내에서도 영국에 불만을 가진 국가들이 꽤 많았다.

FATE는 외쳤다.

"이게 정말 영국인의 본모습입니까? 독극물이 든 걸 알면서도 뻔뻔하게 판매한 거로 모자라 아무런 죄도 없는 한국인을 볼모로 잡다니요. 이 일로 인해 수많은 이가 목숨을 잃고 평생 불구로 살아야 합니다. 제 사랑하는 모국의 형제들이 지옥 같은 삶으로 떨어졌습니다. 단지 돈 몇 푼 때문에! ……여러분, 도대체 우리가 무엇을 잘못했습니까? 그에 대한 대가를 치르라는 게 잘못입니까? 여기 어디에 외교적 분쟁 거리가 있습니까? 이런 마당에 제가 영국인들 앞에서 태평하게 노래를 불러야 합니까?"

"안 돼요!"

"부르면 안 돼요!"

"영국이 다 잘못했어요~."

"영국이 문제예요!"

"영국인은 나가라!"

"영국인은 나가라!!"

"영국인은 나가라~~~~~~~~~~~~."

"Get Out! 브리티시!!"

그 순간 얼 타던 사람들도 FATE가 어째서 시작 전에 영국인을 봐 두라고 한 건지 깨달았다.

들고 일어났다. 옆자리에 있는 영국인들에게 출입문을 가리켰다.

겟 아웃!!! 수백 곳에서 이런 장면이 연출됐다. 그 장면이 여과 없이 생중계되었다.

여기에 장대운은 5천t짜리 폭탄을 던졌다.

"난 그대들에게 잘못이 없는 줄 압니다. 그것이 나를 무척 속상하게 합니다. 내 입으로 민들레에게 나가라고 할 날이 올 줄은 정말 꿈에도 몰랐으니까요. 하지만 기억해 주십시오. 난 결코 그대들에게 이런 짓을 하고 싶지 않았습니다. 돈 몇 푼에 수천 명을 죽게 하고 다치게 한…… 수십만 명의 생명을 위태롭게 만들고도 비열한 수단으로 압력을 가하는 그대들의 국가에 치를 떨뿐입니다. 신사와 숙녀를 천명하며 이루 말할 수 없는 인종 차별의 현장이 역겨울 뿐입니다. 이 장면을 지켜보고 있을 우리 민족의 분노를 외면할 수 없을 뿐입니다. 나는 그대들을 미워하지 않습니다. 그러니 부디 조용히 나가 주세요. 미안합니다."

허리를 90도로 굽혔다.

민들레도 알았다.

여기 있는 대다수의 영국인이 민들레란 걸. 민들레니까 바

다 건너서까지 이곳으로 왔고 사건과도 아무런 관계가 없다
는 것도.

영국인 탓으로 돌리긴 했다지만.

FATE가 저리할 수밖에 없는 사실도.

인정했다.

이 사건은 인종 차별적 관념이 제반에 깔리지 않았다면 절
대로 일어나지 않았을 인재(人災)란 걸.

만일 영국에서 이런 일이 벌어졌다면?

미국에서 벌어졌다면?

프랑스, 독일, 다른 곳에서라면 어땠을까?

이 의미를 깨달은 영국 민들레는 머리를 싸잡고 절망에 빠
졌다. 주저앉아 하늘을 보았다. 라인에네르기 슈타디온 장내
가 순식간에 조용해지며 싸늘해졌다.

결국 영국 민들레는 고개를 숙이며 바깥으로 나갔다. 단숨
에 몇천 명이 빠져나갔음에도 장내는 출렁이기만 할 뿐 별 티
도 안 났지만.

적막이 흘렀다. 10만에 달하는 인원이 모여 있음에도 누구
하나 입을 여는 이 없었고 마구 흔들리던 경광봉마저 빛을 잃
고 허리 아래로 내려갔다.

이곳이 FATE 콘서트장이라니.

이런 일은 단 한 번도 없었다.

"힘이 빠집니다. 이렇게나 비극적인 사건이 우리 앞에서
일어날 줄이야……. 제가 일을 이렇게 만들었습니다. 여러분

께 다시 한 번 사죄의 말씀을 드립니다. 다 제 잘못이고 다 제가 나쁜 겁니다. 이 일을 어떻게 갚아야 할지 모르겠습니다. 죄송합니다. 어쩔 수 없이 첫 곡은 잔잔히 시작하겠습니다."

전주가 흘렀다.

첫 곡은 8집에 수록된 Change The World였다. 조용길이 부르는.

잔잔한 기타 선율이 흘러나오며 첫 소절이 시작되자마자 민들레는 본능적으로 무대 중앙으로 시선을 돌렸다.

Change The World는 FATE 최대 히트곡 중 하나로 1991년과 1992년 세계 가요계를 삭제시킨 명곡이었다. 이 곡이 수록된 8집은 공식 집계만 5,160만 장이 팔렸고 10년이 지난 지금까지도 회자되며 수많은 아티스트들의 영감에 영향을 줬다.

물론 이 곡 하나에 받은 상처가 회복되진 않겠지만, FATE는 문을 두드렸다.

곡이 끝났다.

"……?"

"……?"

"……?"

그런데 또다시 Change The World가 시작됐다.

이번엔 왠지 모르게 조용길의 음색이 더 잘 들렸다. Change The World 특유의 리듬감도.

그에 따라 박자를 맞추는 민들레들이 조금씩 늘어 갔다.

조용길도 조금 더 힘내서 관객들에게 가까이 다가갔다.

분위기가 한결 가벼워진 느낌. 암운이 걷히듯 라인에네르기 슈타디온이 조금씩 조금씩 무거운 짐을 덜기 시작했다.

"……!"

"……!"

"……!"

그런데 다음 곡도 Change The World였다.

무언가 실수가 있나? 어리둥절하면서도 위대한 명곡이 주는 심플함에 젖어 드는 민들레의 수가 폭발적으로 늘어났다. 조용길의 입에서도 애드리브가 나왔다. 반주도 더 강하게, 세션의 기타가, 드럼이 참여하며 리듬감을 증폭시켰다.

그제야 민들레도 경광봉을 리듬에 맞게 흔들었다.

가만히 Change The World가 주는 흥겨움을 즐겼다.

그러고 나서야 다음 곡이 변했다. Shape of My Heart. 이도 조용길이 불렀는데 어느새 따라 부르는 이들이 생겼다.

그다음에는 Don't Worry Be Happy의 전주가 나왔다. 하얀 머리의 김도향이 등장하자 드디어 환호가 터졌다.

다음엔 패틴 김의 The Power of Love가 울려 퍼졌고 다음엔 뜬금없이 Macarena가 나왔다. 쌍둥이 가수 수와 준과 김완서가 합작해서 춤을 춰 대자 모두가 율동을 따라 하기 시작했다.

암흑이 거의 걷혀 갔다.

화룡정점은 김현신의 Smooth.

전주부터 청각을 잡아끄는 매력적인 기타의 선율과 김현신 특유의 거친 음색이 아우러지자.

"꺄아아아아아아아악~~~~~~~~~~~~~~~~~."

"끼아아아아아아아아아~~~~~~~~~~~~~~~."

못 참고 비명이 터졌다.

꽃봉오리가 벌어지듯 민들레가 활짝 웃었다.

FATE도 주먹을 꽉 쥐었다.

겨우 처음으로 되돌린 것이다. 아주 간신히 축제의 장으로
되돌렸다.

몰아붙여야 했다. 아무 생각 못 하게. 온전히 이 자리를 즐
길 수 있게.

FATE가 피아노에 앉았다.

"꺄아아아아아아아악~~~~~~~~~~~~~~~~~."

"끼아아아아아아아아아~~~~~~~~~~~~~~~."

Sugar였다.

"꺄아아아아아아아악~~~~~~~~~~~~~~~~~."

"끼아아아아아아아아아~~~~~~~~~~~~~~~."

Candy Store였다.

"꺄아아아아아아아악~~~~~~~~~~~~~~~~~."

"끼아아아아아아아아아~~~~~~~~~~~~~~~~."

Where Is The Love?였다.

"꺄아아아아아아아악~~~~~~~~~~~~~~~~~."

"끼아아아아아아아아아~~~~~~~~~~~~~~~."

Step By Step이었다.

"꺄아아아아아아아악~~~~~~~~~~~~~~~~~~."

"끼아아아아아아아아아~~~~~~~~~~~~~~~~."

……

……

연달아 터져 나오는 명곡에 라인에네르기 슈타디온은 열광의 도가니가 됐다.

그렇게 장장 7시간을 공연했다. 공연자나 관객이나 세션까지 전부 뻗어 버릴 클라이맥스의 연속이.

2004년의 마지막이 이렇게 마무리되었다.

그러나 감격도 잠시, 다음 날로 우린 보결 에어포스원을 타고 한국으로 돌아갔다.

이번 공연이 일으킨 파장은 알아서 하라는 듯 내버려 둔 채.

→ FATE 유럽 투어 어땠어요? 나는 정말 좋긴 했는데…… 씁쓸했어요.

└ 영국 민들레 내보낸 거 말이에요?

└ 맞아요. 콘서트에 다른 일을 끼워 넣는 건 좀 아니라고 생각했어요. 영국 민들레가 나가면서 우는데 불쌍했어요.

└ 그 문제가 좀 가슴 아프긴 했죠.

└ 안타까워도 할 수 없죠. FATE는 내보낼 수밖에 없었잖아요. 그 사진들 봤어요? 난 지금도 끔찍해요.

└ 그래도 그건 아니죠. 왜 내보내요? 독일까지 찾아간 사람들을?

ㄴ 맞아요. 좀 심했어요. 이번엔 FATE가.

ㄴ 이 사람들 웃기네. 잘 즐겨 놓고 딴소리야. FATE가 돈 받고 공연했어요? 다 너희들이 불러서 거기까지 간 거잖아요. 그것도 장장 7시간 공연을 말이에요. 그만큼 성의를 보였으면 됐지 더 뭘 원해요?

ㄴ 그건 그렇네요. 음식 다 먹고 맛없다고 하는 것도 아니고 공짜로 구경해 놓고 무슨 심보인지.

ㄴ 난 이참에 잘됐다고 생각해요. 영국 애들 좀 그렇잖아요.

ㄴ 동의함. 영국 애들 잘난 체가 오죽 심해요? 자기들이 아직도 대영제국 시절에 사는 줄 착각하는 애들이 많아요.

ㄴ 나도 속이 시원했음. 영국의 인종 차별 문제는 어제오늘 얘기가 아님. 어떻게 그런 일을 벌일 수 있음?

ㄴ 맞아요. 1900년도 아니고 21C에 말도 안 되는 짓거리죠. 난 오늘부터 레킷벤킨저 사의 상품은 사지 않을 생각이에요. 물론 영국에도 가지 않을 생각이고요.

ㄴ 난 벌써 레킷벤킨저 사의 상품을 전부 버렸어요. 사진 첨부.

ㄴ 빠르네요. 나도 버려야겠어요. 어떻게 그런 회사의 물건을 쓰겠어요?

ㄴ 나도 동참할 거예요. 감히 그런 짓을 벌이다니. 천벌을 받아야죠.

ㄴ 근데 영국이 한국에 압력을 가한 게 사실이에요?

ㄴ FATE가 그랬잖아요. 5번이나 했다고. 영국에 거주하는

한인들도 괴롭히겠다고.

　└ 그걸 어떻게 알았대요?

　└ 윗분. FATE가 한국의 국회의원인 거 잊었어요? 대통령실 경제 고문도 했잖아요. 바로 연락받았겠죠.

　└ 어쩐지…… 미국 공연 때는 아무런 말도 없다가 유럽 공연에 터트린 이유가 있었네요.

　└ 그게 아니고 미국 공연 때 이런 일이 벌어진 거겠죠. 그게 사실 관계가 맞잖아요. 아닌가? 미국은 영국인이 없다고 생각한 건가?

　└ 하여튼 난 복잡한 건 싫고 레킷벤킨저 사의 상품은 불매합니다.

　└ 나도 불매합니다.

　└ 나도 불매요.

　└ 이참에 영국의 제품을 전부 불매할까요?

　└ 오오, 그것도 좋겠네요. 안 그래도 영국이 꼴사나웠는데. 무슨 자기네들이 유로존을 이끄는 것처럼 하잖아요.

　└ 맞아요. 꼴 보기 싫죠. 영국 제품 불매입니다.

　└ 나도 영국 제품 불매할 겁니다.

　└ 나도 동참합니다.

　└ 맞아요. 영국은 이상해요. 이탈리안 파스타도 영국에만 가면 맛이 없어져요. 왜 그럴까요?

　└ 세심하지 못한 거죠. 세심하지 못하니까 인종 차별을 벌이고요. 영국은 벌을 받아야 해요.

└ 동의합니다.

└ 동의해요.

└ 영국은 혼 좀 나 봐야 해요.

단지 민들레만의 이야기가 아니었다.

공연장엔 각국 방송사도 모두 나와 있었다.

레킷벤킨저 사가 한국에서 벌인 일이 사실인지 아닌지 진위 여부 파악은 전화 한 통이면 끝날 일이었고 1월 1일 새해 꼭두새벽부터 한국 주재 해외 기자들은 신년 인사를 할 새도 없이 발 빠르게 움직여야 했다. 물론 그 자료의 대부분을 미래 청년당 홈페이지에서 발췌한 건 예정된 일이었다.

영국 윈저 캐슬.

영국 총리부터 주요 관료들이 모두 모여들었다.

"조짐이 좋지 않습니다."

"흥, 그깟 가수 하나가 물의를 일으켰다고 너무 예민하게 반응하시는 건 아니십니까? 총리님."

"그깟 가수 하나에 미국, 유럽, 아시아가 흔들리고 있어요. 레킷벤킨저 사의 상품뿐만 아니라 영국제 제품 전체로 불매 운동이 번지고 있습니다!"

시작한 지 5분이나 지났나? 총리의 언성이 높아지자 가장 높은 곳에 앉은 사람이 손을 들었다.

여왕이었다.

차마 여왕 앞에서 뭐라 하지는 못하겠는지 총리가 곧바로 사과하였다.

"죄송합니다. 저도 모르게 그만."

"그만큼 사안이 심각하다는 거겠죠. 흐음, 그래도 고약하 군요. 감히 우리 영국을 상대로 싸움을 걸었어요."

여왕은 기분 나쁘다면서도 홍차를 입에 댔다.

"그래서 한국에서는 뭐라 답변이 왔나요?"

"아무런 답변도 없었습니다."

"한국 정부도 움직이지 않는다라……."

"여왕님."

총리가 불렀다.

"뭐죠?"

"정석적으로 푸시는 게 어떻겠습니까?"

"설마 사과하자는 건가요? 그깟 조그만 나라한테?"

"작지 않습니다. FATE의 나라입니다."

"그래서요?"

"노동당의 지지율이 마구 떨어지고 있습니다."

"호오, 그래요?"

여왕의 입가가 살짝 올라갔다.

2001년 영국 총선에서 노동당은 선출 의석 659석 중 과반 수인 413석을 얻으며 압승을 거뒀다. 집권당으로서 권한을 유지하게 됐고 현 총리도 노동당에서 나왔다.

노동당은 노동자가 주 지지층답게 20~30대에서 지지가 두터웠고 노동자 계급, 저소득층, 진보주의 엘리트, 흑인, 무주택자, 소수자들이 주요 지지 기반이었다. 그리고 왕실 폐지론자들 또한 노동당의 핵심 지지층이었다.

영국의 20~30대는 FATE의 곡을 듣고 자란 세대였다. 그런즉 영국 민들레의 대부분이 이 계층에 있는데 그들이 돌아섰다는 건 노동당으로서 치명적이었다.

게다가 노동당의 지지율이 떨어진다는 건 보수당의 지지율이 오른다는 얘기와 같았다.

보수당은 영국의 제2당으로 유주택자, 화이트 밴 맨 등 자영업자와 왕실 유지론자들이 대거 포함돼 있었다. 경제적 자유주의를 추구하는 정당답게, 기업들로부터 환영받는 편이었고 선거 때마다 기업들은 보수당에 막대한 정치 후원금을 지원하고 있었다.

여왕의 입꼬리가 올라간 이유였다.

보수당의 집권은 여왕으로서도 희소식.

하지만 총리의 다음 말에는 다시 미간을 잔뜩 찌푸렸다.

"여왕님, 노동당이 다 덮어쓸 거란 생각은 하지 마시길 바랍니다. 앞으로 제 행보는 오로지 여왕님의 뜻에 달렸기도 합니다."

"총리."

"말씀하십시오."

"뭘 어떻게 하겠다는 거죠?"

"글쎄요. 이대로라면 노동당이 모든 손가락질을 받아야겠지요. 내년 총선 땐 그 손가락질의 결과를 보게 될 테고요. 저는 노동당 당수로서 빤히 보이는 짓은 하지 않을 겁니다."

"협박인가요?"

여왕의 표정에서도 온기가 가셨다.

영국에서 왕실의 권위는 의회를 넘어선다.

여러 특권을 가지며, 영국군을 통수하고 영국 총리를 임명할 권한을 지니며, 의회 해산권, 국사 행위에 대한 거부권을 가진다.

물론 중대한 권한들 즉 거부권이나 의회 해산, 통수권, 총리 임명권 같은 중대한 권한은 모두 총리나 의회에 위임되어 총리나 의회의 요청이 있을 때만 발동되긴 하나 불문 헌법 국가인 만큼 관습적으로도 국왕은 국왕이었다.

기침 한 번 잘못 내면 역풍을 맞는다.

그러나 총리도 벼랑 끝에 섰다. 반격의 서막을 열려는데.

쾅 소리와 함께 문이 벌어지며 시종장이 외쳤다.

"큰일 났습니다! 큰일 났습니다!!"

"알프레도, 그만."

"여왕 폐하, 증시가 폭발하고 있습니다!"

"뭐요?! 갑자기 왜?"

"공격이 들어왔습니다! 미국에서 영국 기업에 대한 공매도가 떨어졌습니다!"

"예?!"

모두가 벌떡 일어났다. 갑자기 공매도라니!

순간적으로 1992년 검은 수요일이 떠올랐지만, 파운드화에 대한 공격은 아니었다. 영국 기업에 대한 공격.

그런데 미국이 왜?

"DG 인베스트입니다. 그들이 영국 기업의 주식을 마구 풀고 있습니다. 벌써 30억 파운드 상당의 주식을 내놓았습니다. 앞으로 가진 영국 주식을 전부 매도할 예정이라 발표했습니다. 이도 250억 파운드가량 됩니다. 헤지 펀드들이 모여들고 있습니다. 빨리 조치를 취해야 합니다."

"……!"

"……!"

"……!"

얼이 빠진 사이 알프레도의 보고가 계속되었다.

"테스코, 로이드, 아스트라제네카, 브리티시 에어웨이, 보다폰, 레킷벤키저, BP plc, 미니, 버버리, 다이슨, 로이터, 립톤에 이르기까지 전방위로 폭락하고 있습니다! 영국 주식 시장이 아노미에 빠졌습니다."

"뭐요?!"

총리도 보다 못해 소리쳤다.

앞서 알프레도가 든 회사들은 유통, 금융, 제약, 항공, 통신, 생활, 석유, 자동차, 화장품, 가전, 언론, 식품 분야 영국 1등 기업이었다.

그들이 공격당한다는 건 영국이 공격당하는 것과 같다.

DG 인베스트.

간과했다. FATE 옆에 누가 있는지.

'이미 던진 물건이 30억 파운드. 앞으로 250억 파운드를 더 투하하겠다? 하이에나 같이 달려들 헤지 펀드까지 하아……'

그만하면 영국이 아니라 영국 할애비라도 뒤집힌다.

더 심각한 건 혼란스러움을 틈타 알토란 같은 기업이 헤지 펀드에 넘어갈 수도 있다는 점이었다. 더구나 저들이 연합한 다면 피해는 걷잡을 수 없이 커진다.

영국인의 삶이 저당 잡힐 수 있다는 것. 소름 끼쳤다.

그러나 영국은 자유 시장 경제 체제를 지향한다.

주식을 처분하고 공매도를 걸고 이 과정에서 문제를 건다 면 부당 이익일 텐데 이것도 빠져나가려면 딱히 못 빠져나갈 게 없었다. 소송이 걸려도 문제. 어떻게 하든 영국은 지속적 으로 이미지가 실추된다. 정당한 금융 활동을 방해한 거로. 또 하필 그 시초가 전근대적인 화학 사건이었다.

'방법은 하나뿐이야.'

DG에 목줄을 채우려면 여론이 도와야 한다. 영국은 물론 유럽 연합이.

그밖에 기금을 움직여 흔들리는 주식 시장을 방어하는 건데.

'아직 시간은 있어.'

생각이 있다면 기업에서도 보유금을 돌려 방어할 것이다.

그사이에 정부는 할 일을 한다.

"EU에 확인해 보세요. 최악의 상황 시 어떤 도움이 준비돼 있는지."

"알겠습니다."

"언론을 부르세요. 브리핑하겠습니다."

1시간도 안 돼 윈저 성 프레스룸에 기자들이 모여들었다.
자국은 물론 해외 언론까지.

"들으셨다시피 영국에 대한 악의적인 공격이 시도됐습니
다. 영국의 건전한 경제 흐름을 훼손할 생각인지 DG 인베스
트에서 일방적이고 의도적인 작전으로 영국의 주식 시장에
혼란을 주고 있지요. 오늘 이 자리에 여러분을 모신 목적은
부화뇌동하지 말라는 걸 알리려는 겁니다. 혹여나 DG 인베
스트의 행위를 빗대 따라 움직이려는 세력이 있다면 경고합
니다. 영국 정부는 이를 결코 좌시하지 않을 겁니다."

당연히 기자들 수십 명이 손들었다.

총리는 그중 한 명을 가리켰다.

"프랑스 르몽드의 알렝 기자입니다. 여태 어느 나라와도
잘 지냈고 이익의 상당 부분을 그 나라에 재투자하던 DG 인
베스트가 갑자기 영국의 주식만 내놓고 있습니다. 그것도
280억 파운드에 상당하는 어마어마한 주식을 말이죠. 그 이
유가 뭐라고 보십니까?"

"이유 불문입니다. 현상만 보십시오. 영국은 현재 공격받
고 있고 그에 대한 최선의 대응을 고려 중입니다."

"그 말씀은 앞으로 영국의 주식을 처분하려면 영국 정부에
허락을 받아야 한다는 뜻입니까? 주식을 사고팔고 하는 건

엄연한 기업과 개인의 권리일 텐데요."

총리의 시선이 기자에게 꽂혔다.

"영국 정부는 영국의 시장을 보호할 당연한 의무가 있습니다. 현재 DG 인베스트의 행태는 분명 영국 주식 시장에 악의적인 혼란을 주고 있습니다. 영국 정부로서 개입해야 할 일입니다."

"이상하군요. DG 인베스트가 주식의 처분 중에 어떤 불법을 자행했습니까? 영국 정부가 예민하게 구는 이유가 정녕 무엇입니까? 혹시 FATE 콘서트와 연계하여 바라보는 것이 아닙니까?"

총리는 첫 질문자를 잘못 골랐다 생각했다.

눈에 잘 띄는 복장이길래 본능적으로 골랐는데 자꾸 영국의 허점만 찌른다.

이런 자와는 질의·응답을 피해야 한다.

"혼자서 너무 많은 질문을 하시는 것 같네요. 다음 질문자께 마이크를 돌리겠습니다."

"아직 질문에 어떤 답을 해 주지 않으셨……."

마이크가 꺼졌다. 그 와중에도 계속 떠드는 르몽드의 알렝이었으나 기자 중 누구도 그를 눈꼴시게 바라보는 이가 없었다.

이들도 똑같이 물어보고 싶었다.

DG 인베스트와 FATE가 한 몸인 걸 모르는 이 없었고 FATE 독일 콘서트는 전 세계에 방영됐다.

몇 명 더 질문을 받아 본 총리도 새삼 느꼈다. 일이 결코 쉽게 흘러가지 않을 거란 걸.

결국 급히 기자 회견을 마쳤다.

직접적인 기자 회견이 먹히지 않는다면 보도 자료로써 두드리는 것도 한 방법이다.

하지만 지구 반대편에서도 똑같은 기자 회견이 진행되고 있는 줄은 꿈에도 몰랐다.

"방금 영국 총리가 DG 인베스트의 주식 처분을 자국에 대한 공격으로 선포했습니다. 이에 대해 DG 인베스트는 어떤 입장을 가지고 있는지 묻고 싶습니까?"

"우선 '무척 혐오스러운 발언이다.'라고 말씀드리고 싶습니다. 반인류적인 만행을 저지르고도 반성도 없이 자기주장만 하는 파렴치한만 사는 곳이 영국이란 나라입니까? 그런 나라에 투자할 투자사는 없을 거라고 봅니다. 우리 DG 인베스트는 영국에서의 철수를 결정했고 그럼에도 적법한 절차를 밟고 있음을 알아주시기 바랍니다. 우리는 앞에서 신사인 척하는 쓰레기가 아니니까요."

강력한 멘트를 꽂는 이는 DG 인베스트 투자수석인 카일 스톤스였다.

DG 인베스트의 3인자.

1인자인 정홍식이 국가별 조율과 전체적인 투자의 향방을 맡고 있다면 2인자 메간은 자산의 규모와 비용에 대한 관리와 할리우드를, 또 다른 2인자 라일리는 수익의 분배와 사회 환원, 스타트업 발굴이었다.

3인자인 투자 수석 카일 스톤스는 기투자된 것에 대한 관리를 맡고 있었다.

즉 정홍식, 메간, 라일리가 결정하면 카일 스톤스가 실행한다.

"그 말씀은 이번에 한국에서 벌어진 참혹한 일에 대한 보복이라고 봐도 된다는 겁니까?"

"보복은 아닙니다. 보복이라면 DG 인베스트의 가진 모든 역량을 쏟아부었겠죠. 실제로 겨우 300억 파운드에 해당하는 주식만 처분하고 있지 않습니까? 다시 말씀드리지만 정확하게 표현해 주십시오. 우리는 겉과 속이 다른 영국과 관련되기 싫은 것뿐입니다. 이것이 전쟁이었다면 DG 인베스트는 300억 파운드가 아니라 3,000억 파운드의 폭탄을 떨어뜨렸을 겁니다. 이 얼마나 신사적입니까?"

"아아…… 3,000억 파운드라고요?!"

3,000억 파운드도 아깝지 않다는 카일의 발언에 모인 모든 기자가 입을 떡 벌렸다.

DG 인베스트가 이 정도였다고?

90년대 후반부터 신성처럼 등장하며 저력을 드러낸 DG 인베스트.

그 뒷배경에 희대의 천재 FATE가 존재함이 드러났을 땐 모두가 경악했다. 다시없을 위대한 아티스트가 경제 부문에도 이렇게나 뛰어난 성과를 보이다니. 이후 DG 인베스트는 아시아 금융 위기를 종식시켰고 그 범인이 누군지도 밝혔다. IT 버블 붕괴를 예고했고 실제로 그에 걸맞은 움직임으로서 얼마나 많은 자산을 벌어들였는지는 아무도 몰랐다.

저렇게 3,000억 파운드를 아무렇게나 말할 수 있을 정도로
컸는지 말이다.

기자들의 타이핑 속도가 빨라지는 와중에도 카일 스톤스
의 말은 계속됐다.

"영국에서 벗어나고자 하는 이유는 또 있습니다. 방금 말
씀드렸던 혐오가 가장 큰 몫을 차지하지만, 영국 기업들의 방
만한 운영도 한몫했습니다. 자체 감사를 해 보니 가히 엉망
이었습니다. 비리부터 착복, 담합에 착취 정황까지 보이더군
요. 자리에 앉아서 아무 일도 안 하는 월급 도둑놈들도 상당
했고요. 이런 마당에 영국에 더 투자할 이유가 있겠습니까?"

"아…… 그렇군요. 그렇다면 공매도는 왜 거신 겁니까?
300억 파운드의 주식을 처분하게 되면 가격이 떨어지는 건
자명할 텐데 공매도는 누가 봐도 순수한 의도라고 볼 수 없지
않습니까? DG라면 주식의 폭락을 보여 주지 않고도 손해 없
이 빠져나올 실력은 충분히 되지 않습니까?"

실컷 휘저어 놓고 이익은 또 따로 실현하겠다는 거 아니냐
는 질문이었다.

카일 스톤스는 되레 뻔뻔하게 나갔다.

"설마 우리가 공매도만 걸었을까요? 지수 옵션도 걸었습니다."

"예?!"

"DG 인베스트는 투자사입니다. 일부러 손해 볼 이유는 없
겠죠. 그리고 이 일을 시작한 건 우리가 아닙니다. 돈 몇 푼에
수많은 생명을 죽이고 다치게 한 게 누구입니까? 우리가 아닌

저 간악한 영국 정부에 먼저 물어보십시오. 어째서 전부 알면서 아무런 행동조차 하지 않는지. 끔찍한 화학 재해 저변에 무엇이 깔렸는지 말이죠. 여러분, 동양인은 인간이 아닙니까?"

"음……."

순간 기자 회견장이 조용해졌다.

인종 차별. 무거운 주제였다.

말은 안 하지만 전부 알고 있었다. 이 일은 인종 차별이 깔려 있지 않는다면 절대로 일어날 수 없다는 걸.

안 그래도 미국 민들레를 중심으로 영국의 인종 차별에 대한 성토로 영국 제품에 대한 불매 운동 조짐이 보이고 있었다. FATE는 아예 영국 민들레를 콘서트장에서 쫓아내기까지 했다. 이 마당에 DG 인베스트가 전쟁이 아닌 철수를 선택한 건 어쩌면…….

'자기들이 더 신사적이라는 걸 보여 준다는 건가? 저 영국보다?'

"마지막으로, 마지막으로 하나 더 질문하겠습니다."

"예."

"앞으로 정말 영국과 단절하실 생각이십니까?"

"그건 제가 정할 일이 아닙니다. 대답이 됐나요? 아 참, DG의 분석에 따르면 영국은 15년 이내에 유럽 연합 탈퇴를 기획하고 그에 맞춰 실행할 것 같다는 결론이 나왔습니다. 12년에서 13년이면 가시권에 든다고요."

"예?!"

"참고하시라고요. 기사 쓰실 때. 어느 쪽에 비중을 둘 건지."

이 말을 끝으로 입을 다무는 카일 스톤스.

기자들은 어리둥절했다. 갑자기 유럽 연합 탈퇴라고?

또 갑자기 FATE가 떠올랐다.

'이도 FATE인가?'

이곳에 모인 기자 중 FATE의 기행을 모르는 이는 없었다.

휘트니 휴스턴 이혼 종용 사건부터 IT 버블 붕괴, 쌍둥이 빌딩 파괴 등 예언 아닌 예언뿐만 아니라 선거에 나서는 순간 미국의 대통령이 바뀐다. 아이오와의 찰스 그랜즐리가 단번에 전국구 스타가 된 건 그 사례를 단적으로 보여 주는 사건이었다.

결국 FATE란 얘기였다.

이 일도 FATE가 키를 쥐고 있다는 것.

미국 기자들도 경험으로 알고 있었다. FATE가 얼마나 집요하고 독한지.

역사상 미국 언론이 꺾지 못한 유일한 한 명이라.

휘트니 휴스턴의 스캔들로 수년간 괴롭힘을 당하면서도 경고만 하다 공화당 스캔들이 터지자마자 1,000억 달러의 소송을 걸었다. 그때 각 언론 대표부터 간부들까지 죄다 갈려 나갔다. 앞장섰던 몇몇 기자는 재기 불능의 나락으로 떨어져 가정도 잃고 노숙자 신세로 전락.

잘못 건들면 파멸이었다.

FATE는 절대 잊지 않는다.

싸움을 건 자는 물론이고 도움을 준 자도.

결국 결론은 시작 전부터 나 있었다.

'하긴 우리에겐 실익도 없는 영국의 유럽 연합 탈퇴가 무슨 상관이야? 아니, 미국이라면 더 좋지. 저들이 분열하면. 영국 따위에 편들 이유가 하나도 없잖아. 나쁜 짓 한 것도 맞고. 조금 더 강력하게 들어가 볼까? ……젠장, 그러려면 답답한 데스크부터 먼저 설득해야겠구만.'

주변을 둘러보았다.

몇몇 기자 빼곤 전부가 비슷한 생각 같았다.

정해진 것.

그렇다면 이제부터는 헤드라인 싸움이었다.

헤드라인이 약하면 판매 부수가 떨어진다. 비열한 데스크는 이도 기자 탓으로 돌린다.

갈 곳은 정해졌다.

'좋아. 이대로 가 보자.'

다음 날로 미국의 모든 언론이 영국을 공격했다.

【인도의 보팔 가스 누출 사고와 일본의 미나마타병 같은 일이 한국에 벌어지다. 원흉은 영국의 생활용품 제조기업 레킷벤킨저 사】

【레킷벤킨저 사가 생산한 제품에서 PHMG 검출. 동물 실험으로 PHMG 물질 흡입 시 기관지 폐 섬유화가 진행된다는 연구 결과가 나왔다】

【후진국에서나 있을 법한 인재가 한국에서 벌어지다. 영국의 황금만능주의가 가습기 살균제로 신생아를 살해했다】

【영국 정부로부터 다섯 차례나 압력을 받았음을 한국 정부가 확인해 주다. 영국의 뻔뻔함은 대체 어디에서부터 기인한 것인가?】

【Great Britain Spirit은 사라졌는가? 좁아진 땅덩어리만큼 심장도 작아진 건 아닌지? 한국의 화학 재해, 어디부터가 잘못인지 짚어 보자】

【DG 인베스트가 영국의 유럽 연합 탈퇴를 예언하다. 과연 영국이 수십 년 노력으로 이룩한 현 유럽의 질서를 망가뜨릴까? 그 가능성을 살펴보다】

【영국 제품 불매 운동이 본격화될 조짐이 보인다. 한국의 화학 재해로부터 촉발된 이 사태를 영국은 언제까지 뭉갤 생각인가?】

쾅. 윈저 성 탁자가 내리쳐졌다.

여왕은 분노를 참지 않고 발산했다.

"이 일을 어떻게 할 겁니까?!"

"……."

"……."

"……."

아무도 대답이 없자 여왕은 총리를 보았다.

"총리, 이 사태를 어떻게 해결할 거냐고 묻잖습니까. 전 세계가 주목하고 있어요!"

"……."

총리는 심드렁했다. 대답도 않고.

여왕의 눈에 쌍심지가 돋는데. 총리의 입이 열렸다.

"이럴 줄 모르셨습니까?"

"뭐, 뭐요?!"

"전 이미 해결책을 제시했습니다. 여왕께선 반대하셨고요."

"내가 언제 반대했나요?!"

말을 바꾸는 여왕에 총리는 피식 웃었다.

"반대 안 하셨다고요? 제가 기억하는데요? 제가 잘못 들은 겁니까?"

"총리!"

"그러게, 어째서 총리실을 거치지 않으셨습니까? 총리실만 거쳤더라도 여왕님의 진의를 의심할 사람이 없었을 텐데요."

"지금 나를 탓하는 겁니까?"

"절차를 말씀드리고 있는 겁니다. 불문 헌법에도 외교는 총리실에 일임되었습니다. 저 DG 인베스트조차 철수하는 데 법적 절차를 지키지 않았습니까?"

"이…… 이…….."

"아, 너무 걱정하지 마십시오. 다이애라 왕세자비께서 이미 한국행 비행기를 타셨습니다."

"뭣이라?!"

"설마 허락을 받지 않았다고 노여워하시는 겁니까?"

지금껏 경험한 여왕은 자기가 모든 걸 통제하지 않고서는 직성이 풀리지 않는 사람이었다.

팔십을 향해 가는 나이에도 그 성향이 도무지 줄어들지 않는 사람. 아들 왕세자가 저리도 늙어 가고 있는데.

총리는 국왕이 종신직이라도 적당히 해야 한다고 생각했다. 1952년 즉위 후 52년째였다. 다른 나라 같으면 독재라고 불러도 될 시간.

'언제까지 저 자리에 앉아 영국의 대소사를 손에 틀어쥘 생각인지……'

아무리 좋게 여기려고 해도 도무지 영광스러워 보이지 않았다. 존귀한 자리라 예의는 갖춘다지만 노욕은 노욕.

총리는 왕정 폐지자 중 하나였다. 총리직에 앉은 후로 더욱 격렬해진.

"당연히 내 허락…… 그 아이가 어째서 그 나라까지 날아간 거요?!"

"이유야 뻔하지 않습니까?"

"왕실의 일원으로서 당연한 의무를 지키지……"

"왕실과 정부의 일이 아니면 굳이 허락받을 일이 있습니까?"

총리가 말을 잘랐으나 여왕은 그마저도 인식하지 못했다.

"뭐요?! 왕실과 정부의 일이 아니라고요?"

"예, 왕실과 정부의 일이 아니라 말씀드렸습니다. 굳이 허락받지 않아도 될 일로 가셨으니까요."

이 순간에도 눈을 희번덕거리는 여왕이 총리는 질리도록 싫었다.

차라리 총리직에 보수당 수장이 앉았다면 어땠을까? 이렇게나 노골적으로 거부하는 몸짓을 보였을까?

이 시점, 재빠른 사과와 수습을 막은 것도 어쩌면 노동당의 몰락을 바라는 의도가 아닌지.

기가 막혔다.

'노동당은 영국 국민이 아닌가?'

노동당을 지지하는 이들이 어째서 왕정 폐지를 논하는지는 생각도 안 하는 건지.

국민의 절반이 어째서 왕정 폐지를 주장하는지 말이다.

추했다.

명예롭고 고귀한 일에만 나서도 충분히 지지받았을 왕실이 왜 이렇게나 지저분하게 됐는지.

사사건건 불러내는 예민함에, 해결책도 없는 논의에 논의는 아무리 무던한 총리라도 너무 지쳐만 갔다.

"그래서 무슨 일로 갔는데요?"

"In Heaven의 일로 갔다고 들었습니다."

"In Heaven이라면 후원 단체가 아니오?"

"예, 정부에서도 못하던 후원을 매년 1억 파운드에서 2억 파운드가량 해 주던 큰손이 이번에 떨어져 나갔으니까요."

"그게 설마 DG 인베스트라고요?"

"모르셨습니까?"

"……."

몰랐구나.

"DG가 단기간에 수천억 달러의 자금을 운용할 만큼 성장했음에도 각 나라의 표적이 되지 않는 건 수익의 일부를 환원하거나 아예 재투자하기 때문이죠. 그 나라에선 정부보다 훨씬 나으니까요. 우리 영국도 마찬가지입니다."

여왕님이 사랑하는 영국 기업은 늘 배당 놀이로 바쁘지 않습니까?

"투자액이 300억 파운드라 하지 않았습니까?"

"그 말씀은 설마 1, 2억 파운드가 적어 보이십니까? 모수가 300억 파운드라? 수익은 안 보시고요?"

"으음……."

총리는 진실로 답답했다.

이게 뭔지…….

적대를 위한 적대인 건지 아님, 경제 상식조차 잊어버린 건지.

여왕은 불통이었다. 그동안 총리직을 역임한 이들이 전부 존경스러울 정도라.

아닌가? 그들이 버릇을 이렇게 들였던가?

문득 한국으로 간 왕세자비가 그리워졌다.

"이래도 왕세자비가 한국으로 가는 데 허락이 필요한 겁니까?"

월드 투어란 강행군을 하고도 푹 쉴 순 없었다.

일요일 딱 하루 쉬고 모두 출근.

후유증은 강했다. 아무리 보람차고 즐거운 일이었다 해도 십수 일의 일정은 관광이 목적이라 해도 힘들다.

전부 얼굴이 푸석푸석, 입안이 헐헐.

돌아오면 무조건 짬뽕을 먹겠다 마음먹었는데 어젯밤 짬뽕 국물 먹다가 따가워 죽는 줄 알았다.

"세상은 바쁘게 흘러가네요. 우리도 빨리빨리 적응해야죠?"

장대운의 말이 맞다. 가뜩이나 춥고 건조한 겨울이라 조금은 여유롭게 움직이고 싶어도 돌아가는 정세를 보고 있노라면 집에서 태평하게 쉴 수가 없었다.

모두가 고개를 끄덕이자.

장대운이 피식 웃으며 영자 신문을 내려놓았다.

"미국 언론이 인도의 보팔 가스 누출 사고와 일본의 미나마타병을 빗댔네요. 미국 듀폰의 PFOA는 쏙 빼놓고요. 이 와중에도 애국심은 부려요. 쿠쿠쿠쿡."

"……예?"

"하는 짓이 귀엽다고요. 영국은 까도 미국은 보호하겠다는 거잖아요. 언론이 너무 편파적이지 않나요?"

"아, 예."

미국이 들고 일어난 만큼 한국도 그에 부족함 없이 난리를 쳐 댔다.

돌아왔을 때까지만 해도 별 입장을 내놓지 않던 한국 언론이 미국에서 영국을 대놓고 까기 시작하자 갑자기 돌변해서는 영국을 악마의 앞잡이로 만들었다. 상종 못 할 철면피로.

반대로 이 사실을 온 세계에 알린 장대운을 영웅으로 추켜세웠고 영국 민들레까지 쫓아낸 일을 크게 부각시켰다. 뼈를 깎는 고통을 감내한 것으로.

그 때문에 지금 당사 사무실이 있는 건물 앞은 사람들도 가득 찼다. 시위가 아닌 장대운의 연호를 위해 모인 이들이었다.

"오늘도 못 나가겠네요. 짜장면이나 시켜 먹을까요?"

"짜장면 좋죠!"

"저는 짬뽕이요!"

"볶음밥 먹어도 되죠? 입안이 헐어서."

"키키킥, 쿠쿠쿠쿡."

이 와중에 혼자 배 잡고 웃는 김문호에 모두가 주목했다. 도종현은 자기 때문에 그런 줄 알고 입을 삐죽 내밀었다.

"나만 헐었어요? 어제 육개장 먹다가 죽는 줄 알았는데."

"아니요. 그게 아니라 지금 문호 씨 또 혼자만의 생각에 젖어 들었던 것 같아요."

"아…… 그거예요?"

"하여튼 독특해."

"문호 씨, 또 무슨 일로 그렇게 즐겁나요?"

"아, 죄송합니다. 너무 재밌어서."

"어머, 우리 문호 씨가 재밌대요. 의원님, 상사로서 아주 뿌듯하시겠어요."

"그럼요. 부하 직원의 기쁨은 저의 보람이죠."

"에이, 문호 씨 혼자만 즐겁지 말고 어서 말해 봐. 뭔데 그래?"

도종현이 옆구리를 찌르고서야 김문호는 죄송하다며 웃은 이유에 말했다.

"꿈 때문에 그렇습니다. 세상에 어느 누가 그 꿈을 이렇게나 완벽히 구현할 수 있을까 생각하니 절로 웃음이 나왔습니다. 죄송합니다."

"꿈?"

"악당의 악당 말입니다."

"아, 악당의 악당~~ 근데 그게 왜……?"

"이만한 악당이 어딨습니까? 저 영국이 쩔쩔매고 있어요. 나라 안팎으로 수난을 겪으며."

이번 월드 투어를 통해 김문호는 다시 한 번 극렬한 체감을 했다. 장대운과 자신이 얼마나 큰 차이가 나는지.

고작 나쁜 놈들 잡고 대한민국의 정치나 정화하려던 꿈이었다. 그게 장대운을 만나 울타리가 사라졌다. 저 미국이 비록 협박성이긴 했지만 도와 달라고 쩔쩔맸고 저 도도한 영국이 세계인의 몰매를 맞고 있었다. 장대운 한 사람에게 걸려서.

'국회의원이 월드 투어라니 이건 말이 되고? 쿠쿠쿡.'

온통 말이 안 되는 것투성이였다.

그럼에도 이곳에선 말이 됐다.

이게 얼마나 재밌는 일인지. 정치란 게 이래도 되나? 싶을 만큼 어이없으면서도 즐거웠다. 행복했다.

"문호 씨가 기쁘다니 나도 행복한데요. 안 되겠어요. 오늘 탕수육 말고도 다른 요리도 시키죠!"

"오오, 유산슬이요!"

"난 전가복인데."

"유린기는요?"

"다 시켜요. 하하하하하, 오늘 신나게 먹어 봅시다."

그때 또 다른 미션의 도착같이 사무실 전화가 울렸다.

따르르르르릉.

정은희가 조심스럽게 받았는데 표정이 미묘해졌다.

"무슨 일이에요?"

"외교부인데요. 다이애라 왕세자비가 곧 한국에 도착한데요. 의원님과의 만남을 요청했다는데요."

"다이애라가요?"

"호텔 가온에서 뵙자고 합니다."

"그냥 와도 될 일을 외교부 통해서 온 거예요?"

"예. 아무래도 역시 그 일이겠죠?"

"그런 것 같네요."

장대운이 우리를 보았다.

"들으셨다시피 오늘 점심은 가온에서 해결해야겠어요. 큰 손님이 오시네요. 나도 몇 가지 준비가 좀 필요합니다."

◇ ◆ ◇

다이애라 왕세자비가 호텔 가온으로 온다는 소식을 들은 후부터 김문호는 좀체 진정이 되지 않았다.

비운의 왕세자비가 한국에 오다니. 90년대 중후반 교통사고로 죽지 않았나?

훗날 이 죽음조차 영국 왕실의 음모였다는 얘기가 돌았고 이후 보인 왕세자의 행보도 그녀에 대한 존중이 전혀 없었다. 금세 새로운 여성과 재혼했고 그는 그런 그녀와 다이애라 왕세자비 살아생전에도 밀회를 즐겼다는 사실이 드러났다. 아들을 둘이나 낳아 줬던 다이애라 왕세자비와는 오직 비즈니스 관계였다는 사실이 말이다.

그런 그녀가 살아 있다는 것이다.

영국 왕실의 일원으로서 아직 존재하며 왕세자가 다른 여자와 밀회를 즐기든 말든 자기 자리를 꿋꿋이 지키며 두 아들을 보호하는 중이라고 이동 중 장대운이 설명해 줬다.

7, 8년 전인가 위태위태한 그녀를 도와준 적 있다고.

그날로부터 그녀는 세계 곳곳을 돌아다니며 봉사 활동을 주로 했는데 지금은 In Heaven 소속으로 최일선에 서 있다고.

In Heaven은 불의의 사고로 어린 아들을 잃은 Tears in Heaven의 주인공 에릭 클랩턴이 FATE에 감화를 받아 설립한 구호 단체라 했다. 다이애라 왕세자비가 합류한 순간부터 폭발적인 성장을 하여 지금은 유니세프에 버금갈 만큼 커졌다고 한다.

전에는 없던, 모르는 내용이라 뭐가 뭔지 하면서도.

그녀가 온다니 두근두근 가슴이 떨리는 건 어쩔 수가 없었다.

"……."

그렇게 30분쯤 대기했을까?

호텔 가온으로 최고급 세단이 한 대 들어왔다.

두 사람이 내렸다.

한 사람은 낡은 롱코트에 긴 머리, 턱수염에 뿔테 안경을 쓴 남자였다. 딱 봐도 누군지 알겠다. 에릭 클랩턴.

영국이 자랑하는 위대한 아티스트들 중 하나로 그의 기타 연주는 전 세계 기타리스트들에게 영감을 줄 만큼 독보적이었다. 물론 실제로 들어 본 적은 없지만.

장대운 말로는 현재 모든 재능을 아이들 구호를 위해 쓴다고.

다음 사람이 차에서 내렸다.

문이 열리며 제일 먼저 길쭉한 종아리가 눈에 들어왔다. 김문호는 순간 숨이 막히는 느낌이 들었다.

다이애라 왕세자비였다. 정말 그녀가 살아 있었다.

그런 그녀가 빠른 걸음으로 다가왔다. 그리움으로 북받치는 얼굴로 장대운을 안았다. 마치 오래 못 본 가족처럼 푹. 이 순간을 너무나 감격스러워하는 것이 표정으로 다 드러났다.

에릭 클랜턴도 마찬가지였다. 붉은 눈시울로 장대운을 안았고 너무 그리웠다고 말하였다.

김문호는 직감했다.

'세 사람이 보통 관계가 아니구나.'

미국과 독일 월드 투어를 하며 안계를 제법 넓혔다 여긴 눈으로도 세 사람의 해후는 아주 진했고 감동적이었다. 주위에 아무도 없는 것처럼 한참을 자기들만의 세상에서 노닐고.

얼마간 시간이 흘러서야 장대운은 겨우 소경복궁으로 두 사람을 이끌었다.

물론 인사는 거기에서 끝나지 않았다.

같이 소경복궁 터를 걸으며 대화를 나누었고 같이 차를 마시면서도 화제가 끊이지 않았다. 같이 정찬을 들 때까지도.

저녁이 들어 신비로운 조명이 소경복궁을 감싸고 나서야 세 사람은 본론으로 들어갔다.

"두 분이 이 먼 곳까지 왜 오셨는지는 짐작하고 있어요."

"음……."

"……."

"우선 미안하다고 말하고 싶었어요. 친구들에게 몹쓸 짓을 저질렀어요. 미안해요."

"FATE."

"FATE……."

"우선 마음이 급하실 것 같아, 해결책부터 알려 줄게요. 에릭."

"……."

"In Heaven의 본부를 옮기세요. 독일이든 프랑스든, 국가는 알아서 하시면 돼요. 그러면 재개될 거예요."

"영국이 아니면 된다는 겁니까?"

"영국이 내 나라에 너무도 큰 죄악을 저질렀어요. 그럼에도 반성의 기미조차 없죠."

"……."

에릭 클랜턴은 더 말하지 않고 조용히 물러났다. FATE와 만남도 중요하지만, 그는 In Heaven의 수장이었다. 그도 독일 콘서트 방송을 봤고 어떤 일이 벌어졌는지 정도는 알았다. FATE가 왜 이러는 건지도.

고개를 절레 저으며 물러났다.

어쩔 수가 없었다. 에릭 클랜턴이 비록 세계적 명사에 In Heaven의 수장으로 이름을 날리고 있다지만 혼자 힘으로 이만한 단체를 움직이는 건 불가능했다. DG 인베스트의 후원이 없다면 In Heaven은 몇 년 안 가 국소 구호 단체로 쪼그라들거나 문을 닫을지도 몰랐다. 그 순간 천국에 있을 아들과 약속을 지킬 수 없게 된다. 이 세상 모든 아이들에게 구원을.

그가 순순히 물러서자 이번엔 다이애라 왕세자비가 나섰다.

그녀는 In Heaven의 이사 격이자 영국 민들레의 수장이기도 했다.

"FATE. 계속 이대로 둘 수는 없잖아요. 민들레의 상처가 이만저만이 아니에요. 날마다 눈물로 밤을 지새우는 이들이 아주 많답니다. 부디 화를 풀고 대화를 열어 주세요."

"저는…… 미안할 따름입니다."

"FATE도 고통스럽다는 거 알아요. 하지만 민들레는 저대로 놔두면 안 돼요. 절망 속에 시들어 가는 아이들을 생각해 주세요."

간곡한 어투였다.

탓하는 것도 아니고 관계의 소중함을 이르는.

하지만 장대운은 단호했다.

"저는 인내할 겁니다."

"FATE……."

"인내하고 또 인내할 겁니다. 그리고 이미 충분히 참고 있습니다."

"……."

참고 있다는 대목에서 김문호는 한국으로 복귀하는 비행기에서의 대화를 떠올렸다.

장대운은 분명 복기 시리즈 회수도 고려하고 있다 하였다.

복기-3를 넘어 복기-4가 막 발표될 시점이다. 복기 시리즈의 회수는 영국 무선 통신을 구석기 시대로 몰아 버릴지도 몰랐다.

그 위험성을 알기에 차마 거기까지는 가지 않은 것이다.

서민 생활에 지장 없는 주식 시장이나 흔드는 것도 다 그 때문이라고. 화살을 철저히 영국 정부에만 겨누고 있는 것도.

하지만 다이애라 왕세자비는 더한 간절함으로 회복을 구했다. 우리는 이렇게 단절돼선 안 됨을.

물도 마시지 않고 장대운 곁에 앉아 자기가 다 잘못했다며 자기가 나서서 한국 국민께 사죄하고 다 책임지겠다며 그 얼어붙은 마음을 달래려 했다.

이대로 놔뒀다간 당장 내일이라도 기자 회견을 열어 무릎 꿇을 기세라 장대운은 이것만큼은 들려주기 싫었다며 품에서 녹음기를 꺼냈다.

그걸 보는 순간 다이애라 왕세자비와 에릭 클랜턴만 빼놓고 모두가 무엇인지 알았다. 역시나 재생 버튼을 누르자마자 나오는 목소리는 영국식 억양의 빌어먹을 놈의 것이었다.

["가습기 살균제 판매량이 며칠 사이 약간 줄긴 했지만, 의미는 없는 숫자입니다. 반응도 처음 충격과는 달리 언론이 점점 오필승 그룹 쪽으로 포커스를 맞추자 희미해지고 있습니다. 저쪽에서도 더는 걱정할 필요 없다 언질을 보냈습니다."

"쿠쿠쿡, 쿠쿠쿠쿠쿡."

"……."

"도니."

"예, 보스."

"내가 여기 이 한국을 왜 좋아하는지 아나?"

"……."

"맞아. 돈만 좀 뿌리면 알아서 기는 버러지들이 넘치기 때문이지. 쿠쿠쿠쿠쿠쿡."

…….

…….]

녹음기를 껐을 땐 다이애라 왕세자비는 물론 에릭 클랜턴까지 당황과 혼란, 분노로 얼굴이 시뻘게졌다.

장대운은 아무 말도 하지 않았다.

그저 녹음본과 대화의 주체가 누군지 주인공에 대한 사진 한 장을 건네줬을 뿐.

다이애라 왕세자비는 그날로 영국으로 돌아갔다.

로히터 통신을 불러 한국의 가습기 살균제 사건은 그동안 영국 정부가 주장한 대로 사고가 아니었고 살인 사건이었음을 알렸다. 이것은 레킷벤킨저 사의 한국 법인 옥신레킷벤킨저 사 사장과 비서의 대화이며 두 사람의 얼굴도 함께 제출했다.

영국인의 인종 차별이 비로소 수면 위로 드러난 사건이었다.

이 사건의 저변에 인종 차별이 깔려 있었다는 걸 모두가 안다고 해도 실제로, 특히나 다이애라 비의 입에서 드러나는 것은 차원이 다른 파급력이 있었다.

세계는 곧바로 영국 정부와 함께 왕실까지 성토하였다. 또 어디에서 나왔는지 출처 미상인 소문이 돌았는데 본래 영국 정부는 이 일을 알자마자 사과와 배상을 하려 했다는 것과 그걸 여왕이 막았다는 내용이었다.

영국은 이 소문의 진위를 두고 자기들끼리 싸웠다.

안팎으로 시끄러운 한 해였다.

"후우~ 몹쓸 인간들입니다."

그런 와중 미국에서 찰스 그랜즐리가 왔다.

어느덧 공화당의 차세대를 이끌 후보 중 한 명으로까지 격상된 그는 한국 이곳 미래 청년당 당사까지 와서도 옅은 흥분을 감추지 못했다.

인정받는다는 것. 그리고 철저히 독대로만 이뤄진 대담.

장대운이 보기에도 근 한 달여 시간은 찰스 그랜즐리에겐 꿈결 같은 행보였다.

FATE와의 친분에서 이름을 알렸고 결정적인 증거가 밝혀지지 않은 상태에서도 앞장서서 영국을 공격하며 민들레의 지지를 얻었다. 이런 식으로 몇 번 한국을 오가면…… 공화당 내에서 그와 견줄 자가 없어질 것이다.

남은 그의 적은 이제 민주당뿐이었다.

"영국은 대가를 치러야 할 겁니다."

"저도 적극적으로 돕겠습니다."

"그랜즐리 상원 의원께서 도와주신다면 아주 감사하죠."

"근데 저…… 찰스라 불러 주시면 안 되겠습니까?"

이 시점, 이름을 불러 달라는 건 보다 더 친숙하고도 깊숙한 관계를 원한다는 말이었다. 친구 이상의 동반자로.

"괜찮겠습니까?"

"통상적인 한국의 법도로는 안 된다는 걸 알고 있지만, 한국에도 어린이와 친구 하는 노인들이 종종 있는 걸 압니다. 물론 장대운 의원님이 그렇다는 건 아니고요. 미국에서는 나이에 상관없이 친구가 가능합니다."

"그러면 그럴까요?"

"감사합니다."

"그러면 찰스, 이제부터 네가 할 일을 알려 줄게. 내 뜻에 따를 수 있겠어?"

"무조건 총력을 다하지. 누구의 명령이라고 거역할까."

말투가 바뀌었어도 두 사람은 전혀 어색해하지 않게 대화를 이어 나갔다.

"조지가 너를 민 이유를 알 것 같기도 해. 다만 나에게로 온 이상 너는 공화당이란 껍질을 벗어야 해. 그것부터 해내야 하는데 할 수 있겠어?"

"당연하지. 민주당처럼 하라고 해도 할 거야. 난 이제 이걸 마지막 기회라고 생각하고 있어."

찰스 그랜즐리는 어느덧 70대였다.

이번이 아니면 영영 대권에 도전하지 못한다.

"맞아. 그렇게 절실해야 옳아. 그렇기에 내 뜻을 펼치기에도 아주 적합하지."

"녹음기 켜도 돼?"

"안 돼. 외우든지 적어."

"알았어."

수첩을 꺼낸다.

"뭔데? 내가 할 일이."

"넌 이제 무조건 인종 차별을 반대하는 투사가 돼야 해."

수첩에 적더니 묻는다.

"인종 차별? 영국 사건의 연장이야?"

"이슈 좋잖아. 잊지 말라고. 클린턴이 몰락한 건 섹스 스캔들도 있지만, 아시안 금융 사기가 크다고. 그것도 인종 차별이 저변에 깔렸잖아."

"아! 그거로 민주당을 공격할 셈이구나."

또 적는다.

"단지 그거로는 부족하지. 너는 한발 더 나아가 통합을 외쳐야 해. 진보와 보수, 인종 차별이 없는 하나 된 미국을 말이야. 불안한 정국 속에서도 담대한 희망을 노래하며 서민들의 마음을 얻어야 해."

"으음……."

조금 어렵다는 표정을 짓는다.

실행이 어렵다는 게 아니라 진의를 파악 못 했다는 뜻.

"공약으로는 이라크 전쟁에서의 철군이 나와야 해. 명분 없는 전쟁이라고 백악관을 공격하고."

"뭐?!"

"전 국민 건강 보험 혜택과 대학 교육비 절감, 중산층과 서민을 위한 세제 개편 등 사회 복지 정책을 적극적으로 추진해야 하고 대(對) 북한 정책에서도 전임 부시 정부와 달리 직접 협상 등 적극적 개입으로 한반도의 긴장을 완화시킬 거라고 해."

일단 따라 적고는 고개를 갸웃댄다.

"이게 되겠어? 난 공화당이라고."

"초당적인 메시지가 없다면 넌 경선에서 통과해도 선거에서 패배해. 조지가 말아먹은 게 어마어마하거든."

"그런가?"

"장담하는데 이 상태로 선거하면 두 배 스코어로 질 거야. 누가 나오든."

"허어……."

"아무리 클린턴 게이트가 치명적이었던들 8년 전 일이니까. 조지는 클린턴보다 더 최악이고."

"그렇게 말해도 돼?"

"그게 조지를 살리는 길이야."

"음…… 내가 대권을 잡아야 조지의 과오가 상당 부분 묻히겠구나."

"그렇지. 이때 반전이 필요해. 넌 골수 공화당파잖아. 아니야?"

"맞지."

"그 골수 공화당파가 '변화와 희망'을 부르짖는 거야. 공화당도 이제 변해야 한다고. 사람들이 이상하게 생각할 것 같지?"

"……그렇지."

"아니야. 넌 인식하지 못하겠지만, 공화당 내에서도 알게 모르게 불만이 팽배해 있을걸. 아주 많은 수가 변화에 목말라

하고 있을 거야."

"그런가?"

"그런 건 차차 느껴 가면 될 일이고. 일단 공화당의 좁은 하늘로는 아무리 내가 도와줘도 이길 수가 없어. 넌 누가 뭐라든 유권자들에게 '변화(change)'와 '우리는 할 수 있다(Yes, We can)'라는 희망으로 다가가야 해. 흑인뿐만이 아니라 라틴, 아시안에게 다가가며 그들을 보호하려는 백인들에게 폭넓은 지지를 얻어야 해."

"호오, 소수 인종에 다가가야 더 지지를 얻는다고?"

"그렇지. 실제로 네 캠프에 흑인과 동양인, 히스패닉을 대거 기용하는 거야. 소수 인종도 능력만 보이면 얼마든지 중앙에 진출할 수 있다는 희망을 보여 주는 거지. 이게 원래 미국이잖아."

"아아…… 맞아. 퇴색되긴 했지만, 청교도 정신이 미국을 만든 건 분명해."

열심히 적는다. 장대운은 더 강조했다.

"컨셉 확실히 잡아야 한다. 어중간하게 나섰다간 마지막 기회마저 잃는 거야."

"음…… 좀 어렵긴 하네. 내가 그동안 하던 것과는 결이 다르잖아."

"고민할 건 없어. 지금 너에게 중요한 건 공화당이 아니잖아. 백악관이지."

"……그렇군."

"조지도 그렇게 재선까지 성공했어. 너는 어디까지 갈 생각인데?"

대통령 한 번 하고 말 거냐?

"알았어. 내가 아직도 껍질을 못 벗었나 보군. 무조건 네가 정해 준 컨셉대로만 움직일게. 눈 질끈 감고 움직일 거야."

"좋아. 불러 줄게. 적어. 이제부터 나오는 게 네 연설문의 핵심이야."

"응, 알았어."

준비한다. 장대운은 짐짓 고뇌하는 척 천천히 입을 열었다.

"이곳은 흑인만의 미국도 아니고 백인만의 미국도 아닙니다. 라틴의 미국도 아니고 아시안의 미국도 아닙니다. 오직 미합중국만이 있습니다. 여러분, 오늘 이 밤, 제가 느끼고 있는 에너지를 느끼신다면, 제가 느끼고 있는 이 긴박함을 느끼신다면, 제가 느끼고 있는 이 열정을 느끼신다면, 제가 느끼고 있는 이 희망을 느끼신다면, 우리가 꼭 해야만 하는 일에 대해 저는 믿어 의심치 않습……."

오바마 스피치였다. 전설이 시작된 스피치.

장대운은 그걸 찰스 그랜즐리에게 전수해 주었다.

조지 부시 이후의 미국 정치판은 점잖고 정돈적인 이미지는 전혀 중요하지 않았다.

실익과 실익. 유권자를 쉴 새 없이 몰아붙이며 심장을 두근거리게 해야 했다. 그 화법과 어휘에 초점을 맞추고 지난 삶에 대한 애환과 이 자리에 서기까지의 고뇌를 유권자의 머릿속에 각인시키는 작업이 필요했다. 그 애티튜드를 가르쳤다.

"죽으나 사나 연습해. 네 나이가 많음으로 너를 의심하지 않게 툭 찌르면 자동적으로 튀어나올 만큼 네 것으로 만들어야 해. 죽도록 연습해야 할 거야."

"음......."

"한국은 하다못해 가수 지망생들도 몇 년간 12시간씩 연습하고 무대에 올라. 너에게 남은 건 단지 3년뿐이야. 더 큰 소리로 외쳐! 연습이 덜됐다면 온몸으로라도 부딪쳐. 누구랑 만나든, 누가 앞에 있든, 네 생각처럼 말하고 네 것처럼 소화해야 해. 그렇지 않으면 백악관은 너를 환영하지 않을 거야."

시기가 참 좋았다. 여태 한 번도 중앙에 선보이지 않았던 아이오와의 상원 의원이 나서도 될 만큼.

영국의 인종 차별은 세계를 경악케 했고 이럴 때 분노를 참지 못하고 떨쳐 일어난 것처럼 보인다면 정의의 투사가 되는 건 시간문제였다.

아마도 얼마 안 가 세계인의 우호적 시선이 모두 찰스에게로 꽂힐 것이다.

그때 연단에 올라야 한다. 통합된 미국을 부르짖으며.

'그때쯤이면 찰스의 캠프가 알아서 컨셉에 살을 붙이겠지. 남은 건 경쟁자 죽이긴가?'

안타깝긴 했다.

최초의 흑인 대통령을 내 눈으로 못 보게 된 것이.

하지만 다른 면으로 본다면 또 희소식이었다. 특히 한국은 민주당이 집권할 때마다 피를 본다. 일본 편만 드는 민주당 때문에 또는 일방적으로 갈취하는 민주당 때문에.

단호해야 했다. 민주당을 죽이기로 한 이상 뒤를 돌아봐선 안 된다. 버란 오바마의 것을 가져왔으니 그가 있어서도 안 된다.

"이 사람을 반드시 죽여. 다시는 이쪽으로 고개도 돌릴 수 없게 밟아 놔."

"누군데?"

"버란 오바마."

"버란 오바마? 그 3선의 일리노이주 흑인 상원 의원?"

"클린턴 캠프에서 일한 전적이 있어. 클린턴처럼 섹스 스캔들이 나면 더할 나위 없고."

"으음, 그 사람 평판이 좋아. 이번 민주당 전당 대회에서 히트도 쳤고. 아주 깨끗하다던데."

"결정적인 증거가 없어도 똥물을 묻혀. 민주당이 감히 대권 후보로 내세우지 못하게끔."

"그 정도까지?"

"응."

"넌 그놈이 내 강력한 경쟁자가 될 거라 여기는구나."

"그놈이 살아 있는 한 너의 위치는 흔들릴 거야. 내 말 명심해야 해."

"하아…… 네 말은 미국에 흑인 대통령이 나올 수도 있다는 거네. 네가 도와줘도 말이야."

"무시하지 마. 흑인이기에 할 수 있는 것도 있어. 흑인의 결집은 물론 그에 따른 백인의 호응도 절대로 작은 게 아니야."

"알았어. 그렇게 말한다면 최우선으로 처리할게."

전해 줄 건 다 전해 준 것 같았다.

컨셉과 살생부를 쥐어 줬으니 빵을 만들든 케이크를 만들든 다음은 찰스 그랜즐리의 역량이었다. 이후의 일은 긴밀히 연락하기로 하고 그를 미국으로 돌려보냈는데.

물론 그전에 청와대 초청에도 가고 거리 아무 식당에서 한국 김치찌개도 접하며 맵다고 땀을 삘삘 흘리면서도 맛있다고 한국에 이렇게나 맛있는 음식이 있는 줄은 전에는 몰랐다며 김치 최고! 같은 상투적인 말로 잔뜩 호감을 산 뒤에야 돌아갔다.

"잘해 줘야 할 텐데."

3년이라 말했지만 사실 그에게 주어진 시간은 고작 1년밖에 없었다. 1년 안에 공화당 대선 후보로 붙박이 고정으로 되지 못한다면 폐기해야 한다. 그렇잖나. 이만큼 도와줘도 못한다면 후보를 다시 뽑는 게 낫다.

그걸 아는지 미국으로 돌아간 찰스 그랜즐리의 행보는 거침이 없었다.

적극적으로 서민들의 삶을 파고들었고 파격적으로 영국의 행태를 꼬집었다. 신사의 나라라면 신사답게 처신하라고. 자기가 아는 신사는 절대로 그런 끔찍한 짓을 벌이지 않는다고.

이슈를 몰았고 자연스레 주변으로 모여든 사람들에게 인종 차별은 지구상에서 사라져야 할 최대의 적이라고 규정하며 바람을 일으켰다. 수천 명이 모인 연단에서 우리는 흑인, 라틴, 아시안, 백인이 따로 사는 나라가 아닌 하나의 미국이고 그런 미국이어야 함을 선포했다.

그렇게 찰스 그랜즐리가 돌풍을 일으키고 있을 때.

미국 잡지 중 하나인 내셔널 인콰이어러 인터넷판에 이런 기사가 떴다.

【오바마 상원 의원이 지난 2004년 미 상원 의원 선거 운동 기간 동안 참모인 베라 베이컨과 워싱턴호텔에서 부적절한 관계를 맺다】

베라 베이컨은 35세의 흑인 여성으로 선거 운동 기간 중 오바마의 참모로 일했다.

동시에 이런 사진도 함께 떴다.

공식 석상에서 계단을 오르는 여성의 엉덩이를 훔쳐보는 오바마.

떵.

그 시선의 연장선에 정확히 여자의 엉덩이가 있었다. 그걸 화살표로 그려 줬다. 논란의 여지도 없게.

난리가 났다. 클린턴 이후 한동안 조용하다 싶던 미국 정치판에 섹스 스캔들이 터진 것이다. 특히나 그때 너무나도 큰 피해를 봤던 민주당은 오보라고 길길이 날뛰는데.

내셔널 인콰이어러는 조용히 다음 기사를 올렸다.

【두 사람이 호텔을 출입한 CCTV 테이프를 증거로 확보하

고 있다】

온 언론이 이 사실을 다루며 버란 오바마와 베라 베이컨의 사진을 사방팔방으로 찍어 날랐다. 증거와 관련이 없어도 두 사람이 같이 찍은 사진이 있다면 무조건 내보내며 의혹을 증폭시켰다.

- Peanuts are your problem, too?

1면 헤드라인이었다.
클린턴과 오바마가 같이 찍은 사진 옆으로 '너도 피넛이 문제야?'라는 조롱 섞인 문장이 전국 1면 헤드라인으로 걸렸다.
온 미국이 들썩거렸다.
섹스 스캔들이란 본래 동서고금을 막론하고 추잡함으론 1등이었다.
이 한 방으로 오바마의 청년 이미지가 개박살 났다.
사실이 밝혀지지 않았음에도 삼인성호(三人成虎)라.
2004년 민주당 전당 대회에서의 전설적인 찬조 연설로 에이브러햄 링컨의 게티즈버그 연설, 마틴 루터 킹의 워싱턴 행진 연설 등과 함께 미국 역사상 최고의 연설 중 하나로 평가받고 일약 전국적인 스타 정치인으로 부상했던 민주당의 신성이 추잡한 이름의 대명사로 박제되어 단숨에 지하로 처박혔다.
진땀 흘리는 그의 사진이 수없이 재생산되어 날아다녔다.

부인과 무표정으로 등 돌리고 있는 사진도 떠돌았다. 피넛을 비꼬는 만화 만평은 덤이고.

오보일 가능성은 누구도 제기하지 않았다. 신난 미국 언론은 'Your problem is a peanut.'이라며 온통 오바마를 잡느라 정신이 없었다.

호텔 CCTV가 담긴 테이프를 내놓으라 하는 이도 어느 순간 사라졌다.

저 민주당마저도…… 만일 그 테이프가 실존한다면 겨우 회복한 지지율을 또다시 나락으로 떨어뜨리며 지옥을 맛봐야 했으니. 판도라의 상자여, 영원히 나타나지 마라. 하며 기도하기 바빴다. 오바마를 가차 없이 버렸다.

그렇기에 언론도 아무 눈치 보지 않고 오바마를 밟아 댈 수 있었다.

끝.

"오바마가 끝나는구나."

민주당은 앞으로 오바마를 대선 후보로 내보내지 못한다.

이도 끝.

남은 건 힐러리와 존 엔드워즈인데. 이들도 문제없었다.

내셔널 인콰이어러란 잡지사는 본 역사에서도 활약이 대단했다.

2009년 타이거 우즈의 섹스 스캔들을 가장 먼저 알린 잡지사.

민주당 대선 경선 후보로 나설 존 엔드워즈가 선거캠프에서 일하던 다큐멘터리 감독 리엘 혼터와 혼외정사를 하여 사생아를 만들었다는 의혹도 가장 먼저 제기한 잡지사다.

애도 경선에 나오는 순간 끝.

이렇게 되면 힐러리 여사 한 명만 남는데.

그녀는 얼마 지나지 않아 이라크 전쟁을 찬성하는 악수를 둔다. 미국인이라면 진저리치는 전쟁을 말이다.

즉 찰스 그랜즐리의 적수는 더 이상 없다고 보는 게 옳았다.

"회의할까요?"

"예."

세계정세가 어떻게 흐르든 미래 청년당의 아침은 늘 회의로 시작한다.

"오늘의 주요 현안은 어떻게 되죠?"

"뭐니뭐니해도 새로운 서울시장입니다. 얼마 전 재보궐 선거에서 승리한."

징역 판결 후 헌 서울시장이 역사의 뒤안길로 사라지고 새 서울시장이 뽑혀 시청에 똬리를 틀었다.

선거는 예상대로 민생당과 한민당의 이파전이었으나 민생당 후보가 압도적인 표차로 승리했다. 이를 언론은 서울시민의 승리라 표현했다.

"쇄신을 강조하긴 합니다. 지금껏 서울시민이 우려하였던 모든 정책이 바뀔 거라며 최우선으로 무상 급식, 환승 시스템부터 진행할 거라고 발표했습니다."

"공약으로 내걸더니 진짜 하려나 보네요."

"좋은 징조입니다."

"그렇겠죠. 우리도 2년 남았나요? 전국 동시 지방 선거가."

"아! 맞습니다. 그때쯤이면 무상 급식과 환승 시스템이 모두의 주요 공약이 될 겁니다."

"척하면 척이시네요."

장대운이 피식 웃는다.

같이 웃던 도종현이 무언가 떠올렸다는 듯 다시 입을 열었다.

"아 참, 구룡마을 이주 부지도 무상으로 제공하겠다는 얘기를 전해 왔습니다. 서울시민의 일을 경기도로 이관할 수는 없겠지 않겠냐고요. 이도 적극적으로 이용해 주시길 부탁한다고요."

"새 서울시장이 발 빠르네요."

"아무래도 전 서울시장에게 석패한 사람이라 우리만 지켜보고 있었던 것 같습니다."

"서울시장을 무척 하고 싶었나 봐요."

"제가 잠시 만나 봤는데 사람이 스마트합니다."

"그래요?"

"나중에 식사 자리라도 한번 하시는 걸 추천해 드리겠습니다."

"인재군요."

라고 말했지만 장대운은 그가 누군지 알았다.

훗날 어떻게 불리게 되는지도.

속으로 웃었다.

헌 서울시장이 가고 새롭고 젊은 정치인의 탈을 쓰고 나온 터라 어째 도종헌의 호감은 쉽게 얻었는지는 몰라도 그가 미래 청년당으로 색깔을 갈아타기는 쉽지 않을 것이다.

"일부터 확실히 매듭짓고 생각해 보죠."

"예."

그동안 정체를 일으켰던 허들이 전부 신기루로 보일 만큼 새 서울시장은 무상 급식과 환승 시스템에 적극적으로 나섰다.

자기가 먼저 나서서 교육부와 서울시, 각 지자체 간 지원 비율을 제시했고…… 물론 마스터플랜은 모두 미래 청년당 의 자료에서 나온 것이긴 한데 이를 자기 업적으로 돌리려 부단히 노력했다. 다음 선거를 대비하여.

2005년도 서울시 예산도 무상 급식과 환승 시스템이 추가 되며 심의를 거쳤다.

이견이 없었다. 한민당 출신이든 민생당 출신이든 어떤 시 의원도 감히 이 정책을 막을 생각을 못 했고 도리어 도움이 되는 의견을 내놓으며 한 발 걸치려 하는 판에 되레 결정이 늦어지는 진풍경이 속출했다.

환승 시스템도 속도가 붙었다. 어차피 하려 했던 서울시 시 책 사업이었기에 다시 가동시키는 데는 일주일이면 충분했다.

몇 달간 이어진 체류였지만 자체 점검은 이상 없었고 서울시 는 날짜를 다시 잡아 2월 2일부터 15일간의 시범 기간이 지난 후 2월 17일부터 정식으로 시행하기로 서울시민에 공표했다.

참고로 서울과 경기도를 통합하는 환승 시스템을 책임질

대중교통 통합 시스템 입찰자는 단 두 곳이었다.

엘진시스템과 오필승 테크.

여기에서도 상당한 진통이 예상되었지만, 오필승 테크의 양보로 매끄럽게 넘어갔다.

각자 정당하게 참여한 입찰이라도 엘진시스템이 먼저 개발에 착수한 점을 인정해 양보한 건데.

상처 입은 들짐승처럼 조금만 건드려도 공격할 것처럼 으르렁대던 엘진시스템은 아무런 협상도 없이 양보하는 오필승 테크의 의도를 모르겠다면서도 좋아했다. 어쨌든 먼저 프로그램을 시용할 기회를 잡았고 아무런 문제가 없다면 환승 시스템은 엘진시스템이 맡게 되는 것이다.

그러나 세상사 모든 게 마음대로 된다면 이 세상이 이렇게나 피곤할까?

2월 2일 시범일 첫날부터 시스템 에러가 뜨더니 3일, 4일 연속으로 에러가 뜨는데도 엘진시스템은 어디가 잘못됐는지 진단조차 못 했다.

솔루션 업체가 자기가 만든 프로그램의 어디가 문제인지 찾지 못한다? 그것도 3일간? 말도 안 되는 일이다.

누가 봐도 자격이 없다는 게 증명된 것.

도리어 이 모습을 지켜보면서도 조용히 대기하는 오필승 테크에 서울시 측 인사가 보살이라는 소리를 할 정도였다.

결국 남은 시범 기간은 오필승 테크가 맡게 됐고 아무런 에러도 없이 깨끗이 진행되자 대중교통 통합 시스템은 오필승

테크의 것이 됐다. 그리고 또 기다렸다는 듯 민족카드가 교통
카드 발급을 시작했고 대대적으로 발급처를 홍보했다.

- 지금 달려가세요. 교통 카드 발급은 민족은행 창구에서
합니다.

민족카드는 카드 발급이 까다롭기로 유명한 카드사였다.

이름과 주소, 계좌만 적어도 무조건적으로 발급해 주던 시
대에 자체 심사 후 신용이 없다고 판단되면 삐~~~ 카드 발
급을 거부한다.

창구에서도 삐~~~ 소리가 나면 선불 카드를 권유해 줬다.

이 귀한 신용 카드를 발급받은 이들은 또 엄청난 반향을 일
으켰다.

무슨 짓을 하든 월 30만 원 이상 50만 원 이하까지 10% 캐
시백이라는 소식을 알린 것. 50만 원 넘어서도 5%를 준다.

바로 현금으로 전환 가능한 포인트 복지가 입소문을 타며
민족은행 창구는 민족카드를 발급받으러 오는 이들로 문전
성시가 됐다.

카운트가 하루가 다르게 치솟더니 백만 단위로 올라간다
는 보고가 연속으로 올라왔다.

반면, 미래 청년당 홈페이지는 환승 시스템에 대한 홍보 외
무분별하게 카드를 발급하는 카드사들을 저격했다. 저들이
건전한 시장 경제를 흩트리고 부실을 양산하면서도 모른 척

도덕적 해이를 저지른다고.

카드사 부실이 지금 조 단위를 넘어섰다고.

전국 신용 불량자가 300만에 육박했다고.

알고 덤비라고.

"휘유~ 정신없이 몰아칩니다."

"잘 돌아간다는 증거죠."

"근데 마중 나가실 겁니까?"

"누굴요?"

"영국 국빈들 말입니다."

영국 여왕부터 총리실까지 전부 내한하기로 했다.

항복하겠다는 것.

"그들이 무슨 국빈들이에요. 죄인들이지."

"아, 그런가요?"

"그들이 진정으로 사과하러 오는 걸까요? 진심을 다해?"

"……."

"우리가 힘이 없었다면 영원토록 뭉갰을 위인들이에요. 정부에 압력이나 가하며. 지금도 속으로는 분통 터져 하고 있겠죠."

"그렇긴 하겠네요. 사과할 사람들이라면 진즉 했을 테니. 아 참, 이번에 DG가 쓸어 간 금액이 어마어마하다면서요?"

"본전 빼고 500억 파운드 조금 못 될 거예요. 원래 이 정도까지 원했던 건 아닌데 헤지 펀드 애들이 몰리면서 시장에 불안감이 증폭됐는지 옵션이 좀 괴랄하게 터졌대요. 그 돈으로 또 떨어진 주식들을 싹싹 긁어모으고 라인 링크랑 스페이스

<small>

</small>

링크 설립에 보태고 있죠. 아마도 몇몇 영국 기업은 적대적 M&A를 벗어날 순 없을 거예요."

이참에 영국을 지탱하는 기둥 중 하나 정도는 확실히 뽑아 버릴 생각이었다.

사실은 더 망가뜨리려 했는데.

영국의 재정 건전성이 제아무리 좋다 해도 3,000억 파운드가 왔다 갔다 해 대면 시장은 불안에 빠질 수밖에 없었다. 그 외에도 영국의 해외 사업에 사사건건 끼어들어 훼방을 놓는 수도 있었고 찾고자 하면 괴롭힐 방법은 아주 많았다.

그 계획을 실행하려던 순간 여왕이 직접 나서서 사과해 버렸다. 모든 게 자신의 불찰이라고.

여왕이 직접 영국 정부의 수장들을 데리고 한국으로 오는 바람에 계획이 잠시 보류된 상태였다.

"빵빵이 돌리라고 하세요. 병원부터 피해 입은 가정에도 찾아가고 우리 국민께 사죄도 드리고. 거 있잖아요. 아주 속 시원하게. 그러면 공격을 그만둘지 검토한다고 해요. 아! 그리고 호텔 가온은 앞으로 영국 왕실 인물들은 안 받습니다. 행여나 가온으로 보낼 생각 말라고 하세요. 그랬다간 전쟁이라고."

아침부터 청와대에서는 난리였다.

이도 어쨌든 업적으로 여기는 건지 광분한 상태.

일면 이해되긴 했다.

누구를 통했든 결과적으로 일국의 사과를 받아 낸 거니까.

헌정 사상 유례가 없던 일이었다. 주변국이라고 있는 것들은 사과의 '사' 자도 모르는 뻔뻔이들이고 한국은 맨날 처맞고 울기 바빴으니.

되레 우리 쪽으로 문의가 빗발쳤다.

어떻게 해야 하는지. 평소대로 국빈 대접을 해 줘야 하는지. 간소화한다면 어느 정도까지 해 줘야 하는 건지. 이를 또 어떤 컨셉으로 다뤄야 국익에 도움 되는지.

열쇠가 미래 청년당에 있다는 걸 정부도 알고 있다는 것이다.

우리 정부도 제멋대로 했다가 미래 청년당 곧 장대운의 심기를 거슬렀다간 역풍을 받을 수 있다는 걸 알고 조심한다는 것이다. 아주 훌륭한 태도였다.

덕분에 이를 지켜보는 국민도 옅은 흥분에 휩싸였다.

무슨 일이 터질 때마다 각국 주한대사의 무표정한 입장문 읽기 따위를 보는 건 질렸다.

제대로 된 사과와 배상을 받고 싶다.

잘못하면 대가를 받는 걸 보고 싶다.

그게 영국이든 미국이든 일본이든 중국이든.

저 도도한 영국이 한국으로 오게 된 게 순전히 장대운의 힘이란 것도 알았다. 민간 외교력이 어쩔 땐 국가를 넘어설 수 있다는 것도.

여기에서 한국 권력자 특유의 뻔뻔함을 드러낸 순간 분위기가 아주 묘해질 뻔했는데 현 정부는 그런 면에서 스마트했고 누가 봐도 고개를 끄덕일 만큼 상식적으로 일을 처리하는 중이었다. 조금은 더 믿어도 될 만큼.

"그쯤에서 영국 건은 정리하기로 하고 다음 안건으로 넘어 갈까요?"

도종현이 수첩을 열었다.

"좋습니다. 이제 아주 중요한 안건으로 넘어가야 하는데 요. 현시점 우리 미래 청년당에 가장 우선시 되어야 할 사안 은 뭐니 뭐니 해도 의원 숫자입니다. 이제 당의 규모 걸맞은 인원이 필요할 때입니다."

"그렇죠. 아주 중요한 일이죠. 저도 그 건을 생각하고 있었 어요. 다음 지방 선거가 2006년이죠?"

"예, 이번엔 우리도 각 지역 시장부터 시의원, 구의원을 배 출해 내야 합니다. 반드시!"

"유력 인재부터 발굴해야겠네요."

"예, 앞으로 모든 역량을 여기에 쏟아야 합니다. 그래서 제 안드리는 건데. 총회 겸 세미나를 개최했으면 합니다."

"총회 겸 세미나요?"

"새로운 대한민국을 위해 뜻을 펼칠 일꾼을 모으는 자리죠."

"일단 모아 놓고 하고자 하는 이들을 선별하자는 건가요?"

총회 겸 세미나를 제안했을 때부터 회의실 모두가 이걸 떠 올렸다.

하겠다는 사람들을 모아 놓고 옥석을 가리자.

하지만 도종현의 생각은 조금 달랐다.

"아닙니다. 정치 진입 장벽을 최대한 낮추는 작업을 하자 는 겁니다."

"음……."

장대운부터 도무지 무슨 얘긴지 알아듣지 못했다.

"주부든 학생이든 회사원이든 어느 직종에 있든 정치에 관심이 있어도 또 할 말이 있어도 감히 참여하기 어려운 게 현한국의 정치 환경입니다. 이걸 조금 더 순화시키는 작업을 하자는 겁니다."

"순화시키자?"

"하고 싶으면 언제든지 덤빌 수 있게 말입니다."

"언제든 덤빌 수 있게? ……아! 아아~ 그렇군요. 이야~ 이거 정말! 이야~ 대단합니다. 이제야 저도 무슨 말씀인지 알겠어요. 정말 좋은 아이디어예요. 그러면 확실히 참여도가 높아지겠어요. 이야~~~~~~ 도 보좌관님이 하나 터트리셨네요. 세계 어느 나라도 이걸 하는 나라가 없어요."

장대운이 급발진하자. 다들 어리둥절.

도종현만이 기쁨을 주체하지 못하는 표정이었다.

"감사합니다. 좋게 봐 주셔서."

"아니에요. 정치도 솔루션을 제공하자는 거잖아요. 경험이 없어도 의기와 열정이 있다면 누구나 할 수 있게. 옆에서 도와줄 지원책을 마련하자는 거 아니에요? 인재 교육이나 지원 방안 등등. 맞죠?"

이 순간 모두가 입을 떡 벌렸다.

김문호도 역시.

정치 입문의 문턱을 낮추자.

기가 막혔다.

그동안 왜 이 생각을 못 했을까?

그런데,

"어!"

아니다. 결코 새로운 건 아니었다.

이런 건 각 정당에서 이미 오래전부터 하던 일이다. 쓸 만한 신입을 발굴하면 솜씨 좋은 보좌관을 붙여 노련함을 더하는 건 세계 정치사를 두고도 일찍이 하던 일이다.

그러다 또 번뜩.

"아! 아아~ 그렇구나."

못 한 게 아니라 안 한 거였다.

그동안의 정치는 자기들만의 리그를 만드느라 참여 기회를 지극히 한정시켰다.

손에 쥔 기득권의 가치를 올리기 위해.

도종현은 그 울타리를 풀자는 얘기였다. 일반인에게조차 개방하자고.

- 정치하고 싶나? 미래 청년당에 오라. 뒤는 우리가 받친다.

슬로건이 머릿속으로 그려질 정도.

이건 된다! 무조건 되는 일이다!

정착만 시키면 미래 청년당은 유사 이래 감히 누구도 덤빌 수 없는 아성을 쌓을 것이다.

김문호는 여지없이 엄지를 척 올렸다.

"우와~ 이거 정말 끝내줍니다!"

"하하하하, 그래?"

민망한 듯 머리를 긁적이는 도종현에 정은희도 나섰다.

"어머머, 갑자기 웬 겸손? 평소대로 하세요. 의원님에 문호 씨까지 껌뻑 흔들어 놓고 왜 그래요? 충분히 자랑할 자격이 있어요."

"그런가요?"

"얼마나 좋아요. 저도 다 설레는데요. 학생도 주부도 일반 회사원도 정치에 도전할 수 있다는 거잖아요. 후보 검증이야 우리가 하면 되고. 선거 비용요? 까짓것 그것도 우리가 내 주면 되잖아요. 제대로 우리 고장을 위해 일할 사람을 몇몇이 아니라 전체에서 뽑겠다는 게 중요하잖아요. 이러면 정치도 발전하기 마련이죠. 도 보좌관님, 오늘 최고예요. 칭찬해 드려요."

정은희가 엄지 척.

백은호도 엄지 척.

하하하하.

호호호호.

분위기는 더할 나위 없이 좋았다.

'좋아.'

장대운은 문득 창밖으로 시선을 돌렸다.

정치판에 뛰어든 지 어언 4년이던가?

초반엔 뭣도 모르고 시행착오도 많이 겪었지만.

이 정도면 업적도 인력도 기반도 대체로 잘 다진 것 같았다.

'멤버 구성도 이대로면 충분하고.'

광주, 부산, 대구, 대전 각 지역당 건설이 완료될 시기가 오면 미래 청년당은 또 한 번 폭발적으로 성장할 것이다.

그 전에 우리가 할 일은 양당의 각축전이었던 지방 선거를 삼파전으로 만들고 다음에 있을 18대 국회의원 선거에서 30석 이상 차지하는 것이다. 이게 성공한다면 기본은 완료라 할 수 있었다.

'이런 식으로 한 바퀴 더 돌리면 원내 제1당도 노려볼 만하겠지.'

절로 미소가 지어졌다.

언제 이렇게 성장했는지 가늠이 안 될 만큼.

이 조그만 사무실에서 백은호, 정은희랑만 아웅다웅할 때가 어제 같은데 이젠 옆에 도종현도 있고 김문호도 있다. 열심히 자라는 일곱 새싹도 있다.

장대운은 가슴이 뿌듯하였다.

더는 두려울 게 없었다.

'이 친구들이 있다면 난 뭐든지 할 수 있어.'

뭐든지.

이 나라를 바꾸고.

이 나라를 바라보는 시선을 바꾸고.

이 나라에 사는 이들의 심장도 바꾼다.

맞다. 악당의 악당이랬다.

"후훗."

그런 면에서 김문호는 정말 탁월한 선택이었다.

어쩌다가 저런 녀석이 내 곁으로 왔을까?

심장이 떨린다.

더는 가만히 앉아 있질 못할 것 같았던 장대운은 벌떡 일어났다.

다들 '왜 그러냐?'고 쳐다보나.

웃어 줬다.

"뭐 합니까? 이 좋은 날에. 우리가 이런 우중충한 사무실에 앉아 있어야겠습니까? 나가시죠. 오늘은 제가 쏘겠습니다. 하하하하하하하하하~~~~~."

맞다. 지금도 화살은 계속 나아가고 있었다.

떨어질 생각 없이 쏜 날부터 지금까지.

'그래.'

우리는 그 길을 따라 나아가기만 하면 된다.

쏜 화살을 뒤쫓으며.

"얼른 일어나요. 나가자고요. 오늘은 놀아야겠어요. 진탕 놀자고요. 하하하하하하하하~~~."

그래, 이제부터가 진짜 승부다!

아자!!!

……

……

……

......

......

......

......

......

그렇게 11년이 흘렀다.

〈5권에서 계속〉

잇츠
마이 라이프

초촌 현대판타지 장편소설

IT'S MY LIFE

무심코 내뱉은 술주정이 현실로?
다사다난했던 1983년으로 회귀하다!

우연한 술자리에서 속마음을 털어놓은 것은,
그저 가슴속 멍울을 해소하기 위한 몸부림이었다.

"솔직히 좀 부럽더라고요.
그런 인생을 살고 싶었거든요"

대기업 마케터로 잘나갔고, 작가의 삶도 후회하지 않는다.
마흔이 넘도록 내세울 것 하나 없다는 것만 빼면.
그래서 푸념처럼 했던 말인데, 정말로 현실이 될 줄이야.
5공 시절의 따스한 봄날, 7살의 장대운이 되었다.

지금이 아니면 다시는 돌아오지 않을 기회.
제대로 폼나게 살아 보자.
이 또한 장대운, 내 인생이니까.

조선이 문명함

조휘
대체역사 장편소설

조선이
문명함

여느 때와 다름없이 퇴근 후 게임을 즐기는 일상.
그런데 이질적인 무언가가 시선을 강하게 사로잡는다.

〈99/100〉

EHS라 적힌, 단순하기 짝이 없는 아이콘.
기호와 숫자 몇 개가 전부인 소개 문구.

대체 무슨 게임일까 하는 묘한 이끌림이 클릭을 강제했고,
정체를 알 수 없는 문자들이 쏟아져 나오는 것과 함께
세상이 한 점을 중심으로 회전하며 비틀리기 시작한다.

조금 전과는 한없이 동떨어진 상황이 눈앞에 펼쳐지는데,

"상감마마!"

나보고 왕이란다.